HET HUIS M

Esther Verhoef

Het huis met de palm

2025 Prometheus Amsterdam

Eerste druk april 2025
Tweede druk april 2025

Omslagontwerp DPS Design & Prepress Studio
Omslagbeeld Magdalena Russocka/Trevillion Images
Foto auteur Mark Uyl
Zetwerk Perfect Service
www.uitgeverijprometheus.nl
ISBN 978 90 446 5880 4

Hurt people hurt people.

1

De pijn raast door mijn onderbuik als een ziedend knaagdier. Het scheurt de hele boel aan flarden: bindweefsel, zenuwknopen, aderen, organen. Ik rol mezelf op, knijp mijn ogen dicht. Ademen, Ellis. In en uit. Adem vasthouden, rustig. Duw de pijn weg, dénk hem weg.

Ook dit gaat voorbij...

Dit gaat... voorbij.

De pijn neemt niet af. Hij wordt alleen maar heviger.

Dit is niet meer te doen. Ondraaglijk.

'*Insupportable!*' roep ik schor. Niemand slaat er acht op.

Het is te druk, te chaotisch. Zaterdagavond, spitsuur, de spoedeisende hulp in dit Franse ziekenhuis ligt ramvol zieke en gewonde mensen, kreunend, jammerend. Of akelig stil.

Achter in de ruimte zwaaien de klapdeuren open. De buitenlucht stoot dieselwalmen naar binnen, direct gevolgd door een brancard. 'Tweehonderd bovendruk!' roept een ambulancebroeder.

Verpleegkundigen spoeden zich ernaartoe. De brancard

verdwijnt vlot door de automatische schuifdeuren achter de zusterpost.

Ik heb het vaker gezien in de uren dat ik hier lig: mannen op leeftijd met een rood aangelopen hoofd mogen meteen door, naar de artsen. De rest moet wachten. Niemand weet hoelang.

Concentreer je, Ellis. Adem in, adem uit. Je kunt dit. Je weet wat pijn is en je kunt hem als geen ander wegdenken. Het gaat altijd voorbij. Je zult zien: deze avond zal ooit een vage herinnering zijn. Maar nu zet je je tanden op elkaar.

Dwars door alles heen hoor ik de monotone stem van mijn mindfulnesstrainer. Ik lees de woorden die hij in slordige blokletters op een flip-over schrijft:

PIJN + VERZET = LIJDEN!

'Zonder verzet...' Hij trekt een streep door de laatste twee woorden en kijkt ons weer aan. '...blijft alleen de pijn over. Ervaar die pijn, zonder oordeel. Onderzoek hem, wat wil hij je vertellen?'

Maar dat was in een sfeervol verlicht zaaltje in een Amsterdams grachtenpand dat rook naar *palo santo*, een hoge ruimte met natuurlinnen gordijnen en kussens. Wij zaten in een halve kring in kleermakerszit op yogamatten en knikten braaf, de cursisten die probeerden wat meer rust in hun hoofd te krijgen. Grip op zichzelf, op hun relatie.

Achteraf gezien was het toen al helemaal mis, onherstelbaar mis. Ik zag het alleen niet. Als je in het potje zit, kun je niet op het etiketje kijken. Mijn vrienden konden dat wel, maar in plaats van dat ik hun raad ter harte nam, verbrak ik het contact.

In foetushouding probeer ik in de praktijk te brengen wat ik heb geleerd. Maar de pijn wil me helemaal niets vertellen, dit is geen dialoog, hij stelt niet eens een vraag. De pijn is vijandig. Hij beukt door mijn lichaam, mechanisch, onverschillig, meedogenloos.

Ik zou willen dat ik kon flauwvallen, wegzakken in een zwarte stilte. Weg van hier, uit dit zieke lijf, terug naar... *terug naar mama, toen alles nog goed was.*

Hoelang is dat wel niet geleden?

Er kunnen minuten verstreken zijn, uren, een etmaal. Ik ben alle besef van tijd verloren. Geleidelijk worden mijn gedachten helderder. De pijngolven stuwen minder hoog op, beuken minder frequent door me heen.

Maar ik weet dat dit van korte duur is; de kostbare adempauze voordat de ellende opnieuw begint – net lang genoeg om niet volslagen krankzinnig te worden.

2

Mijn brancard staat in de linkerhoek van de ruimte die de grootte heeft van twee flinke klaslokalen. Rechts van me staan nog vier bedden met het hoofdeinde tegen de wand geparkeerd. Dichter bij de zusterpost staan er zes, en in het midden drie, als een treintje achter elkaar opgesteld. Ze zijn allemaal bezet; veertien patiënten die wachten op hulp.

Het dichtst bij mij, vooraan in het treintje, ligt een vrouw van in de tachtig, ze kan ook negentig zijn. Er schemeren levervlekken door op haar dun behaarde schedel, haar benige gezicht is bleek en uitgeteerd. Als enige is zij al wel aan een infuus verbonden. Haar handen – magere vogelklauwen – klampen zich vast aan de omhooggeklapte zijsteunen van het bed. Met wat me toeschijnt als haar laatste krachtinspanning worstelt ze haar magere bovenlijf omhoog. Ze kijkt me aan, paniek in haar ogen. Haar mond gaat open, ze probeert te praten, maar er ontsnapt alleen een dof, loeiend geluid uit haar borst.

'Blijf liggen!' Een toegesnelde verpleegkundige duwt de vrouw terug op het bed. 'Het is voor uw eigen bestwil!'

De oude vrouw wil haar iets duidelijk maken, maar haar bleke mond is droog als crêpepapier. Ze stoot onverstaanbare klanken uit en schudt wild haar hoofd.

'Als u niet luistert moeten we u fixeren, begrijpt u dat? Het is belangrijk dat u blijft liggen!'

Seconden tikken weg. Iedereen kijkt met ingehouden adem naar de arme vrouw. Dan glijden haar handen krachteloos van de zijsteunen en sluit ze haar ogen.

Berusting.

'Het is een schande,' hoor ik iemand zeggen.

Lodderig draai ik mijn gezicht naar de man in het bed naast me.

'Middeleeuwse praktijken. En zo veel pijn als u heeft, mevrouw, het zou niet mogen bestaan.' Hij kijkt bozig in de richting van de zusterpost. 'Het is een grote bende hier. Een geciviliseerd land onwaardig.'

Ik word me er nu pas van bewust dat ik iets in mijn hand houd. Een doorzichtig plastic potje met deksel. Ik herinner het me weer. Meteen bij binnenkomst is er bloed bij me afgenomen; een urinemonster moest ik zelf regelen.

Ik stap van de brancard en loop onvast, met gekromde rug naar de naastgelegen ruimte. Geen van de verpleegkundigen schiet me te hulp.

Ik duw een paar rubberen flappen opzij en stap een andere wereld in: een grauwe vriescel met een hoog plafond, stellingen met dozen. Dit lijkt op een distributiecentrum. O, ja, het ziekenhuis wordt verbouwd. Dat zei iemand toen ik werd binnengebracht. Het beton onder mijn blote voeten vertoont bandensporen. *Zo onwerkelijk.*

Er zijn twee provisorische toilethokjes. In een ervan sluit ik me op. Ik houd het potje tussen mijn benen, verzamel moed en zet voorzichtig druk. De stekende pijn die ik verwachtte, blijft uit.

Dan zijn het niet mijn nieren, schiet het door me heen. En het is al zeker niet mijn blaas. Zwanger ben ik ook al niet.

Wat veroorzaakt in hemelsnaam dan deze slopende pijnaanvallen?

Met mijn patiëntenhemd tegen me aan gedrukt kruip ik terug op mijn brancard, mijn eiland te midden van de gekte. Alle spullen die ik bij binnenkomst bij me had – de kleding die ik droeg, mijn Gucci-tasje – zijn door de verpleging opgeborgen in een witte plastic zak die nu aan een haak boven het hoofdeinde hangt.

Ik ben net op tijd terug. Een nieuwe pijngolf dient zich aan.

Verzet je niet, verzet je niet.

Het maakt geen verschil. Dit is meer pijn dan ik in mijn hele leven bij elkaar heb gehad. De pijn is ondraaglijk. Wat is er aan de hand met me? *Dit komt nooit meer goed, je gaat dood.* Waarom helpt niemand? Waar wachten ze op?

'*Aide-moi, au secours!*' Mijn stem klinkt krakerig en schor. 'Ik kan niet meer, help!'

Een van de verpleegkundigen komt op me af. Ze grist het plastic potje uit mijn hand. 'Ik kan u alleen tramadol aanbieden,' snauwt ze. 'Maar dat weigert u.'

Ik heb ooit tramadol geslikt. Het werkte bij mij als een tripmiddel en ik durf het sindsdien niet meer te nemen.

Er kantelt iets in mijn buik, iets zwaars en logs trekt aan mijn weefsel. Dan spuwt een draak vuur tegen mijn onderrug, brandt een gat er dwars doorheen. Nog eens. En nog eens.

'Ja, ja! JA!' roep ik. 'Alsjeblieft, tramadol!'

Laat dit stoppen, alsjeblieft, laat het stoppen.

Een hand reikt me twee tabletjes en een beker water aan. Trillerig slik ik de pillen door.

'Wanneer word ik geholpen?' fluister ik hees.

'Zodra er een arts vrij is.'

‘Ik heb nog nooit zo veel pijn gehad. Ik ben heus niet kleinzerig. Dit is... dit is echt ernstig. Ik heb... hulp nodig.’

‘Ik kan verder niets voor u doen, madame.’

3

Alles is wazig. Ik weet niet waar ik ben. Wie ik ben.

Óf ik ben.

Mijn bed zwalkt als een vlot op zee, de felverlichte ruimte zwiept om me heen. Ik word er misselijk van. Stemmen, geuren, een koude luchtstroom, warmte, alles is er tegelijk, en ook weer niet. Mijn handen en voeten tintelen.

Ik draai me op mijn zij en probeer me te concentreren op mijn ademhaling. Mijn hart gaat tekeer, ik voel het roffelen achter mijn ribben. De misselijkheid neemt toe.

‘Alles komt goed, Ellis.’

Ik open verrast mijn ogen en zie mama’s gezicht voor me. Als ik mijn hand uitsteek, lost het treiterig op in het niets. Het gezicht was niet dat van de vrouw met wie ik lang geleden heb gebroken, maar van de moeder die ze was voordat alles wat ik in mijn leven als vanzelfsprekend beschouwde als een zeepbel uit elkaar spatte. *Het gezicht van de mama in Frankrijk.*

Ik zat nog op de basisschool, *l’école élémentaire*, de zon scheen elke dag. Handig als papa was had hij met touwen en kettingen een schommel gemaakt en die bevestigd aan een laaghangende tak van de notenboom in onze tuin. We speelden daar veel, mijn vriendjes en ik. We trokken de kat kleertjes aan en reden hem rond in een poppenwagen, studeerden dansjes in voor de schoolmusical. En klokslag vier uur kwam mama naar buiten om stokbrood met een dikke laag Nutella uit te delen. Haar accent was grappig – je kon goed horen dat ze niet uit Frankrijk kwam.

Mama was er altijd, en papa ook, als hij niet aan het werk was op de camping. Wij drietjes en de kat, in het huis met de luiken, de walnoot met zijn brede kruin waar het zonlicht gefilterd doorheen viel. Bewegende schaduwen op de groen gesauste muur van mijn kamertje, op de patchworksprei, mijn verzameling barbies.

De tijd had toen stil moeten blijven staan.

'Dan moet u het zelf maar weten!'

Drie verpleegkundigen hebben zich rond het bed van de oude vrouw verzameld. Een van hen heeft een spanband vast, een ander pakt haar bij de arm. De vrouw probeert zich te verzetten, maar ze is niet sterk genoeg en stoot krachteloze keelgeluiden uit. Vol afgrijzen kijk ik toe hoe haar beide armen worden vastgebonden aan de omhooggeklapte zijkanten van de brancard.

'Voor uw eigen bestwil!' schreeuwt een verpleegkundige.

Ze schreeuwt het echt. Ik beeld me dit niet in.

4

Er komt een nieuwe pijngolf opzetten. Die klotetramadol maakt alles alleen maar erger, beangstigender: ik ervaar met vlagen de sensatie alsof ik op een festival sta, een briesje op mijn gezicht en oververhit tegelijkertijd. Zweet, mijn haar plakt aan mijn slapen. De zon brandt op mijn huid. Maar de pijn is er ook, die beukt onophoudelijk door mijn lichaam. Mijn hart hamert achter mijn ribben en mijn mond is droog. Tong, tandvlees, wangen, verhemelte, alles is verschrompeld tot een gortdroge, kurkachtige bal. Ik ben bang dat ik stik.

Ik geloof dat ik wegzak. Het wordt donker, stil. Eindelijk. Mag ik slapen? *Mag ik doodgaan?*

Als ik bij zinnen kom – minuten, uren, weken later – is het koud. Er ligt een lakentje bij me. Ik trek het over me heen. Het dunne katoen is niet warm genoeg, ik blijf rillen.

Dan valt mijn blik op de oude vrouw. Haar gezicht is grauw als de lucht op een sombere dag. Haar onderkaak is naar beneden gezakt, haar mond hangt open.

Ze beweegt niet.

Haar armen zweven op een onnatuurlijke manier naast haar lichaam; ze zitten vast aan de wit met rode spanbanden.

Vastgebonden.

Voor uw eigen bestwil.

Niet gehoord, geen hand op haar schouder, nul empathie. *Ze hebben die vrouw gewoon dood laten gaan.*

'Ze is dood! Dóód!'

Op mijn geschreeuw komen de verpleegkundigen aangerend. Ze kijken elkaar geschrokken aan en maken haastig de vrouw los.

Haar brancard wordt op een drafje weggereden.

5

'We gaan u eerst eens adequate pijnstilling geven.' De arts, een grijzende, lichtgetinte man van een jaar of zestig, rommelt aan een infuus. Prompt stroomt koude vloeistof via de rug van mijn hand mijn arm in.

Hij zet een stethoscoop op mijn borst, port in mijn buik en flanken en stelt vragen. Ik probeer ze zo goed mogelijk te beantwoorden.

'Bij deze koliekachtige aanvallen had ik nierstenen of een blindedarmontsteking verwacht,' zegt hij. 'Maar dat is niet aan de orde. We maken zo meteen een echo van de onderbuik om te kijken wat er aan de hand is.'

Ik voel me bijna euforisch; ontsnapt uit de spoedeisendehulphel. Ik leef nog, en ze gaan me helpen. Dankbaar sluit ik mijn ogen.

Het komt goed.

Ik word wakker in dezelfde ruimte.

Pijn.

O nee, niet weer.

Boven mijn hoofd klinkt een indringend gepiep, een soort alarm.

Een verpleegkundige haast zich naar mijn bed. Groene ogen boven een mondmasker. 'Madame? Hoe is het met de pijn, op een schaal van nul tot tien?'

'Negen,' zeg ik schor.

'Négen?'

Ik knik. Daarnet was het veertien, of wie weet, misschien wel honderdtwintig.

Ze sluit een nieuwe zak aan op mijn infuus.

'Wat geeft u me?'

'Morfine.'

'Fijn spul,' fluister ik, en ik zink opnieuw weg.

We rijden. Grijs systeemplafond, licht, donker, kou. Stemmen. Deuren klappen open. Wie mijn bed duwt kan ik niet zien. Boven mijn hoofd bungelt de plastic tas met mijn bezittingen, met daarnaast het infuus. Ik voel me misselijk, maar de pijn is gezakt tot een vier.

'Kunt u lopen?' Een gedrongen arts met donkere pretoogjes en stug, gitzwart haar knijpt in mijn schouder.

'Ik denk het.'

Hij hangt de infuuszak aan een standaard op wieltjes en ik laat me groggy van de brancard zakken. Met de infuusstandaard als steun, voorovergebogen omdat ik niet meer rechtop durf te lopen, volg ik de man op mijn blote voeten een onderzoekskamer in. Daar staat achter een ecru gordijntje een gynaecologenstoel met een ouderwetse zoemende monitor ernaast. Ik hijs me in de stoel en leg met moeite mijn trillende, krachteloze benen in de beugels. Er zit een flinke bloeduitstorting op mijn dijbeen, zie ik nu. En een schaafwond net onder m'n knie. Het zijn niet de enige verwondingen, mijn gezicht heeft ook een optater gehad. Bedenkelijke souvenirs. Ze staan los van de buikpijn die me in dit ziekenhuis heeft doen belanden.

De man bestookt me met vragen, de helft van de tijd versta ik hem amper.

'Hoe is uw Spaans? *Español?*' vraagt hij, als hij merkt dat ik hem niet goed kan volgen.

'Een paar woordjes slechts, sorry.'

'Jammer, ik kom uit Bilbao, Spanje. Ik werk hier nog maar kort. Mijn Frans...' Hij glimlacht verontschuldigend, wiebelt met zijn hand om aan te geven dat het niet veel soeps is.

Spanje. Onwillekeurig wellen er tranen op.

Niet aan Spanje denken.

Tijdens het onderzoek staar ik naar de klok aan de wand. Zwarte wijzers op een witte ondergrond geven aan dat het vijf voor één is.

Mijn aansluiting zou om 18.15 uur vanaf het station van Lyon afreizen. Al weken voor mijn overhaaste vertrek had ik last van een zeurende, soms stekende pijn in mijn buik. Die drong zich tijdens de reis steeds meer naar de voorgrond. Met één hand tegen mijn onderbuik gedrukt strompelde ik de stationstrappen op en af om de aansluiting te halen. Toen ik de trein zag staan die me naar Parijs zou brengen, voelde ik een intense opluchting. Vanaf de Franse hoofdstad zou ik in no time in Nederland zijn.

Maar op nog geen tien passen van de geopende wagondeur zakte ik op het beton in elkaar. Omstanders probeerden me tevergeefs op de been te helpen. Ik had zo veel pijn, opstaan was onmogelijk. Iemand belde een ambulance, die me met gillende sirenes naar de spoedeisende hulp in dit ziekenhuis bracht.

Dat is nu ruim zes uur geleden.

'Kijk eens aan. U heeft een cyste op uw eierstok,' hoor ik de gynaecoloog mompelen. 'En een flinke ook.' Hij begint te brabbelen en van die Spaans-Franse woordenbrij kan ik slechts een paar woorden verstaan: 'torsie' en 'opereren'.

Ik knik. Prima, whatever. Snij die pijn maar gauw weg, doe wat nodig is. Ik voel me zo moe. Moe en misselijk. Steeds misselijker, eigenlijk. En ik heb zo'n dorst.

Beverig loop ik terug naar de gang en kruip op de brancard.

Opnieuw een kneepje in mijn schouder. 'U wordt zo opgehaald door iemand van de afdeling. Ik ga even bellen of er ergens plek is.'

Ik hoor de man telefoneren. Hij is te ver weg en zijn accent is te zwaar om te verstaan wat er precies wordt gezegd, maar de frustratie in zijn stem is onmiskenbaar.

Een paar minuten later komt hij weer tevoorschijn, duidelijk geagiteerd. Als hij mij ziet, trekt hij zijn gezicht in de plooi en knipoogt.

6

De gang is leeg en schemerig. Niemand is me komen halen of me iets komen vertellen. Ergens verderop hoor ik een vrouw schreeuwen. Haar noodkreet klinkt dierlijk en trekt aan mijn strakgespannen zenuwen. Dan realiseer ik me dat ze aan het bevallen is. Ik heb een gynaecologisch onderzoek gehad, dus dit zal de afdeling gynaecologie zijn.

Ik draag nog steeds het dunne patiëntenhemd, en om me toe te dekken heb ik alleen het lakentje. Ik zou een moord doen voor een deken. In de opslagruimte schuin tegenover me hangt een klok. Kwart over drie.

Rond welke tijd werd ik ook alweer onderzocht?

De pijn begint weer op te komen. Ik volg met mijn blik het kronkelende infuusslangetje van de rug van mijn hand naar de infuuszak boven m'n hoofd en schrik: de zak is vacuüm getrokken. Er zit geen druppel morfine meer in.

Prompt klinken er voetstappen. *Gelukkig.*

Ik ga verliggen in de veronderstelling dat een verpleegkundige me komt ophalen om me naar de afdeling te brengen, maar ik kijk recht in de uitdrukkingsloze ogen van een kerel die een karretje voortduwt. Er steekt een bezem uit dat karretje, en een mop. De man houdt aarzelend zijn pas in. Het maakt me er scherp van bewust dat hij en ik de enige twee levende zielen zijn op deze gang, en dat ik alleen een papierachtig wegwerphemd draag, met niets eronder. Het ziekenhuislakentje bedekt amper de helft van mijn lichaam. Als deze kerel me iets zou willen aandoen kan hij ongestoord zijn gestoorde gang gaan.

Ik sla mijn blik neer. *Zal ik gaan gillen?*

Na een aarzeling die een eeuwigheid lijkt te duren komt de schoonmaker weer in beweging. Ik luister naar zijn slof-fende voetstappen, hoor hem verderop een deur openma-ken.

Dan is het weer stil.

De opluchting is van korte duur. Krampen in mijn buik. Ik ga op mijn zij liggen, trek mijn knieën op. Het scheelt niets. Nu herinner ik me dat ik de echo om één uur heb gehad; dat is ruim twee uur geleden. Zijn ze me vergeten? *Maar de morfine moet worden vervangen, ik trek die pijn-aanvallen niet meer.*

Onrustig draai ik me op mijn andere zij, staar naar de muur. Even lijkt het of de pijn weg is, dan voel ik hem weer, krampend, stekend. Ik probeer hem weg te ademen en me-zelf tot rust te manen, maar het helpt allemaal niets. De pijn neemt onrustbarend snel in hevigheid toe.

'*Ils m'ont oublié* – ze zijn me vergeten!' schreeuw ik. 'Hélp, iemand! Help me!' Ik blijf schreeuwen, aan één stuk door, schor, hysterisch, blinde paniek slaat om zich heen.

Voetstappen; een verpleegkundige komt op me afge-sneld. Haar gezicht staat op onweer. 'Madame! We zijn u niet vergeten, we wachten op de uitslag van de test.'

'Test?'

'Covid,' snauwt ze. 'Die test is bij binnenkomst afgeno-men.'

Ik kan het me niet herinneren, ik weet helemaal niets

meer. Mijn stem klinkt hees en krachteloos. 'Ik heb zo'n dorst, en ik heb pijn, echt erge –'

Ze doet geen moeite naar me te luisteren, loopt meteen weer weg en komt terug met een kartonnen bekertje. Er ligt een bodempje water in. 'U staat ingepland voor een operatie, dus u mag niets drinken.'

Ik neem een slok en houd het water zo lang mogelijk in mijn mond voor ik het doorslik.

7

'We zijn er.' Twee verpleegkundigen rijden mijn bed een donkere kamer binnen.

De jongste van het duo wijst op een gordijn dat de ruimte in tweeën deelt. 'Er ligt daar nog een mevrouw,' zegt ze op zachte toon, en ze zet mijn bed op de rem.

Ik kijk naar het gordijn. Erachter is het stil. Mijn kamergenote zal in een diepe slaap zijn – het is midden in de nacht, ochtend haast.

'Dit even invullen, graag,' hoor ik de oudere verpleegkundige zeggen. Ze overhandigt me formulieren en een balpen en knipt een lampje bij mijn hoofdeind aan. Dan laten ze me alleen.

Ik staar naar de zinnen, die op en neer golven op het papier. Zes pagina's ingewikkelde vragen en stippellijntjes. Ik kan dit nu niet invullen, dat is echt te veel gevraagd. Mijn hoofd werkt nauwelijks.

Ik sluit mijn ogen en haal een paar keer diep adem. Met

dank aan de volle zak morfine wordt de pijn grotendeels onderdrukt, maar de misselijkheid is omgekeerd evenredig toegenomen. Ik trek het tafeltje naast het bed naar me toe en leg de formulieren erop. Concentreer me op de vragen. Het kost me ongelooflijk veel inspanning, de medicatie doet vreemde dingen met m'n brein. Onzeker zet ik de pen op het papier. Mijn naam en geboortedatum, dat gaat nog. Bij 'adres' blijft mijn pen boven het papier hangen.

Adres...

Wat is mijn adres?

Abrupt trekt mijn maag zich samen. Al het voedsel dat ik in me heb spuit naar buiten. Over het tafeltje, de formulieren, mijn infuus. En nog eens, nog eens.

De jonge verpleegkundige komt gehaast de kamer in. Ze overziet de ravage en begint meteen op te ruimen.

'Sorry,' fluister ik. 'Sorry, echt.' De woorden blijven aan mijn lippen plakken, ik geloof niet dat ik verstaanbaar ben. Ik probeer te hoesten, maar dat lukt niet, en slikken evenmin.

'Tramadol en morfine, het was te verwachten,' hoor ik haar mompelen.

Een halfuurtje later voel ik me iets beter. Zo goed als het gaat vul ik de nieuwe formulieren in. Ze willen zoveel van me weten. Of ik bezittingen van waarde bij me heb, bijvoorbeeld. Ja, mijn tas is een dure, maar daarmee houdt het wel op. Heb ik allergieën, en zo ja, welke? Er is ook een soort informed consent dat ik moet ondertekenen in verband met de aanstaande operatie. Ik begrijp er maar de helft van. Het is zo lang geleden dat ik Frans heb gesproken, en dit niveau vol met juridisch jargon is nieuw voor me. Ik weet niet zeker welk adres aan mijn zorgverzekering is gekoppeld. Na lang nadenken geef ik dat van Denise in Nederland op, wil het doorkrassen, besluit het toch te laten staan.

Iets over zessen word ik gewekt door een bitse verpleegkundige. 'U moet dit gebruiken.' Ze kwakt een flacon met blauwpaarse vloeistof op m'n tafeltje en legt er een wegwerpwashandje bij.

'Waarvoor?'

Ze wijst naar een deur in de kamer waarachter ik een badkamertje vermoed. 'Douchen, alles goed ontsmetten. Vergeet uw haar niet.'

Ik pak de flacon op. Die bruine krullen van mij hebben een hele fles conditioner nodig om zich te laten temmen. 'Maar dan krijg ik mijn haar nooit meer uit de war.'

Ze negeert mijn klacht. 'U staat ingepland in het eerste operatieblok.'

'En mijn infuus?'

Geërgerd – bijna alsof ze wil zeggen: 'Kun je dat zelf niet?' – koppelt ze het los. Ze sluit het infuus op de rug van mijn hand af met een dopje en plakt er tape overheen. 'U heeft een halfuurtje.'

In de douche sta ik onvast op mijn benen, leunend tegen de witte muurtegeltjes. Ik verdeel het ontsmettingsmiddel over de huid waar ik bij kan, en giet het uit over mijn haar. Of het genoeg is, weet ik niet. Ik spoel alles af en dep mezelf droog. In de spiegel boven de wastafel vang ik mijn blik. Bleek gezicht, treurige ogen, één kant van mijn gezicht lijkt dikker dan de andere. Ik sla een badjas om en weet wankel mijn bed te bereiken.

Ondanks alles voel ik me eventjes goed. Ik ben gewassen, het bed is zacht en schoon.

Nu wil ik alleen maar slapen.

8

Of je ouders samen gelukkig zijn, of juist niet, dat zijn geen dingen die je je afvraagt als kind. Je accepteert de dingen zoals ze zijn, bij jou thuis is alles normaal.

Achteraf gezien was het de mooiste tijd van mijn leven: mijn vroege jeugd in Normandië, waarin ik nog onwetend was van de ingewikkelde spagaat waarin mijn verwekkers zichzelf hadden gemanoeuvreerd, van de strijd die er in stilte gevoerd werd. Ik had geen benul van wat me boven het hoofd hing.

Ik herinner me vriendschappen die vanzelfsprekend waren omdat we in hetzelfde dorp woonden. De lange, warme zomers waarin we buiten speelden; de appelbomen waarin we klommen, de melkkoeien met hun tijgerstrepen en stippels, de loodgrijze wolken die vanuit zee landinwaarts dreven en hun vracht boven het land uitstortten. We hapten naar de druppels, ogen gesloten, mond open, lachend; gulzig leefden we bij de dag.

Vrienden, het dorp, het geluk, voor eeuwig.

Als ik wakker schrik, kijk ik recht in een paar bruine ogen. Ze zijn amandelvormig, zoals de mijne, en staan helder in een vriendelijk gezicht. De vrouw blijft naar me kijken, onderzoekend, alsof ze elk detail in zich wil opnemen. Haar bruine haar staat als een krans af van haar hoofd, bijna als een afro. Is zij de chirurg, een verpleegkundige, een maatschappelijk werkster? Of droom ik dit?

Als ik mijn arm beweeg, merk ik dat het infuus weer is aangesloten. *Heb ik eigenlijk wel gedoucht? Of heb ik me dat verbeeld?*

Wacht: ik heb een badjas aan, dus ik ben wel degelijk onder de douche geweest. Onwillekeurig voel ik aan mijn haar, dat is nog vochtig.

'Het gaat niet goed met je, hè?' De vrouw is ongeveer even oud als ik. Ze doet me denken aan een jonge versie van Juliette Binoche. Mooie, klassieke trekken, oppervlakkige lachrimpeltjes. Haar blik is een en al medeleven.

'Ik... eh...'

'Je was aan het praten,' gaat ze verder. 'Ik denk dat je droomde.'

'O?'

Ze knikt. 'Over Vikingen. En een camping.'

‘O,’ zeg ik weer.

Eerst heb ik geen idee waarover ze het heeft, dan herinner ik me mijn droom over een feest in de *salle de fête*. Of was het eerder een levendige herinnering aan mijn jeugd in Frankrijk die zich aan me opdrong in de kwetsbare toestand tussen slapen en waken?

Als er wat te vieren was, kwam het hele dorp erop af. De volwassenen dronken liters wijn, ze dansten wild, haakten de armen in elkaar en wierpen hun benen in de lucht. Oudere dorpelingen keken toe vanaf hun plastic stoeltjes aan de tafels die in een U-vorm om de dansvloer waren opgesteld. Wij, de kinderen, vierden ons eigen feest op de zolder boven de stallen aan de overkant van het erf. Weggezonken tussen de hooibalen vertelden we elkaar spannende verhalen. Vaak speelden die zich af op de nabijgelegen camping. Daar kwamen vooral Nederlanders, die *les Vikings* werden genoemd. Ook ik deed eraan mee, al was mijn eigen moeder net zo goed een Viking.

‘Je wordt zo meteen geopereerd,’ gaat Juliette Binoche verder.

Ik wil iets terugzeggen, maar ik heb geen energie voor een praatje. Moe, ik ben zo moe. Ik wil alleen maar verder slapen.

‘Da’s fijn, toch? Dat het zo snel kan?’

Ik weet er een glimlachje uit te persen.

‘Je hoeft me niet te vertellen wat je mankeert, hoor, dat is privé. Ik begreep dat je veel pijn hebt gehad. Toen ik je hoorde huilen, ben ik bij je komen zitten.’ Ze aait over mijn arm. ‘Daar werd je rustig van.’

Heb ik gehuild? Het zou kunnen.

'Nou, ik zal je verder met rust laten. Succes voor strakjes.' Ze laat mijn arm los en loopt om het scheidingsgordijn heen naar het andere bed.

'*Je m'appelle Sophie*,' klinkt het van achter het gordijn.

'Ik heet Ellis,' weet ik met veel moeite uit te brengen.

'Prettig kennis te maken, *Elies*.'

Ik val in een onrustige slaap. Als even later mijn bed de gang op wordt gereden, merk ik daar nauwelijks wat van.

9

Ik heb moeite met focussen. Mijn onderlichaam voelt vreemd; verdoofd en trekkerig tegelijkertijd. Ik durf het laken niet op te tillen, ik wil niet zien wat daar is gebeurd. De hele binnenkant van mijn mond voelt als karton, en mijn lippen willen niet van elkaar. Stilletjes blijf ik op m'n rug liggen.

Ik val opnieuw in slaap. Af en toe lijkt het alsof ik vanuit een donkere diepte opstijg naar het oppervlak, dan hap ik zwakjes naar lucht en krijg ik mee dat ik aangeraakt word, dat er wordt gepraat om me heen, misschien iets tegen me wordt gezegd, iemand zit aan mijn pols, raakt mijn hoofd aan.

Dan zak ik weer weg.

‘We lijken op elkaar, Elies.’ De buurvrouw zit weer bij me op bed. *Hoe heette ze ook alweer?* Met een serieus gezicht aait ze een streng haar die over mijn schouder valt. ‘Jouw haar is veel langer dan het mijne. Goudbruin, zo mooi. Je lijkt wel een model. Misschien laat ik het ook wel groeien.’

Ik knik, groggy.

‘Maar ja, kort is praktischer. Ik knip het zelf.’ Ze duwt verontschuldigend tegen haar haardos aan; hij doet me denken aan die van Bob Ross. ‘Hoe voel je je nu?’

Ik open mijn mond, maar de woorden blijven achter in mijn keel plakken.

‘Dorst?’ Ze reikt achter zich naar een bidon met een tuitje en zet hem aan mijn lippen. ‘Ze zijn niet zo lief, hè, de verpleegkundigen. Personeelstekort. Er werken hier op de afdeling meisjes uit Roemenië. Die spreken nog geen vijf woorden Frans, maar ze zijn wel vriendelijker.’

Ik neem een paar slokjes. Het water smaakt hemels.

‘Ze komen straks met de lunch.’ Ze glimlacht. ‘Je sliep, dus ik heb het formulier voor je ingevuld. We eten hetzelfde.’

Tegen de middag komt iemand mijn bed verstellen, zodat ik half rechtop kom te zitten. Het trekt flink daarbeneden, maar de gemene, stekende pijn is weg. Even later wordt een dienblad op mijn tafeltje geplaatst. Trillerig haal ik het deksel van het kunststof bord met vakken. Grijzig vlees, glazige aardappelen in tomatensaus, haricots verts liggen lusteloos in een laagje kookwater. Ik begin met de boontjes. Ze hebben een rubberige structuur, maar ik heb zo veel honger dat het me niet uitmaakt. Werktuiglijk eet ik alles op.

Er valt een reepje zon op mijn bed. Stofjes dwarrelen in de straal. Ik steek mijn hand uit, voel de warmte.

Alle dagen zon! Godskolere.
We wonen op vakantie, Ellis!

Ik beweeg mijn hand door de straal heen en weer, dep dan mijn ogen droog.

Ik moet hier weg, ik moet naar Nederland.

'Alsjeblieft.' Mijn buurvrouw zet mijn bidon op het tafelblad. 'Ik had dat ook, dat ik steeds moest huilen. En die brainfog, die verwardheid. Daar blijf je nog wel even last van houden, hoor, komt van de narcose.' Ze wijst op mijn dessertje, haar ogen glinsteren. 'Eet je dat niet op?'

Ik kijk naar de inhoud van het kleinste vakje – een plastic bakje vla, of iets wat erop lijkt – en schud mijn hoofd. De misselijkheid is nooit ver weg.

Opgewekt ruilt ze haar lege bakje met dat van mij en komt dan met een tevreden glimlach weer bij me op de bedrand zitten, alsof we elkaars beste vriendinnen zijn.

'Vroeger stond ik op de markt,' zegt ze, terwijl ze het bakje leeglepelt. 'Ik had zo'n ouderwets kraampje, weet je wel, de mensen vonden het leuk. Ik ging er alle markten in de regio mee af, met vijftig soorten thee.' Ze trekt haar wenkbrauwen op. 'Vijftig! Veel hè? Hou je van thee, Elies?'

Ik hou vooral van latte macchiato, maar ik wil niet onaardig doen. Thee lijkt een belangrijk ding in haar leven. 'Een beetje.'

Ze schraapt het laatste restje uit het dessertbakje. 'Ik ben nou al een poos geleden gestopt met werken. En jij? Werk jij?'

'Ik...' Ik haal diep adem, zeg dan: 'Ik werk ook al even niet meer.'

Ze trekt een gezicht alsof ik haar een groot cadeau heb gegeven. 'Wéér een overeenkomst tussen ons.'

'Overeenkomst?' Ik probeer uit alle macht een hoestreflex te onderdrukken en duw een vuist tegen mijn mond.

'Ja, je haar, en dat je niet meer werkt, en natuurlijk onze leeftijden.' Het duurt even voor ik begrijp dat ze mijn geboortedatum van het bandje heeft afgelezen. 'Jij bent ook van 1989!'

Ik kijk appelig naar mijn bandje. E. MULDER-LEROUX staat er bij mijn geboortedatum.

Sophie wijst ernaar. 'Hoe spreek je dat uit? *Muuldèrr*?'

Ik knik. *Whatever.*

'Is dat een Belgische naam?'

'Nederlands. Ik ben half Nederlands.' De naam Mulder heeft geen enkele connectie met mijn moeder, waarom zeg ik dit?

'Muuldèrr,' herhaalt ze. 'Wat betekent het?'

'Geen idee.' Waarom praat ik nog? Mijn keel doet zeer. Ik ben doodop, ik wil slapen, wegzakken in een comfortabel niets. Tegelijkertijd waardeer ik haar gezelschap.

‘Wat apart!’

‘Ik ben heel moe,’ weet ik uit te brengen.

‘Ach, natuurlijk,’ ze legt haar hand vertrouwelijk tegen de zijkant van mijn gezicht. ‘Ga maar weer lekker slapen, lieverd. Ik blijf bij je.’

Voetstappen in de kamer, stemmen. Door mijn wimpers zie ik een arts met een schrijfblok, in zijn kielzog een kerel die z’n witte jas open over zijn kleding draagt.

Ze richten zich tot mijn buurvrouw, die nog steeds op mijn bed zit. ‘Nou, Madame Bonnet, laten we hopen dat het een goede dag voor u is.’

‘Dat is het sowieso al. Ik heb een nieuwe vriendin!’ Glunderend wijst ze naar mij.

De mannen reageren amper. De jongste dirigeert haar naar haar eigen bed en trekt resoluut het gordijn tussen ons dicht.

De vermoeidheid komt nu in volle hevigheid opzetten. Ik probeer mijn bed plat te krijgen, maar dat lukt zo gauw niet, dus blijf ik rechtop zitten terwijl ik achterwaarts een zwarte tunnel in gezogen word.

10

Mijn ouders leerden elkaar kennen op camping Le Lac, in Normandië. Mijn moeder was daar met haar ouders op vakantie en mijn vader werkte op de camping, zoals meer jonge mensen uit het dorp. Het was zijn taak om het zwembad schoon te houden, om dingen te repareren en broodjes rond te brengen.

Toen mama terugkwam in Nederland bleek ze zwanger te zijn. Mijn opa en oma stuurden aan op abortus, ze zou haar leven vergooien als ze het kind 'van die Fransoos' zou houden. Ze was net afgestudeerd aan de heao en voorbestemd om in het meubelbedrijf van haar ouders te gaan werken. Maar abortus, daar wilde mijn moeder niet aan. Ze voelde een leven in zich groeien, bovendien was ze verliefd op de vader. Ze liep weg van huis. Liftend reisde ze naar Normandië, waar papa's familie haar matig enthousiast ontving, maar een zwanger meisje wegsturen ging hun te ver.

Toen ik geboren werd was mama net twintig en papa zesentwintig. Kort na mijn geboorte kwam er een huis in het dorp vrij. Het lag in een steeg en was klein en oud, met een ommuurde achtertuin, een schuurtje en een notenboom.

Ik heb daar een geweldige jeugd gehad. Dat de familie van mijn vader mijn moeder slechts tolereerde, daar heb ik als jong kind niets van meegekregen. Later begreep ik dat ze moeite hadden met haar directheid en haar bazige karakter, en achter haar rug om de spot dreven met haar accent, de taalfouten en de culturele flaters die ze sloeg.

Maar dat hoorde ik allemaal pas later, toen de ruzies tussen mijn ouders openlijk werden uitgevochten, waar ik bij stond.

We woonden toen allang niet meer in Frankrijk.

Sophie heeft van haar arts te horen gekregen dat ze in principe vandaag naar huis mag. Als de uitslagen van de onderzoeken goed zijn, kan ze om vier uur haar spullen pakken.

Ik weet nu al dat ik haar ga missen. Sophie is een van de weinigen in dit verschrikkelijke ziekenhuis die aardig voor me is. Na het vertrek van de artsen heeft ze het gordijn tussen ons weer opengetrokken, ze zit nu al een poosje stilletjes voor zich uit te kijken.

Op de gang is het rumoerig geworden, het is bezoekuur.

'Komt er zo iemand voor je?' vraag ik.

'Nee. En voor jou?'

Ik schud mijn hoofd.

Even is ze stil. Dan zegt ze, met een helder, kinderlijk stemmetje: 'Ben je alleen, Elies?'

Die korte, simpele vraag komt dusdanig hard bij me binnen dat ik de abrupte verandering in haar toon niet echt registreer.

Ik heb zo gauw geen idee wat ik moet antwoorden.

'Heb jij ook niemand?' dringt ze aan.

'Het is... niet dat ik... Ik heb...'

Ze blijft me geduldig aankijken.

'Nee, niemand,' zeg ik uiteindelijk, zelfs al is het niet waar – en ergens ook weer wél. Het komt eruit als een snik. Ik ben zo labiel als wat.

Mijn buurvrouw ziet het een stuk vrolijker in. 'Wéér een overeenkomst!'

Tegen vieren heeft ze jeans aangetrokken, een grijs T-shirt en een bruin fleecevest dat haar te groot is. Haar weerbarstige haardos heeft ze enigszins gefatsoeneerd. Ze staat nu haar spullen in te pakken in een weekendtas met leren hengsels. '*Je pars* – ik ga ervandoor, Elies.'

Ik probeer te glimlachen. 'Ik... ga je geloof ik missen. Gek hè, we kennen elkaar nauwelijks.'

Even blijft ze staan, dan buigt ze zich over me heen, pakt mijn gezicht tussen haar handen en geeft me een zoen op mijn neus. 'Ik laat je niet in de steek, hoor, zusje. Dat zou ik nooit doen.'

Als ze weg is, voel ik aan mijn neus. *Zusje.* Wat lief.

II

's Nachts heb ik een levendige droom over Juliette Binoche. Ik woon samen met haar in het Efteling-achtige dorp uit *Chocolat*, een van mijn favoriete films. Het is er rustig en vredig, zonlicht schittert op de rivier die langs het dorp stroomt. Dan slaat plotseling het weer om. Het begint hard te waaien, de wind zwelt aan tot een storm die herfstbladeren en takjes door de middeleeuwse stegen blaast, en Juliette verandert in mijn moeder, die in de keuken ruziemaakt met mijn vader. Ik kom net thuis uit school en druk me tegen de met klimop begroeide muur. Door het dunne glas van de ramen heen hoor ik hun stemmen. Papa praat zacht, in het accent van de streek, mama harder, in haar afgemeten rechttoe-rechtaan-Frans, waar ze door de opwinding steeds meer Nederlandse woorden doorheen werpt die papa niet begrijpt.

'Steeds weer dezelfde gezichten. Dezelfde suffe verhalen. Ik ben dat gezever helemaal beu. Ze lopen hier dertig jaar achter, Yves. Ik ben er klaar mee.'

Papa streelt haar schouders, hij probeert haar te sussen. Voor hem is het anders. Dit is zijn dorp, zijn taal en zijn familie.

Mama schudt hem van zich af. 'Ik meen het!'

Ik houd mijn adem in. Op een of andere manier weet ik: vanaf vandaag gaat alles veranderen.

Midden in de nacht wordt een nieuwe patiënt de kamer in gereden; een oudere vrouw met een argwanende oogopslag. Na haar obligate knikje bij binnenkomst zit ze constant op haar telefoon en sluit ze zich voor me af.

Ik mis Sophie. Misschien mis ik vooral haar aandacht, het feit dat ze interesse in me had en me wilde helpen. Het is te lang geleden dat iemand zomaar lief voor me was.

Ik val in slaap en word wakker van aandrang. Het is buiten al licht geworden. Om bij de wc te komen zoek ik steun bij de muur en de deurpost. Ik heb me vaker ellendig gevoeld, maar deze afschuwelijke afhankelijkheid, het ternauwernood op mijn eigen benen kunnen staan, laat staan lopen, is nieuw voor me. Ik moet snel beter worden, want ik heb belangrijke dingen te regelen in Nederland.

Er moeten zaken in gang worden gezet. Zaken die niet kunnen wachten.

Tegen twaalven komt de Spaanse gynaecoloog samen met een collega de kamer in. Opgewekt bekijkt hij de hechtingen en hij vraagt hoe ik me voel.

'Het is wel eens beter geweest,' zeg ik mat.

'Begrijpelijk. Het bleek inderdaad een ovariële torsie, in gewonemensentaal een draaiing van de eierstok, geïndiceerd door een flinke cyste.'

Ik versta hem weer half. 'Cyste?'

'Een met vocht gevulde blaas,' antwoordt de andere arts. 'We hebben uw eierstok helaas moeten verwijderen. Dat doen we niet graag bij vrouwen in de vruchtbare leeftijd, maar er was daaromheen al wat weefsel necrotisch.'

Necrotisch?

'Afgestorven, door het zuurstofgebrek,' legt hij uit. 'Geloof me als ik zeg dat u geluk hebt gehad, soms vertrekken patiënten zoals u hier met een stoma. Die kunnen de rest van hun leven... Nou ja, u begrijpt wat ik bedoel. Het lichaam is een intelligent systeem, dit is niet voor niets een van de pijnlijkste aandoeningen die we kennen.' Hij grijnst. 'In acute vorm zou de pijn vergelijkbaar zijn met het omdraaien van de balzak van de man. Dat lijkt me geen pretje. Waarvan akte: u hebt onze voorraad morfine aardig uitgedund.'

Onwillekeurig leg ik een hand op de operatiewond.

'Hier moet u toch al even mee hebben rondgelopen,' zegt de Spanjaard.

Ik knik. 'Een paar weken, maar gisteren werd het pas onhoudbaar.'

'Voortaan bij felle pijn niet stoer proberen te zijn, maar meteen naar het ziekenhuis komen.' Hij klopt op het bed. 'Madame Rambo, u hebt geluk gehad, maar de heling gaat nu langer duren. De komende drie weken moet u herstellen. Ouderwetse bedrust. Vanaf volgende week af en toe een kort wandelingetje, maak het niet te gek. Vermijd vooral stress.'

Ik knik nog eens. *Stress vermijden, hoe dan?*

'Morgen na het ontbijt kunt u naar huis.'

Die zag ik niet aankomen.

'Is dat een probleem?' vraagt hij.

'Nou, ik... ik was op doorreis.'

'Naar...?'

'Naar Nederland.'

'Ah. Nou, belt u zo maar even met uw verzekeringsmaatschappij, zodat zij de repatriëring in gang kunnen zetten.'

Repatriëring... Ik heb geen adres in Nederland. Ik heb er geen huis, geen bed, geen vrienden meer, ik kan niemand bedenken die me drie weken lang zou kunnen of willen verplegen. Zelfs bij Denise kan ik niet aankloppen, het is al veel te lang geleden dat we elkaar hebben gesproken. En teruggaan naar waar ik vandaan gekomen ben is onmogelijk.

Ik ben feitelijk dakloos.

'Kan ik niet blijven totdat ik weer in orde ben?'

De mannen schudden synchroon het hoofd.

'Maar ik... ik heb niemand.'

De Spaanse arts fronst. 'Tja. Ik vrees dat we u hier ook

niet kunnen houden, mevrouw. Dit is een ziekenhuis, geen zorghotel.' Hij kijkt nadenkend naar buiten en haalt dan zijn schouders op, alsof hij heeft besloten dat hij al genoeg aan zijn hoofd heeft zonder mijn problemen. 'In afwachting van uw vervoer kunnen we er nog wel een dagje aan vastplakken, meer kunnen we helaas niet voor u doen.'

12

De artsen vervolgen hun ronde. Ik blijf beduusd achter, in mijn hoofd raast een storm waarin woorden, beelden en geluiden als opwaaiend straatvuil rondtuimelen. Repatriëring, zei hij. Dat betekent: terug naar het vaderland. *Nederland is niet eens je vaderland, het is het land van je moeder.* Maar ik moet revalideren... Hoe? Waar? Een zorghotel? Ik heb daar geen geld voor.

'Wat hoor ik nou!'

Sophie loopt de kamer in. Ze draagt een uilige bril met een goudkleurig montuur en heeft haar krullen getemd met een sjaal. 'Gefeliciteerd!' Ze maakt een gebaar in de richting van de gang, waar de artsen staan te praten. 'Je mag naar huis!'

Wat komt ze hier doen, ze was toch ontslagen? 'Waarom ben je hier?'

'Om jou te bezoeken, natuurlijk.'

'Mij?'

'Elies... Ik heb je toch gezegd dat ik je niet in de steek zou laten.' Ze gebaart nog eens naar de gang. 'Je mag hier weg, da's toch geweldig nieuws? Waarom ben je niet blij?'

'Omdat...' Mijn mond voelt droog. Ik neem een slok water en laat me vermoeid in de kussens zakken. 'Ik ben niet blij omdat ik geen huis heb. Ik kan nergens naartoe.'

Bewegingloos blijft ze staan. 'Geen huis?'

'Nee.'

Ze kijkt me een beetje verwonderd aan, alsof ze wil zeggen: *wie heeft er nou geen huis?*

Ik sluit mijn ogen, ik ben doodmoe. Bij alleen al het idee dat ik uit bed moet, zinkt de moed me in de schoenen. Zelfs een wandeling naar de gang is nu te veel gevraagd.

'Woon je dan in een caravan of camper of zo?' vraagt ze.

Ik schud mijn hoofd.

'Mag ik je vragen hoe het komt dat je geen huis hebt?'

'Liever niet,' fluister ik.

'Waar moet je dan heen?'

Mijn stem klinkt zacht, als knisperend papier. 'Geen idee.'

Ze zwijgt even, nadenkend, en dan zie ik haar gezicht opklaren. 'Nou, dan kom je toch naar mij?'

'Hoezo?'

Glimlachend komt ze bij me op bed zitten, haar hand zoekt de mijne en knijpt er geruststellend in. 'Dat is wat zussen doen, toch? Ik ga voor je zorgen. Je komt gewoon bij mij wonen.'

'Dat kan toch niet zomaar?'

'Tuurlijk wel!' Haar glimlach wordt breder. 'Dit is voorbestemd. Jij en ik. Ik had van het begin af aan al het gevoel dat jij met een reden m'n pad kruiste.' Ze kijkt me verguld aan. 'Wanneer mag je weg, morgenvroeg? Dan kom ik je halen. Je zult zien, het wordt gewéldig!'

13

In de zomer van 1998 was ik negen. Ik zat op de achterbank van papa's stationwagen, ineengeklemd tussen de dozen, weekendtassen en koffers, en keek door de achterruit naar mijn vrienden die zich op het pleintje voor de bakker hadden verzameld.

Ik zwaaide naar hen en zij zwaaiden terug.

Er was verdriet omdat ik weg moest, maar ik voelde ook opwinding. Ik ging een nieuw leven tegemoet in Nederland, mama's land. Het land van de grote, blonde mensen, de Vikingen.

We zouden daar een nieuwer en groter huis krijgen, want mama ging in het bedrijf van haar ouders werken. Volgens haar waren de kindjes in Nederland net zo leuk als in Frankrijk, misschien zelfs wel leuker. Ik zou eindelijk mijn andere opa en oma leren kennen, en papa en mama zouden minder ruzie gaan maken.

'We zijn er!' Sophie houdt halt voor een immense poort en stapt uit.

Ik kom een stukje omhoog, sis van de pijnscheut die me dat oplevert. Voorzichtig draai ik de rugleuning rechtop.

De zon schijnt onbarmhartig fel de auto in, een oude Citroën met een stoffig interieur.

De poort is zeker drie meter hoog, gewelfd, met verticale spijlen waar de witte lak grotendeels vanaf is gebladderd. Hij doet voornaam aan, als die van een kasteel, of een landgoed. Tientallen verroeste speerpunten wijzen agressief naar de hemel.

Sophie morrelt aan een beugelslot. Ze heeft me verteld dat ze ooit met thee op de markt heeft gestaan. Ik kan me moeilijk voorstellen dat je zo rijk wordt van een marktkraam.

Ze schuift achter het stuur, rijdt de auto het terrein op en stapt weer uit om de poort achter ons op slot te doen.

Ik kijk om me heen. Nergens een huis, enkel een slecht onderhouden, deels met grind verhard pad dat maar net breed genoeg is voor de auto. Het leidt een donker bos in met veel ondergroei: varens, bramen en hedera.

Sophie manoeuvreert de Citroën stapvoets over de hobbelige ondergrond, ik houd me vast aan de handgreep van de deur. In het bos maakt het pad eerst een krappe bocht naar links en dan een ruime lus naar rechts. We komen uit op een lichte, open plek. Een lap grond ter grootte van zeker twee voetbalvelden, met wuivend gras en hier en daar struikjes. Dan zie ik het huis liggen.

Het lukt niet om mijn verbazing te verbergen. 'Woon jij hier?'

'Jij nu ook.' Sophie legt haar hand lichtjes op mijn bovenbeen. 'Welkom thuis.'

Welkom thuis.

Thuis...

De woorden resoneren in m'n hoofd. Mijn zicht wordt troebel van de tranen, ik veeg ze snel weg.

Het grijze gebouw heeft een L-vorm en twee verdiepingen, hoge ramen in vakverdeling en een complex ogend dak van leisteen met talloze dakkapelletjes. In de hoek van de L rijst een vierkante toren op. Het geheel maakt de indruk van een kasteelachtig landhuis uit vroeger tijden. Ik kan me zonder moeite voorstellen dat hier mannen met hoge hoeden rondliepen, en vrouwen in rijgkorset. Maar die gloriedagen zijn al even voorbij. Het grijze stucwerk zit vol aanslag en de verf bladdert van de kozijnen. Sommige ruiten zijn gebroken, of ontbreken in 't geheel. Vooral de rechtervleugel – het grootste gedeelte – lijkt er slecht aan toe en is voor minstens de helft overwoekerd met klimplanten. Drie, vier meter hoge wilde rozen- en braamstruiken vormen een ondoordringbaar woud van taaie stengels en doornen.

'Maar... je woont in een kastéél!'

Ze grinnikt. 'Een jachthuis. Overgrootvader heeft het gebouwd in achttien zoveel.'

'Helemaal zélf?'

Sophie kijkt me verstoord aan van achter haar brillenglazen. 'Nee, natuurlijk niet.'

'O, ik bedoel, eh...' Ik voel me weer misselijk worden. En moe. Ik sta op instorten, vannacht heb ik nauwelijks geslapen en de autorit heeft me uitgeput.

'Kijk.' Sophie wijst naar de toren die oprijst tussen de verwaarloosde lange zijde van de L, en de korte, duidelijk beter onderhouden linkervleugel. 'Alleen dat deel is bewoond. Anders is het 's winters niet warm te stoken. Ik probeer het verval tegen te gaan, maar het is veel werk als je alles in je eentje moet doen.' Ze stopt op het beschaduwde grind voor het huis.

'Je woont hier alleen?'

Ze zoekt mijn blik, haar donkere ogen glinsteren. 'Nu niet meer.'

14

Sophie helpt me stapje voor stapje de stenen trap op naar het bordes. Ik leun zwaar op haar; ze is sterker dan ze lijkt, mijn redder in nood met haar frêle voorkomen. Op het bordes blijf ik voorovergebogen staan, mijn ogen samengeknepen. Ik probeer de steken in mijn onderbuik te negeren, maar mijn hele lijf protesteert tegen de inspanning die ik heb moeten leveren.

'Het komt goed, liefje,' hoor ik Sophie zeggen.

Ze haalt een sleutelbos tevoorschijn en ontgrendelt de glanzende donkerrode voordeur.

Bedachtzaam stap ik over de drempel, houvast zoekend bij het deurkozijn. Binnen is het schemerig en koel. Het ruikt een beetje muf, vochtig. En ook kruidig, naar planten en aarde.

Op de parketvloer liggen een paar enorme, tot op de

draad versleten Perzische tapijten. Oude meubels, een staande klok. Aan de hoge muren hangen olieverfschilderijen die zo donker zijn dat je onmogelijk nog kunt zien wie of wat erop is afgebeeld en het behang laat op sommige plaatsen los. Achter in de hal loopt een brede, houten trap met een kunstig bewerkte reling in een boog langs de muur omhoog naar de verdieping. Ik leg mijn hoofd in mijn nek en kijk naar het ornamentenplafond, dat zeker acht meter hoog moet zijn. Het doet surreëel aan, alsof ik elk moment verwelkomd kan worden door de Addams Family.

Sophie kijkt om zich heen met een blik die het midden houdt tussen spijt en ontzag. 'Zoals ik al zei, het is een beetje veel voor mij alleen. Ik kan er acht, tien, twaalf uur per dag aan blijven klussen, het is eigenlijk nooit genoeg. En dan hebben we de tuin nog.'

'Je hoeft je voor mij niet te verontschuldigen. Je huis is prachtig, Sophie, de meeste mensen kunnen alleen maar dromen van zo'n bezit.'

Ze knikt tevreden. 'Soms denk ik wel eens, waar doe ik het allemaal voor? Maar hier hoor ik thuis.'

Er kraakt iets rechts van ons. Mijn blik schiet naar glas-in-looddeuren waarachter een lange, brede gang loopt. Het zonlicht valt er gefilterd binnen door de talloze vuile kozijnen en de klimplanten die aan de buitenkant tegen de gevel groeien. Het verwaarloosde gedeelte, herinner ik me, de lange zijde van de L.

'Je went wel aan de geluiden,' zegt Sophie. 'Soms is het werkend hout, soms zijn het muizen of katten. Vogels af en toe, of een wespennest. Dat hou je nooit helemaal tegen. Er heeft ook eens een uil gebroed.'

Ik knik alsof ik het begrijp, en ik denk: *hoe kan iemand zo wonen?*

'Nou, hier is mijn afdeling, de linkervleugel zogezegd.' Ze wijst op een houten paneeldeur in de linkermuur, met twee glanzende houten treden ervoor. Dan zwaait haar vinger naar het plafond. 'Jij slaapt boven. Het is even een klimmetje, sorry daarvoor. Maar dan heb je wel de mooiste kamer van allemaal.'

Ik kijk langs de trap omhoog. 'Maar dat red ik niet.'

'We hebben alle tijd.'

Ik laat me schuifelend naar de trap toe helpen. Bij elke stap schiet er een pijnscheut door mijn onderbuik. Mijn oren suizen en halverwege de hal begin ik vlekken voor m'n ogen te zien.

Sophie heeft me eerder vanochtend uit het ziekenhuis opgehaald. De hele rit heb ik opgekruld op de bijrijdersstoel gelegen en van de route hiernaartoe heb ik niets meegekregen. Hoelang we hebben gereden weet ik ook al niet. Het kan een uur zijn geweest, maar evengoed veel korter of langer. Ik kan me zelfs niet eens herinneren welke plaatsnamen er op de borden langs de weg stonden.

'Sorry dat ik het niet makkelijker voor je kan maken,' hoor ik Sophie zeggen. 'Er is te weinig tijd geweest om hem te repareren.'

Nu pas zie ik een metalen buis langs de trap omhooglopen, stevig vastgeklonken aan de treden. De buis is crèmekleurig en er is een verschoten beige stoel op gemonteerd, met metalen armleuningen en een soort autogordel.

'*Un monte-escalier* – een traplift,' zegt Sophie. 'Ouwetje, maar hij heeft het steeds gedaan. Opa kocht hem ooit voor oma, en ook mama heeft er de laatste jaren gebruik van gemaakt. Ik ga hem repareren, hoor. Gelukkig heb je hem voorlopig toch niet nodig.'

Ergens in mijn onderbewustzijn hoor ik een stemmetje fluisteren dat er iets niet klopt. Dat Sophie een beetje anders klinkt, gespannen zelfs, en dat het op z'n minst merkwaardig is dat ze me in mijn hachelijke toestand per se naar een kamer ergens helemaal boven in dit enorme gebouw wil brengen.

Wat is dan het alternatief, Ellis? Je kunt nergens anders heen.

Sophie pakt zachtjes mijn elleboog vast. 'Ik help je wel, Elies. Kom, leun maar op mij.'

Trillerig herpak ik me. Ik zet mijn voet op de eerste trede, verbijt snuivend de pijn. Ik moet me niet zo aanstellen. Sophie is hartstikke aardig. Het is ontzettend lief dat ze dit voor me doet. Dat ik zo negatief over haar denk, komt omdat ik zo gespannen ben.

Wees blij dat iemand je helpt.

Sophie heeft niets te veel gezegd. Het is inderdaad een prachtige kamer, ruim en verrassend licht na de schemerige hal. De grote ramen met vakverdeling geven aan drie zijden vrij zicht over het open veld en de beboste heuvels.

'Mama's lievelingskamer.' Sophie loopt op het hemelbed af dat pontificaal in het midden staat. Het heeft sierlijk gedraaide notenhouten spijlen op de hoeken, gordijnen ontbreken. 'Je kunt vanuit het bed de zon zien opkomen en aan de andere kant weer zien ondergaan.' Ze schudt het dekbed voor me op en legt er een gehaakte sprei overheen. 'Voordat je zo meteen gaat slapen...' Ze wijst op een vierdelig kamerscherm in een donkere hoek bij de deur, goudkleurig, met een zijdeachtig glanzend behangetje. 'Daarachter vind je de wc en een wasbak. Er ligt ook een badjas. Ik wacht wel even buiten, als je privacy wilt.'

'Ik wil alleen maar slapen.'

'Natuurlijk.' Ze knikt. 'Ik ga een theetje voor je zetten. Maak het je gemakkelijk.'

Terwijl ik Sophie de trap af hoor lopen, staar ik naar het bed. Het idee dat haar moeder daarin heeft geslapen – *en is gestorven?* – staat me behoorlijk tegen. Maar ja, in ziekenhuizen en hotels slaap je net zo goed in bedden waarin weet-ik-wie-allemaal heeft gelegen, en waarin weet-ik-veel-wat is gebeurd.

Ik druk mijn onbehagen weg, sla het dekbed opzij en ga voorzichtig liggen. Bij de minste of geringste beweging ben ik me bewust van de operatiewond en het trekkende weefsel in mijn onderbuik. De ijzeren vering van het matras kraakt, maar het bed ligt prima en het beddengoed ruikt fris – heel wat frisser dan de rest van het huis in elk geval. Al snel ben ik me niet meer bewust van de omgeving en dommel ik in.

15

Mijn klasgenoten staan in een cirkel om me heen, hun ogen glinsteren. 'Ellis eet gras, Ellis eet gras!'

Ik kijk naar Petri's uitgestoken hand waar een bosje gras in ligt. Ze heeft dat net tussen de stoeptegels vandaan getrokken. Er zitten worteltjes aan en een beetje zand.

'Ellis eet gras!'

Ik neem het bosje van haar aan en steek het zonder nadenken in mijn mond. Begin verwoed te kauwen. Zandkorrels knarsen tussen mijn kiezen. Ik kijk de cirkel rond, blijf kauwen, probeer te doen alsof ik ervan geniet. Het harde gras prikt in mijn verhemelte, ik kauw door en slik uiteindelijk de brok weg. Open dan mijn mond, zodat iedereen kan zien dat ik alles heb doorgeslikt.

'Heerlijk!' roep ik. Een moeilijk woord, het lukt me niet om het accentloos uit te spreken.

Kinderen lachen, roepen opgewonden door elkaar heen. 'Ze vreet het echt, gatver! Haha!' De meesten bekijken me met afgrijzen, maar bij sommigen zie ik respect. En daar doe ik het voor.

De zoemer gaat. Ik volg de rest naar het klaslokaal. Iedereen neemt plaats aan een van de zes eilanden van tegen elkaar aan geschoven tafeltjes. Ik ga aan mijn tafeltje zitten, dat helemaal voorin tegen het bureau van de lerares staat. Ik rits mijn etui open, haal er een pen uit en staar naar mijn schrift. Er is te veel wat ik niet begrijp. Terwijl ik aan de oefeningen begin, proef ik het gras nog steeds.

Op een dag spreek ik vloeiend hun taal, en dan hoor ik erbij.

Als ik wakker word, baadt de kamer in een oranjerode gloed. Op een tafeltje bij het bed staan een kom soep en een porseleinen kop-en-schotel. Ik ga voorzichtig rechtop zitten en pak het kopje bij het oor. Kijk erin: thee. Ik neem een paar slokken. Hij is koud en smaakt een beetje wrang, de blaadjes hebben te lang getrokken, maar ik heb zo veel dorst dat ik alles opdrink.

Vanuit mijn ooghoeken zie ik beweging bij de deur.

'Ik heb een melange gemaakt van sint-janskruid, vlierbloesem en kamille. Goed voor je herstel.'

Ik laat het kopje bijna uit mijn hand vallen. Sophie zit op een stoel in de hoek van de kamer.

Is ze daar de hele tijd al?

Keek ze naar me terwijl ik sliep?

'Je was flink aan het dromen.' Ze loopt op me af en komt zwijgend op de rand van het bed zitten, kijkt me alleen maar aan met haar bruine ogen.

Dit is zo ongemakkelijk, ik sla mijn blik neer.

'Was het een nare droom, Elies? Daar leek het wel op. Ik wilde je bijna wakker maken.'

'Ik droomde over Nederland,' zeg ik, mijn blik gericht op de sprei. 'Over toen ik er pas woonde. Ik had nog geen vrienden en miste m'n oude dorp.'

'Waar ligt dat?'

'In Normandië.'

'Mooie streek, tenminste, dat zeggen ze. Ik ben er nog nooit geweest.' Ze slaat haar benen over elkaar. 'Ik ben Parisienne. De *Luco*, de Jardin du Luxembourg, was mijn natuurbeleving. En het Bois de Boulogne natuurlijk, dat ken je vast. Maar hier, bij opa en oma, kwam ik erachter wat échte natuur inhield. De uitgestrektheid, de stilte. Snap je wat ik bedoel, Elies? Leven met de seizoenen en de wilde dieren. Twintig hectare hoort er bij het huis. Ik kon hier ademhalen als kind, mezelf zijn.' Ze pauzeert even, fronst. 'Behalve op zondag.'

Ik heb helemaal geen zin om te kletsen en heb er amper de energie voor, maar het lijkt me goed om haar beter te leren kennen. 'Wat was er op zondag?'

'Als je op het Franse platteland bent opgegroeid, weet je dat.'

Gek genoeg was ik het vergeten, de regel die we als kind nooit overtraden: op zondag speelde je niet in het bos, want dan was het bos van de jagers.

'Het ging me steeds meer tegenstaan.' Ze heft haar kin en kijkt bozig naar buiten. 'Dat domme geknal, het willen vernietigen van alles wat mooi en weerloos is. Dus toen ik hier ben komen wonen om mama te verzorgen, heb ik dat volk verboden nog op onze grond te komen.'

'Wanneer was dat?'

'Vijf jaar geleden. Ik had overal bordjes op de bomen gespijkerd, hoeveel duidelijkheid heeft een mens nodig?' Er glijdt een schaduw over haar gezicht. 'Ze bleven gewoon komen. Dat gajes had schijt aan twee vrouwen. Toen heb ik het hele terrein afgesloten. Ik heb prikkeldraad gespannen, hekwerk laten plaatsen. Alles wat nodig was om ze te weren. Víer kilometer hekwerk, Elies... Ik ben er maanden mee bezig geweest, maar uiteindelijk bleven ze weg. Als je nu nog schoten hoort, is het bij de buren.' Ze maakt een wegwerpgebaar in de richting van het raam. 'Bijna een kilometer verderop.'

'Doe je echt alles alleen?'

Ze trekt een wenkbrauw op. 'Je wordt vanzelf handig.'

'Waar zijn we eigenlijk, hoe heet deze plek?'

'Weet je dat niet?'

'Nee.'

Ik zou haar op dit moment geeneens kunnen zeggen op welk station ik moest overstappen op de trein naar Parijs. Het lijkt wel maanden geleden, en ik was toen al verward en overstuur.

'Saint-Vincent-de-Reins ligt het dichtstbij,' zegt ze. 'We hebben een bakker, een slager, een café en een garage. Voor serieuze zaken moet ik naar Lyon, dat ligt op ruim een uur rijden hiervandaan.'

Ik knik alsof ik een compleet beeld heb, maar ik heb geen idee. 'Het ziekenhuis is in Lyon?'

'Het armzalige Édouard Herriot-ziekenhuis. Maar goed, als je het nieuws een beetje volgt, zul je weten dat je momenteel bij geen enkele spoedeisende hulp fatsoenlijk geholpen wordt.' Sophie pakt de kom op en houdt me een lepel soep voor. Ik laat me voeren als een peuter. Het is een soort linzensoep, al helemaal afgekoeld, lekker is anders. Op een of andere manier doet het me denken aan mijn droom. Maar waar ik vroeger werd uitgelachen, is er nu iemand die lief voor me is.

Eenzaam, Ellis. Net als jij.

'Hé,' zegt ze zacht, en met haar duim veegt ze een traan bij mijn oog weg. 'Je geheugen komt wel terug.'

Mijn geheugen is niet weg, wil ik zeggen. Het is misschien door elkaar gehusseld en vertroebeld door alles wat er is gebeurd. Te veel emoties, te veel pijn. De afschuwelijke behandeling in het ziekenhuis. *Mis*handeling, als ik erover nadenk.

De kom is leeg. 'Goed zo, Elies.'

'Dankjewel,' weet ik uit te brengen.

Sophie zet de kom weg. 'Hoe oud was je toen jullie naar Nederland verhuisden?'

'Negen.'

'Wil je erover praten? Je klonk zo benauwd in je droom. Hoe kwam je in Nederland terecht?'

'Ik ben moe,' fluister ik. 'Echt heel moe.'

'Och, meiske toch...' Ze buigt over me heen, komt dichtbij, zo dichtbij dat ik haar kan ruiken, en net als ik denk dat ze me gaat zoenen of zoiets raars, neemt ze een lok haar tussen haar vingers en weegt hem in haar hand. 'Zo mooi. Hoelang heb je hierop gespaard?'

Ik trek mijn hoofd een beetje terug, maar ze lijkt mijn ongemakkelijkheid niet op te pikken. Gebiologeerd kijkt ze naar mijn haar, ze voelt eraan, wrijft het tussen haar duim en vingers.

'Ik heb altijd lang haar gehad,' zeg ik. 'Als kind al.'

'Ik wil dit ook.'

'Dan moet je het laten groeien.'

Ze laat mijn haar los en gaat rechtop staan, glimlacht. 'Wat een goed idee. Dat is precies wat ik ga doen, Elies!'

Nadat Sophie is verdwenen verzamel ik moed om uit bed te kruipen. Alles doet me zeer en ik voel me ongelooflijk zwak. Half gebukt, eerst nog steun zoekend bij het matras en bij een van de spijlen van het hemelbed, maak ik de overtocht van drie, vier meter naar het kamerscherm. Daarachter grijp ik de wasbak vast, een zalmroze schelpvorm met een kraan erboven – geen spiegel –, en was ik mijn handen en gezicht. Ik droog me af met een van de handdoeken van de stapel die op een kastje bij de wasbak ligt en laat me op het toilet zakken.

Stilletjes blijf ik zitten luisteren naar het gezang en getjilp van de buitenvogels. Recht voor me staat een stoeltje waar de witte plastic zak op ligt die bij binnenkomst in het ziekenhuis aan m'n brancard werd gehangen. Alles wat ik bij me had hebben ze erin gestopt. Mijn tasje met mijn paspoort, cash, het minimale. Mijn telefoon was ik voor vertrek al kwijt. In Nederland zou ik wel een nieuwe kopen, dacht ik toen nog.

En nu zit ik hier, in een half vervallen jachthuis met iemand die zo eenzaam is dat ze een wildvreemde binnenhaalt om voor te zorgen.

Hoe ben ik in hemelsnaam in deze situatie verzeild geraakt?

Als mijn tranen uiteindelijk beginnen te stromen, kan ik niet meer stoppen met huilen.

Sophie

'Merk je het verschil al? De sfeer in huis is anders, hè, nu zij er is.' Ik zet een kom linzensoep op het nachtkastje en loop door naar het raam om de binnenluiken te openen.

Prompt is het licht in de kamer. De zon schijnt tussen de schapenwolken door naar binnen en strijkt over het antieke behang dat mama zo mooi vindt. Goudkleurig met bruin en groen, zilveren strepen en sierlijke krullen. Ooit nog aangebracht door overgrootvader – of beter gezegd: zijn personeel. Het papier ziet er nieuw uit, alsof het pas gisteren uit de verpakking is gehaald. Dat komt misschien omdat die binnenluiken al zolang ik het me kan heugen dicht hebben gezeten. Precies wat mama fijn vindt. Ik heb haar daarin steeds gelaten, maar vandaag besloot ik: ze heeft meer licht nodig. Daglicht en zonneschijn zullen haar humeur goeddoen.

'Mam?' Ik draai me naar haar om. Bij binnenkomst voelde ik me zo vrolijk en zorgeloos dat ik de holle stilte niet echt heb opgemerkt.

Ze is vaker stil. Het is haar manier om afkeuring uit te drukken. Net als vroeger. Als ik iets zeg of doe wat haar niet bevalt, zwijgt ze soms dagenlang. En dan moet ik maar raden wat ik nu weer verkeerd heb gedaan.

Een oud mechanisme treedt in werking, een uitgesleten groef waarin ik als vanzelf terugglijd; ik recht mijn schouders en zet een glimlach op. Het is een automatisme geworden. Simpelweg doen alsof ik die afkeuring van haar niet opmerk, en vooral: niet voel.

'Je zult haar geweldig vinden, mam, net als ik,' zeg ik quasivrolijk. 'Ze lijkt sprekend op haar, het heeft zo moeten zijn. Wat een geschenk! Zodra ze is aangesterkt, zal ik jullie aan elkaar voorstellen.'

16

‘Goedemorgen, Elies!’ Sophie draagt een mannenoverall die haar veel te groot is, met omgeslagen manchetten. Om haar heupen hangt een timmermansgordel met gereedschap.

Ik knipper met mijn ogen, werp een blik naar buiten. De zon is op. Gezang van bosvogels dringt door de dunne ramen de kamer in.

Sophie zet een dienblad op het tafeltje naast het bed. Een eitje, een croissant, kwark en een glas thee. ‘Ik heb een melange van groene thee, berkenblad en jeneverbessen voor je gemaakt.’

Ze helpt me rechtop en geeft me een glas water met een wit laagje op de bodem. ‘Je pijnstillers.’

Ik roer het poeder door het water, drink het in een paar teugen op en spoel de smaak weg met een slok lauwe thee. Die is ook al niet echt lekker, maar vast heel gezond.

Terwijl ik mijn ontbijt opeet, kletst ze honderduit over de klusjes die ze de komende tijd wil doen. Ze toont me haar handen en onderarmen, die ontsierd worden door sneetjes en kleine littekens. ‘Het is me niet komen aanwaaien, maar ik kan nu bijna alles zelf.’

'Knap.'

'Ach, dat valt wel mee. Het huis is er altijd geweest voor de familie, nu ben ik er voor het huis.'

'Heb je verder geen familie meer?'

Ze bijt op haar onderlip. Zegt dan, met haar blik op het raam gericht: 'Ik heb mama nog bij me. Maar het is natuurlijk niet hetzelfde.'

'Dat snap ik.' Ik heb lang na onze emigratie mijn vriendjes uit het Franse dorp bij me gehad. Dan stelde ik me voor dat ze met me meeliepen terwijl ik hun ons nieuwe huis liet zien, en mijn nieuwe school. Ze kwamen bij me staan op het schoolplein als de Nederlandse klasgenootjes me negeerden, en ze steunden me in alles. Uiteindelijk vervaagden hun gezichten en verstomden hun stemmen. En nu weet ik niet eens meer hoe ze eruitzagen.

'Wil je me nu vertellen hoe je van Normandië in Nederland terecht bent gekomen?' vraagt Sophie.

Ik vertel haar dat mijn Nederlandse moeder terug naar haar ouders wilde, en dat de verhuizing ons hele leven op zijn kop had gezet. 'Mijn moeder was sindsdien altijd aan het werk, ze veranderde van iemand die er altijd voor me was geweest in een zakenvrouw. Ze stond vaak op meubelbeurzen in het buitenland, of in Groningen of Maastricht, ver van huis in elk geval, en dan overnachtte ze daar. Toen ik ouder werd begreep ik dat ze zich schuldig moet hebben gevoeld over de verloren jaren. Door lange dagen te werken probeerde ze haar fouten uit te wissen, ze wilde haar ouders laten zien dat ze hun vertrouwen waard was. Mijn moeder was totaal niet meer met ons bezig, ik geloof dat ze mijn vader en mij op een gegeven moment alleen maar als ballast zag.'

'Hoe was dat voor je vader?'

'Mijn grootouders hadden hem een baantje gegeven in het magazijn. Na het werk zat hij over zijn Nederlandse leerboeken gebogen, soms keek hij met mij samen naar kinderprogramma's op tv. Maar toen ik al op de middelbare school zat, konden de mensen hem nog steeds nauwelijks verstaan.'

'Moeilijke taal, Nederlands,' brengt ze in.

'Absoluut.' Ik zie mijn vader nog zitten, gebogen over zijn leerboeken. Hij werd na verloop van tijd stiller, maakte minder grapjes en dronk meer wijn. Veel meer wijn. Hij begon ernaar te ruiken. Papa kon als de beste bomen snoeien en schuttingen repareren, maar hij had gewoon geen talenknobbel. 'Op den duur ging ik voor hem tolken, en vertaalde ik de brieven van school. Ik vond het sneu als mama erachter zou komen hoe slecht zijn Nederlands feitelijk was. Achteraf denk ik dat ze dat toch wel wist, want ze begon hem te kleineren, steeds vaker, zelfs waar ik bij was.'

'Je had medelijden met je vader,' zegt ze.

'O, ja.'

'Hij ook met jou?'

Ik schud mijn hoofd. 'Mijn ouders hebben nooit geweten dat ik op school gepest werd.'

'Hoe komt dat?'

'Ik heb het nooit ter sprake gebracht. Ze hadden het zonder mijn shit al moeilijk genoeg.' Mijn blik dwaalt af naar buiten. De zon zinkt achter de donkere bosrand, de oranje stralen schijnen recht in mijn ogen. Ik sluit ze, laat een stilte vallen. Dan zeg ik: 'Ik schaamde me dat ik geen aansluiting kreeg in het dorp. Dat ik jaar in, jaar uit dat rare kind blééf. Het laatste wat ik wilde was dat mijn ouders zich daar ook nog eens zorgen om moesten maken, na alles wat ik had veroorzaakt.'

'Veroorzaakt? Wat bedoel je daarmee?'

'Nou... door mij heeft m'n moeder ruziegemaakt met haar ouders. Die heeft ze negen jaar lang niet willen zien. Het minste wat ik kon doen, was proberen haar en papa niet in de weg te lopen.'

Sophie kijkt me begripvol aan. 'We hebben als kind soms een zware last te dragen. Volwassenen nemen niet altijd hun verantwoordelijkheid. Daar weet ik helaas ook alles van.'

'Je had ook geen goede band met je moeder?'

Ze zwijgt even, trekt met haar mondhoek. 'Misschien vreemd, maar... nu is die beter dan toen. Mama kon zulke afschúwelijke dingen zeggen. Ze sloeg je met woorden. Zó, pats pats.' Ze doet alsof ze zichzelf in het gezicht slaat en staart dan zwijgend voor zich uit. Als ze verdergaat, klinkt haar stem zachter. 'Nu zegt ze dat ze daar spijt van heeft... Ach. Misschien beeld ik me dat alleen maar in. Het is gewoon wat ik graag wil horen.'

'Ik begrijp het.'

'O, ja?'

'Ja. Mijn moeder was ook niet altijd even aardig.'

Ze glimlacht breed. 'Dat hebben we dan ook al gemeen, Elies.'

Het is aardedonker als ik mijn ogen open. Ik heb geen idee van de tijd. Stilletjes luister ik naar de geluiden van het huis. Het subtiele kraken van de balken, getik van glas in oude sponningen, en een laag, sonoor gebrom dat me doet denken aan een stationair draaiende motor.

Dan hoor ik stemmen beneden. Ik concentreer me op het geluid dat van ver komt, een stemverheffing, een lach.

Sophie lijkt me niet iemand die tot diep in de nacht gasten ontvangt. Ze heeft vast een tv of radio aan staan, om de stilte en eenzaamheid op te vullen.

Ik zou dat tenminste wel doen als ik zo afgelegen zou wonen.

17

'Tot vanavond!'

Sophie trekt de deur achter zich dicht. Ze heeft het dienblad met de resten van de lunch meegenomen en een nieuw glas thee voor me achtergelaten. Iets met lindebloesem. Gelukkig heeft ze er een knijpflesje honing bij gezet.

Toen ze vanmiddag informeerde naar de tegenwoordige band met mijn familie heb ik haar eerlijk verteld dat ik mijn ouders en mijn grootouders van beide kanten sinds mijn vijftiende niet meer heb gezien of gesproken, en dat ik daar vrede mee heb. Tijdens het gesprek moest ik onwillekeurig denken aan een uitzending van *Spoorloos*, waarin een Nederlandse man op zoek ging naar zijn Engelse vader. Het bleek een ontiegelijke hork te zijn die inmiddels een gezin met jonge kinderen had, en niet zat te wachten op een volwassen zoon in Nederland. Ik weet zeker dat als *Spoorloos* mijn ouders zou benaderen, zij er precies zo in zouden staan. Ik herinner die mensen alleen maar aan de grootste fout die ze in hun leven hebben gemaakt. Aan hun onmacht, de ruzies.

Toen ik in de puberteit in opstand kwam tegen mijn vaders gezuip, en ook mijn moeders hautaine gedrag niet meer pikte, raakte de sfeer thuis zo verziekt dat ik uit huis geplaatst werd. Het was onhoudbaar geworden. Welke idioot sluit zijn puberdochter op in een kelder? Mijn vader deed het keer op keer. Drie jaar heb ik bij pleeggezinnen en in instellingen gewoond. Zesendertig maanden, honderdzesenvijftig weken, bijna elfhonderd dagen, tienduizenden uren waarin die twee verwekkers van me simpelweg de telefoon hadden kunnen pakken om te vragen hoe het met me ging. Ze hebben nooit de moeite genomen.

En nu zijn we bijna twintig jaar verder.

Sommige mensen kunnen beter geen kinderen nemen.

'Voor mij zijn ze dood,' zei ik tegen Sophie, die geduldig naar me luisterde terwijl ze van haar thee nipte. 'Veel mensen vinden dat moeilijk te begrijpen, ze schrikken als ik dat zeg en vinden me te hard, maar zij hebben niet in mijn schoenen gestaan.'

'Ik denk dat ik je wel begrijp, Elies,' zei ze.

We kletsten nog even, maar ik was zo moe dat mijn ogen dichtvielen. Ze dekte me toe en drukte vluchtig een kus op mijn voorhoofd.

Na een kort middagslaapje valt mijn oog op de witte plastic zak die Sophie op een antiek stoeltje bij het kamerscherm heeft gelegd.

Ik neem de tijd om rechtop te gaan zitten, laat langzaam mijn benen over de rand zakken en begin te lopen. Vier, vijf meter, meer is het niet, maar ze komen me voor als de laatste meters van een marathon. Met de zak tegen me aan geklemd kruip ik terug in bed.

Alles wat hierin zit, heb ik straks weer nodig. Zodra ik ook maar enigszins op de been ben, zal ik Sophie vragen om me naar het dichtstbijzijnde treinstation te brengen. Hoe sneller ik in Nederland ben, hoe beter. Elke dag die ik hier doorbreng, is een verloren dag.

Nadat ik me weer enigszins geïnstalleerd heb, haal ik mijn spullen eruit. Mijn Gucci-handtasje; blauw denim, met het iconische bitje. Mijn pasjes en rijbewijs zitten er gelukkig nog in, evenals de vijfhonderd euro contant die ik altijd voor nood bij me heb. Mijn etui met lipgloss, een wenkbrauwpotloodje en compactpoeder. Maar waar is mijn paspoort? Ik ga nog eens door de inhoud, draai het tasje om, schud het leeg.

Geen paspoort.

18

Klokslag zeven uur komt Sophie de kamer in met twee borden. 'Gebakken aardappelen, boontjes, eendenbout.'

Ze trekt er een stoel bij en we eten weer samen. Sophie

lijkt in een goede bui, ze ratelt aan een stuk door over de klusjes waarmee ze bezig is, ik kan er nauwelijks tussen komen. Pas als ze de lege borden op het dienblad stapelt, vraag ik haar of ze mijn paspoort heeft gezien.

'Paspoort?' Ik zie haar kaken verstrakken.

Ik wijs op de plastic zak die nu aan mijn voeteneind ligt. 'Het ligt er niet meer in. Ik dacht, misschien heb je het eruit gehaald om –'

'Waarvoor heb je een paspoort nodig?'

'Nou, misschien omdat het een officieel document is dat bij me hoort?'

Ze kijkt me verstoord aan. 'Dat is wat ze je graag willen doen geloven.'

'Maar je kunt toch niet zonder paspoort?'

Ze snuift, reageert niet.

'Heb jij er geen dan?' dring ik aan.

Ze wrijft over haar arm. 'Je moet die lui niet te veel macht geven, Elies. Precies om die reden heb ik ook geen smartphone. Aan de muur in de hal beneden hangt een telefoon die prima werkt.'

Even ben ik met stomheid geslagen. Dan schraap ik mijn keel. 'Dus je hebt mijn paspoort niet gezien?'

'Nee.'

Ik twijfel aan haar oprechtheid. Ze gedraagt zich een beetje merkwaardig en heeft een nerveus trekje om haar mond. 'Misschien is het in het ziekenhuis of in de auto uit de tas gevallen,' zeg ik. 'Zou je de auto willen checken en het ziekenhuis willen bellen?'

Ze staat op. Met het dienblad in haar handen kijkt ze

me vanuit de hoogte aan, haar ogen waterig achter haar brillenglazen. 'Ik zal kijken.'

Uren verstrijken. Ik zie de zon verdwijnen achter de inktzwarte bosrand. Mijn kamer kleurt eerst oranje, dan rood, en geleidelijk valt de schemer in. Beneden hoor ik Sophie af en toe lopen en praten, soms gaat een deur open of dicht.

En dan wordt het donker en is het stil.

Ze komt niet meer naar boven.

19

Het is me nu wel duidelijk dat mijn extreme vermoeidheid en de hersenmist niet uitsluitend te wijten kunnen zijn aan de buikoperatie, de narcose en de chaos op de spoedeisende hulp. Mijn slechte conditie moet een optelsom zijn van alles wat me de afgelopen maanden is overkomen. Het was te veel, te heftig, te ingrijpend wat ik allemaal voor mijn kiezen heb gekregen.

En mijn huidige situatie is minstens zo krankzinnig. Ik ben als een bibberend straatkatje geadopteerd door een wereldvreemde Française die in haar eentje in een afgelegen negentiende-eeuws manoir woont. Hoeveel hectare lag er ook alweer om het huis heen? Twintig, meen ik me te herinneren. Ik kan me daar nauwelijks iets bij voorstellen.

Maar ik ben geen straatkatje. Ik kan en wil hier geen seconde langer blijven dan nodig is. Ik moet zo snel mogelijk beter worden.

Er is iemand die me nodig heeft.

De volgende ochtend bestaat mijn ontbijt opnieuw uit een gekookt eitje, een croissant en een kop thee. Met een zilveren lepeltje roert Sophie mijn pijnstillers door een glas water en ze geeft het me aan. Ze staat nu bij het raam te wachten tot ik alles heb opgegeten en kijkt met haar armen over elkaar uit over haar landgoed.

Zo in het ochtendlicht is Sophie een bijzonder mooie vrouw. Ze zou makkelijk kunnen doorgaan voor een filmster: elegant, hoge jukbeenderen, volle lippen en diepliggende, levendige ogen. Maar het slecht geknipte, pluizende haar flatteert haar niet, en hetzelfde kan worden gezegd van de oude kleding die ze draagt. Sophie zou haar natuurlijke schoonheid kunnen uitbuiten. Daar heeft ze weinig voor nodig. Een jurkje van de Zara, mascara en een goede kapper zouden al een wereld van verschil maken. Maar Sophie lijkt zich nauwelijks bezig te houden met haar uiterlijk. Ze heeft gekozen voor een teruggetrokken leven in deze historische setting, die zo belangrijk is geweest voor haar familie. Tragisch en verfrissend tegelijk.

'Heb je nog gezocht naar mijn paspoort?' vraag ik.

'Ik heb het ziekenhuis gebeld. Ze zijn voor je aan het zoeken.' Afwezig aait ze over de klauwhamer die aan haar gordel hangt. Het staal glanst als nieuw, maar de houten greep ziet eruit alsof hij duizenden keren is gehanteerd.

'En in de auto?'

'In de auto ligt niets.'

'Weet je dat zeker?'

Ze kijkt even over haar schouder. 'Waarom zou ik daarover liegen?'

Ik val in een onrustige slaap waarin ik droom over mijn ouders. Als ik mijn ogen weer open lukt het me niet hen los te laten. Ik zie steeds weer dat bekende beeld voor me van mijn vader die met een donderwolk boven zijn hoofd aan de keukentafel limonadeglazen vol goedkope rode wijn achterovertikt en de ene na de andere Gauloises opsteekt; boos op zijn schoonouders, op mama, op zichzelf, maar vooral op mij natuurlijk, de aanstichtster van zijn miserabele huwelijk.

Tegen de tijd dat ik naar de havo ging was er weinig meer over van die 'vrolijke Frans', zoals mama hem ooit had genoemd.

Achteraf begreep ik dat hij in een diepe depressie was beland, die de reden was van zijn drankzucht en apathie, afgewisseld met onvoorspelbare woedeaanvallen. Die laatste uitte hij naar mij, nooit naar mama, want tegen haar durfde hij zijn stem nauwelijks te verheffen. Mama voedde zijn woede, ze stookte het vuurtje op. Als ze thuis was, en dat kwam steeds minder voor, bleef ze maar op hem vitten. 'Denk je dat jóuw leven zwaar is, Yves? Je doet geen ene reet!' 'Kun je nou helemaal niets?' 'Dan ga je toch lekker terug naar je *maman*?'

Maar papa bleef. Hij wist zich geen raad, leefde in een vacuüm, van dag tot dag. Daar leefden we alle drie in. Verlamd, onmachtig om eruit te stappen, om de beslissingen te nemen die nodig waren.

Maar door geen beslissing te nemen, neem je die uiteindelijk toch: de beslissing om de situatie te laten voortbestaan.

Op twaalfjarige leeftijd zwoer ik dat ik later nooit zou trouwen met iemand zoals mijn vader. De man met wie ik mijn leven ging delen, zou ballen van staal hebben. Het moest een kerel zijn naar wie iedereen opkeek, die respect afdwong en voor niets en niemand bang was.

Ik zou hem eerder tegenkomen dan ik toen kon vermoeden.

20

Op het moment dat Sophie me in een rolstoel het ziekenhuis binnenduwt, begin ik te zweten en te trillen. De geuren en de felle verlichting werken als een nachtmerrieachtige tijdmachine die me terugflitst naar het moment waarop ik de oude vrouw op de spoedeisende hulp zag liggen. Haar polsen zijn vastgesnoerd aan de omhooggeklapte zijsteunen van haar bed, haar uitgeteerde handen grijpen in het luchtledige en haar ogen draaien rond in hun kassen.

Ik krijg het trillen niet onder controle, dat komt van binnenuit, en ik vermoed dat ik wit ben weggetrokken en raar uit mijn ogen kijk, want mensen mijden ons.

In de wachtkamer voel ik me geleidelijk wat rustiger worden.

Een jaar of tien geleden heb ik traumatherapie gehad, ik herken de signalen. Zodra ik weer in Nederland ben zal ik mijn psycholoog opzoeken voor een paar stevige EMDR-sessies. Die ongelukkige vrouw op de spoedeisende hulp moet uit mijn systeem. En met haar ook dit kloteziekenhuis, de angst, de pijn, de afschuwelijke periode die voorafging aan mijn gedwongen reis naar Nederland. Ik zou het allemaal willen wissen, voor altijd van de biologische harde schijf willen vegen.

'Uw zus mag hier op de gang wachten,' zegt de verpleegkundige. Hij neemt mijn rolstoel van Sophie over en rijdt me de behandelkamer in.

Gedwee laat ik de hechtingen verwijderen. De genezing verloopt volgens plan, zegt hij. Het is normaal dat ik me zwakjes voel en nog steeds zo veel pijn heb. De operatie is immers pas tien dagen geleden. 'Het heeft echt tijd nodig, madame. U hebt te lang doorgelopen met een aandoening die eigenlijk een medisch noodgeval is. Het had veel erger kunnen aflopen. Neem dat van me aan.'

Als ik terugkom in de wachtkamer geeft Sophie me een bekertje water en laat me dan alleen om op de spoedeisende hulp te gaan informeren naar mijn paspoort. Een kwartier later komt ze schouderophalend terug. 'Misschien zijn we je pas op straat verloren, ergens tussen het ziekenhuis en de auto.'

'En in de auto zelf, onder de stoelen of zo? Als ik zelf had kunnen zoeken, dan –'

'Heb ik gezocht. Er ligt niets.'

Op de terugweg naar het jachthuis zie ik in de berm een reclamebord van Darty, een grote elektronicazaak die is gevestigd aan de verderop gelegen winkelboulevard. Ik vraag Sophie om daar even te stoppen, zodat we een telefoon voor me kunnen kopen.

Ze reageert nauwelijks.

‘Sophie? Je had op de rotonde rechts gemoeten.’

Ze houdt haar blik op de weg gericht en rijdt de hele verzameling winkels stoïcijns voorbij.

‘Sophie? Hoor je me? Ik heb –’

Abrupt gooit ze het stuur naar rechts en zet de auto stil in het gras. Vinnig trekt ze de handrem aan. Achter en naast ons wordt geclaxonneerd.

‘Waaróm? Wat wil je daarmee?’ Ze spuwt haar woorden bijna uit.

‘Ik moet om te beginnen bij de gemeente Amsterdam melden dat ik mijn paspoort kwijt ben.’

‘Zodra we thuis zijn, bellen we met de vaste lijn.’

‘Ik vind het fijner om een eigen toestel te hebben. Ik ben het kwijtgeraakt voordat ik in het ziekenhuis terechtkwam, en voel me echt onthand.’

‘Maar dat is het hele verhaal niet, toch?’ Ze knijpt zo hard in het stuur dat haar knokkels wit worden.

‘Wat bedoel –’

‘Je bent verslaafd, Elies! Verslaafd aan die stomme spelletjes waar je simpel van wordt, en aan social media. Filmpjes die jij leuk vindt, ze hebben er een oneindige voorraad van, miljoenen als het moet, net zolang totdat je ogen zijn vastgebrand aan dat scherm en je niet meer zonder je telefoon kunt. En dán...’ Ze wijst naar de lucht. ‘Dán hebben ze je precies waar ze je hebben willen, want dan kunnen ze je stúren. Daar zijn ze op uit, Elies, daar gaat dit allemaal over: over macht, over controle.’ Sophie legt dwingend een hand op mijn been. ‘En dit is een mogelijkheid om je vrijheid terug te pakken. Ik help je wel.’

'Ik wil niet geholpen worden.'

Ze doet alsof ze me niet hoort. 'Verveel je je, wil je een boek lezen? Ga ik voor je regelen. We hebben een hele bibliotheek in huis. Camus, Duras, Hugo, zelfs Houellebecq, al ben ik geen fan.' Met haar ogen tot spleetjes geknepen kijkt ze langs me heen, alsof ik ergens daar buiten in de berm sta. 'Zeker Duras is erg onderhoudend, ik kan je haar *L'Amant* van harte aanbevelen.'

'Nee, ik –'

'Natúúrlijk wel.' Ze glimlacht tevreden voor zich uit.

'Sophie, hállo?'

Ik krijg geen contact met haar.

'Sophie, ik wil –'

Ineens draait ze haar gezicht naar me toe. De peilloze leegte in haar blik doet me terugdeinzen.

Als ze begint te praten klinkt haar stem anders, zwaarder, ouder vooral. 'Je bent niet alleen. Eén is geen. Twee is één.'

Dit is totaal gestoord. Ik leg mijn hand op de deurgreep, klaar om uit te stappen, maar besef dan dat ik daar buiten nog geen drie stappen kan zetten zonder in elkaar te zakken.

Gespannen blijf ik zitten.

'Fijn, dan zijn we het eens,' zegt ze plotseling met haar eigen stem.

Ze start de auto en trekt op.

Terug in het huis helpt Sophie me geduldig trede voor trede de trap op – de traplift is nog steeds buiten werking. 'Ik wacht op onderdelen,' zegt ze als ik ernaar vraag.

Trillend en met een bezweet gezicht kom ik boven. Ik voel me totaal uitgeput.

Sophie helpt me in bed en dept mijn gezicht met een koud washandje. Ze is haar lieve zelf weer en ik begin er nu aan te twijfelen of wat ik in de auto met haar heb meegemaakt wel echt heeft plaatsgevonden.

Zodra mijn hoofd het kussen raakt, schiet het door me heen dat ik vergeten ben om naar Amsterdam te bellen.

Als ik wakker word, is het donker. Een sikkelmaan piept net boven het zwarte bos uit, de hemel is bezaaid met sterren.

Ik knip het lampje aan en zie een dienblad met avondeten op het tafeltje naast het bed staan. Rijst met groenten en kip. Ik voel eraan. Koud. Een groot glas afgekoelde thee staat ernaast.

Voorzichtig ga ik rechtop zitten en ik begin te eten.

Het komt me een beetje vreemd voor dat Sophie me niet heeft gewekt. We eten 's avonds altijd samen.

Ik zet het dienblad weer op het tafeltje en laat me in de kussens zakken. Luister naar de krekels buiten, het zachte kraken van houten verbindingen in het huis. Daartussenin de stilte. Die voelt anders dan anders, en er bekruipt me een onheilspellend gevoel dat ik niet van me af kan zetten.

Sophie

De afwijzing op haar gezicht laat zich niet meer ont-zien. Ik kan er onmogelijk nog omheen, en die raakt me met de dag meer. Wat ik ook doe, het is nooit genoeg.

Maar van alles is dat bozige stilzwijgen nog wel het moeilijkste om te accepteren. Doodgezwegen worden door iemand die je warmte en liefde zou moeten geven. Warmte en liefde die ze reserveerde voor Charlotte, nooit voor mij. Ik staar naar dat gezicht dat alleen maar afkeuring uitdrukt, in de wetenschap dat ik voor haar net zo goed een rondkruipend insect kan zijn.

En waarom? Wat doe ik verkeerd, anders dan dat ik eenvoudigweg niet aan haar idioot hoge standaard kan voldoen? *Wanneer gaat ze dat eens inzien?*

Ik verlang zo ontzettend naar de dag waarop ze mij eindelijk eens gaat waarderen.

Als een betrapt kind ruk ik mijn ogen los van de hare, en laat ze door de schemerige ruimte dwalen. Ze blijven rusten op het tafeltje naast haar bed. Daar dient de volgende teleurstelling zich aan: haar bord is onaangeroerd. Ze heeft niet eens de moeite genomen om te proeven wat ik heb gekookt.

'Je moet echt eten,' zeg ik.

Haar smalle wenkbrauwen trekken samen in een diepe frons. 'Leer dan eerst eens koken, dit is niet te vreten!'

Ik schrik ervan, grijp naar mijn borst. 'Goh, eindelijk zeg je eens wat. En het is meteen superonaardig. Na alles wat ik voor je gedaan heb, en nog steeds doe.'

Ze reageert niet meer.

'Praat gewoon tegen me, dat verdien ik!'

Met samengeknepen lippen staart ze voor zich uit.

'Mama, ik doe zoveel voor je. Het is een groot huis om bij te houden, maar ik leer elke dag bij, ik schilder en timmer en ik kook, waarom is het nooit genoeg? Ik ben ook niet meer alleen, dat weet je. Dat zeg je toch altijd: "Eén is geen, twee is één." Dat wil je toch? Nou? Wat kan ik dan nog meer doen?'

Ze blijft onverzettelijk langs me heen kijken, alsof ze er spijt van heeft dat ze überhaupt haar mond heeft opengetrokken.

Ik voel tranen opkomen, maar die aanblik gun ik haar niet. Ik gris het bord weg en sluit de deur achter me.

Terwijl ik terugloop naar de keuken denk ik aan Elies, en ik voel me een beetje lichter worden.

Ik ben blij dat ze er is. Ze brengt vreugde in dit huis.

21

Opa en oma wonen op het bedrijventerrein in een groot huis naast hun loods waar met koeienletters VAN DONGEN MEUBELIMPORT *op staat. Vrachtwagens rijden af en aan, heftrucks crossen over het terrein. De chauffeurs dragen koptelefoons en lijken altijd haast te hebben. 'Het is daarbuiten gevaarlijk voor kinderen,' zegt mama steeds. Dus blijf ik tijdens de bezoekjes aan mijn grootouders binnen.*

Dan zit ik, net als vandaag, op de open trap in de hal naar de langzaam doortikkende wijzers van de staande klok te kijken. Te wachten tot we weer naar huis gaan.

Opa en oma glimlachen naar me met hun mond, niet met hun ogen, en ze zeggen gemene dingen over andere mensen. Als papa er niet bij is noemen ze hem 'die Franse flapdrol'. Het lijkt alsof ze boos op hem zijn. Mama zegt er nooit wat van.

Ze roept me nu vanuit de woonkamer. 'Ellis? Je hebt je ranja nog niet op.'

Met tegenzin kom ik van de trap af en ga de woonkamer in. Het is daar donker, met bakstenen muren en eikenhouten meubels, dikke vitrage houdt het daglicht tegen.

Als ik mijn glas van tafel pak, merk ik dat opa me opneemt. Hij kijkt langer naar me dan anders, het voelt ongemakkelijk.

''t Is toch zonde, ik zie d'r echt niks van ons in terug,' zegt hij.

'Gedane zaken nemen geen keer,' verzucht oma. 'Je kunt 't jong niet meer terugstoppen.'

Als ik mijn glas leeg heb, loop ik snel weer naar de hal.

'Ik heb je paspoort gevonden, Elies!' Sophie wappert met het rode boekje. 'Het lag ónder de bijrijdersstoel, ik snap er niks van dat ik er eerder overheen heb gekeken.'

Ik neem het van haar aan en blader het voor de vorm door. Mijn blik blijft hangen bij mijn pasfoto van vier jaar geleden, genomen in een fotozaak op Zuid. Stralend van levenslust, *on top of the world.*

'Jij hebt vast een Frans paspoort naast je Hollandse?' vraagt Sophie.

'Nee.'

'Niet? Dat verbaast me.'

'Ik heb nooit de moeite genomen om er een aan te vragen.'

'Beter zo, je moet de instanties niet te wijs maken.' Ze zwijgt even en trekt een zorgelijk gezicht. 'Maar daarvoor ben je eigenlijk al te laat.'

'Wat bedoel je daarmee?'

Ze tikt op mijn paspoort. 'Toen ze vingerafdrukken

gingen verplichten ben ik afgehaakt. Die registratiedrang van de overheid is ontzettend gevaarlijk. Je weet nooit in wiens handen jouw gegevens terechtkomen.' Haar ogen glinsteren fanatiek.

Ik voel dat ik nu beter even mijn mond kan houden. Sophie heeft absoluut vertrouwensissues. Zo bezien is het nog een wonder dat ze mij, een vreemde, in haar omgeving duldt.

De rest van de dag is ze druk bezig met de traplift – het onderdeel is blijkbaar gearriveerd. Ik hoor geluiden van metaal op metaal en haar voetstappen roffelen op en neer over de meer dan anderhalve eeuw oude treden.

Enigszins verwilderd komt ze me tegen achten een maaltijdsoep brengen met een half stokbrood. Kort erna staat ze weer aan mijn voeteneind, nu met een stapeltje stoffige boeken. Ik ruik het muffe papier op meters afstand.

'Ik wil niet dat je je verveelt,' zegt ze.

Wanneer ik 's avonds laat, nog steeds steun zoekend bij alles wat ik kan vastpakken, naar de wc schuifel, hoor ik stemmen beneden.

Ingespannen blijf ik staan luisteren. Ik onderscheid er twee, de ene is van Sophie, de andere klinkt zwaarder. Heeft Sophie rond deze tijd nog gezelschap – heeft ze überhaupt gezelschap? Dan zou ze me daar toch wel iets over hebben gezegd?

22

'Hij doet het, Elies, hij doet het!' Door de geopende slaapkamerdeur klinkt een mechanisch, zoemend geluid. Er piept iets, gevolgd door een klik, en dan steekt Sophie haar blije hoofd om de hoek. 'Ik ben geniaal! Nu kun je ook eens bij mij op de thee in plaats van andersom. Kom, dan laat ik je mijn woonvertrekken zien.'

Ik laat me voorzichtig uit bed zakken en schuifel naar de hal, eigenlijk niet meer dan een bordes dat mijn kamer en een opslagruimte met de trap verbindt. Ik houd mezelf vast aan de balustrade. Vanaf hierboven is de diepte naar de begane grond duizelingwekkend.

'Geef me je hand, ik help je.' Sophie, blosjes op haar wangen, dirigeert me naar de stoel.

Ik heb nooit eerder een traplift gezien, maar ik weet wel dat dit een ouwetje is, een vooroorlogse misschien wel. De metalen buizen zijn vergeeld en de stoffen beige zitting is smoezelig en versleten. Ik neem erop plaats, zet m'n voeten onwennig op de beugel.

Sophie maakt de veiligheidsgordel losjes vast en wijst op een soort joystick. 'Deze moet je naar links duwen.'

Ik doe wat ze zegt en de stoel komt met een schok, zoemend in beweging. Het gaat nog best snel.

Vrolijk daalt Sophie voor me uit de trap af, haar elegante vingers glijden over de glanzende houten leuning. Eenmaal beneden helpt ze me uit de stoel.

Vanaf de trap gezien zit de deur van Sophies appartement in de rechtermuur, dicht bij de centrale voordeur. Sophie laat me binnen. Via een halletje komen we in de woonkamer, een hoge ruimte die wordt gedomineerd door een antieke mergelstenen schouw. Links ervan is een paneeldeur. 'Daar slaap ik,' zegt Sophie, en dan wijst ze me op een deur verder naar achteren, die op een kier staat. 'En dat is de keuken.'

Ondanks het klassieke behang en de glanzende parketvloer doet haar woonkamer niet ouderwets aan. Dat komt door de wit katoenen IKEA-bankjes, een moderne fauteuil van chroom en leer en de glazen salontafel. Aan de muur tegenover de schouw hangt een grote flatscreen – ook dat verrast me enigszins. Met Sophies sterke opvattingen over internet en smartphones had ik eerder een boekenkast vol encyclopedieën verwacht. Sophie helpt me naar een van de witte banken.

Ik ga zitten en neem de kamer in me op. Boven de schouw hangen twee geweren met een houten kolf en een dubbele loop. Van vroeger weet ik dat het jachtgeweren zijn, voor herten en everzwijnen. 'Zijn die echt?'

'Natuurlijk.'

'Doen ze het nog?'

'En óf! Kun jij schieten?'

'Een beetje. Mijn Franse familie jaagde niet, daar ben ik wel blij om.'

Ze kijkt me een beetje meewarig aan. 'Het hoort er toch een beetje bij, hè, *à la campagne*. Opa leerde ons alles, schieten, vallen maken, strikken zetten. Ik vond het toen spannend en ik was er trots op dat ik het kon. Totdat ik begon in te zien hoe gemeen het eigenlijk was. De beesten staan steeds met één-nul achter.'

Ze verdwijnt naar de keuken en komt terug met thee en een bordje met zandkoekjes. 'Van St Michel, de beste. Je kent ze vast als je in Normandië bent opgegroeid.'

'Mijn moeder vond ze te duur,' zeg ik zacht. 'We hadden het in Frankrijk niet breed.'

Sophie reageert er niet op. Ze zet de thee voor m'n neus en gaat zelf in de leren fauteuil schuin tegenover me zitten. Zwijgend bekijkt ze me van achter haar brillenglazen, haar kaken vermalen nogal luidruchtig een koekje.

In een poging de ongemakkelijke stilte te verbreken, vraag ik: 'Bracht je hier in je jeugd veel tijd door, bij je grootouders?'

Ze knikt, kauwt rustig nog even verder, en net als ik denk dat er helemaal geen gesprek meer op gang gaat komen, zegt ze: 'Tijdens de schoolvakanties en met kerst. Na de dood van papa en Charlotte kwamen we hier vaker.'

'Charlotte?' Op een of andere manier maakte Sophie de indruk enig kind te zijn.

'Mijn zusje,' zegt ze zacht. Haar gezicht betrekt. 'Ze ging met papa mee op de motor. Op de *périf* is hij tegen een betonnen staander geknald. Papa was op slag dood, Charlotte is overleden terwijl ze haar naar het ziekenhuis brachten.'

'Je hebt je vader en je zus verloren.' Ik leg mijn hand op mijn borst. 'Wat afschuwelijk, Sophie, wat een gemis. Ik... ik weet gewoon niet wat ik moet zeggen.'

Ze haalt gelaten haar schouders op. 'Het is lang geleden.'

'Hoe oud was ze?'

'Twaalf. Daarna had mijn moeder alleen mij nog. En ik alleen haar. We waren vanaf toen, zoals ze dat dan zeggen, tot elkaar veroordeeld.' Ze frummelt aan de zak van haar te grote overall. 'Ik heb het vijf jaar met haar uitgehouden. Toen ik Jean-Claude leerde kennen was ik zeventien. Hij was vijfentwintig jaar ouder dan ik en woonde in Draguignan, in de Var, het was daar een totaal andere wereld. Jean-Claude was marktkoopman en hij kon wel een paar extra handjes gebruiken. Ik ben meteen bij hem ingetrokken.' Ze glimlacht bij de herinnering. 'We verkochten vijftig soorten thee, gedroogde lavendel en zeep aan rijke toeristen op markten in Saint-Tropez en Nice.'

'Hoe reageerde je moeder?'

'Na mijn vertrek heeft ze het huis in Parijs verkocht en is ze hier komen wonen, bij haar ouders. Neem een koekje, Elies.' Ze schuift het bord naar me toe, ik pak er voor de vorm eentje vanaf.

'Maar goed. Ik ben bij Jean-Claude weggegaan toen mama ziek werd. Is dat vijf jaar geleden?' Ze draait haar ogen naar het plafond. 'Nee... zes jaar alweer. Opa en oma waren toen al overleden, mama woonde hier alleen. We hebben geprobeerd het bij te leggen, tenminste, ík heb dat geprobeerd. Het is niet helemaal gelukt. Toch kijk ik nu milder naar haar dan toen.'

'Ik hoop dat ik ook ooit op dat punt kom, dat ik op zo'n manier naar mijn ouders kan kijken.'

'Sommige verdienen het gewoonweg niet.' Ze pakt weer

een koekje, kijkt ernaar alsof ze het voor de eerste keer ziet.

'Wanneer is je moeder overleden?' vraag ik.

Ze geeft geen antwoord.

'Sophie?'

Ze staart op dezelfde manier langs me heen als laatst in de auto. Het is alsof ze iemand anders ziet staan. Haar moeder, vermoed ik nu. Onwillekeurig werp ik een blik over mijn schouder.

'Praat je met haar?' vraag ik.

Ze knikt, maar ze is er duidelijk niet meer helemaal bij.

'Ik hoor je wel eens praten, 's avonds laat.'

Nu kijkt ze me recht aan. 'O, ja?'

'Soms hoor ik ook een andere stem.'

Ze heeft een wezenloze blik in haar ogen, beweegt niet eens.

Nu doorpakken, Ellis. Je wil het toch weten?

'Heb je dan visite?' vraag ik.

Ze staat op, werpt het koekje nijdig terug op het bord en veegt haar handen af aan haar overall. 'Ik ga je naar je bed brengen. Je moet rusten.'

Ik houd een half opgegeten koekje in mijn hand, van de thee is nauwelijks gedronken. 'Mijn... mijn excuses als ik te nieuwsgierig ben, Sophie. Het is absoluut niet mijn bedoeling om je van streek te maken.'

Sophie brengt me zwijgend naar mijn kamer. Hoewel ik het op een of andere manier niet meer verwacht, komt ze me toch stipt om zeven uur een bord eten brengen – pasta carbonara – en een kannetje thee. Ze is verdwenen voordat ik het besef.

Ik eet mijn pasta op en drink de thee. Inmiddels ben ik gewend geraakt aan de met honing gezoete aftreksels van kruiden die door Sophie als heilzaam worden beschouwd, misschien ben ik ze zelfs wel gaan waarderen.

Na het eten lees ik enkele bladzijden uit Camus, *l'Étranger*, zware kost waarvan ik nog geen derde begrijp. Het is gewoon te hooggegrepen, mijn kennis van de Franse taal is blijven hangen op basisschoolniveau. Ik leg het boek weg en knip het bedlampje uit, maar van slapen komt niks terecht. Lezen was een afleidingsmanoeuvre, een poging om mijn geest bezig te houden met iets onschuldigs. Maar zonder die afleiding kan ik er niet meer omheen: er is iets helemaal mis met Sophie en met dit huis.

Sophie reageerde eigenaardig toen ik haar vroeg wanneer haar moeder is overleden. En nu ik erover nadenk, geloof ik niet dat ze me überhaupt ooit heeft gezegd dat haar moeder overleden ís.

'Ik heb mama nog bij me. Maar het is natuurlijk niet hetzelfde.'

'Ze sloeg me met woorden. Nu zegt ze dat ze daar spijt van heeft...'

Zou Sophies moeder nog leven?

Woont ze hier ergens in het huis?

Het is al ver na middernacht als ik uit bed stap en uiterst behoedzaam naar de gang sluip. Boven aan de trap overvalt de duizeligheid me opnieuw. Ik zie nauwelijks een hand voor ogen, maar de diepte van de hal daar beneden is voelbaar. Ik leg mijn handen op de reling. Gemaakt in achttienhonderd zoveel, vast en zeker door een ambachtsman, maar de bevestigingen hebben in de loop van de tijd aan stevigheid ingeboet. Het hout kraakt onder mijn gewicht. Ik laat de reling los en zoek steun bij de traplift. Die kan ik nu sowieso niet gebruiken, de motor maakt te veel kabaal.

Ik haal diep adem, en nog eens. De twijfel slaat toe.

Stel dat je iets vindt, Ellis? Stel dat Sophie haar hulpbehoevende moeder ergens in dit enorme huis heeft opgesloten. Wat dan? Ga je die arme vrouw helpen, ga je de instanties waarschuwen?

Met mijn trillende vingers om de armleuning van de traplift kom ik tot het besef dat ik eigenlijk alleen maar weg wil uit dit gekkenhuis. Vluchten. Hoe eerder, hoe beter. Maar ik heb geen auto en geen telefoon, en door het vele liggen zijn mijn spieren verzwakt. M'n onderbuik trekt en steekt bij de geringste inspanning en de pijn dwingt me het rustig aan te doen. In deze conditie red ik het hooguit tot halverwege het veld.

Logisch, ik ben nog geen twee weken geleden geopereerd. Er stond drie weken voor het helingsproces, zei de arts. Hij drukte me op het hart om bedrust te houden, met af en toe een wandelingetje, niet te gek. *Wie weet wat je onherstelbaar beschadigt als je jezelf tot het uiterste drijft. En dan gaat alles alleen maar langer duren.*

Geleidelijk dringen geluiden van buiten tot me door. Het gesjirp van krekels resoneert in de hoge, lege ruimte.

Het heeft geen zin, denk ik. Nog niet.

Ga naar bed. Neem rust. En probeer je conditie op te bouwen.

Zorg dat je sterker wordt.

23

Ik ben begonnen met conditietraining. Veel stelt het nog niet voor. Sinds gisteren loop ik elke ochtend en avond een paar rondjes om het hemelbed. Voetje voor voetje, waarbij ik mijn knieën zo hoog mogelijk optrek en met mijn armen zwaai – een vereenvoudigde versie van de *holy booty*-training waaraan ik 's maandags in het Vondelpark in Amsterdam meedeed. Dat eenvoudige oefeningetje is al belachelijk vermoeiend en ik krijg er spierpijn van. Ik slaap veel. Ook overdag vallen mijn ogen vaak als vanzelf dicht.

Het voelt alsof mijn lichaam me tegenwerkt, me hier op deze plek wil houden, terwijl ik met mijn hart en hoofd op andere plaatsen ben. Plaatsen waar ik nodig ben.

Ik mis hem.

Sophie heeft geen weet van wat er in me omgaat. Zolang ik van haar afhankelijk ben, lijkt het me verstandig om haar niet tegen de haren in te strijken. Ze gedraagt zich vriendelijk en empathisch, maar er is iets helemaal mis met die vrouw. Soms glinstert er iets in haar ogen, iets duisters wat ik niet goed kan duiden.

Ik ben niet meer over haar moeder begonnen en heb haar niet meer gevraagd naar haar verleden, omdat ze daar slecht op reageert. We kletsen vooral over oppervlakkige zaken, zoals de verbeteringen die ze aan het huis aanbrengt. Schilderwerk en het vervangen van talloze loden waterleidingen en kapotte ruiten, daarover praat ze graag en makkelijk, en met trots. 'De vaart waarmee zo'n landgoed verpietert als je niet constant maait, snoeit, lucht, poetst, repareert, voedt en bewatert, is schrikbarend, Elies.'

Ik zie haar regelmatig lopen buiten, de gordel met gereedschap om haar heupen gegespt, een kruiwagen vol bouwmaterialen voortduwend in de richting van de loods die vlak bij het huis ligt.

In het veld zijn drie platgetreden paden in het gras ontstaan, die glinsteren in de zon. Je kunt ze vanuit mijn kamer heel duidelijk zien. Het eerste loopt rechtstreeks naar die loods, het tweede leidt vanuit het huis rechtsaf, in een diagonale lijn helemaal naar de uiterste hoek van de open plek; daar ligt een met dichte struiken en heggen omzoomd stuk grond. Ik meen er in de schaduw van de bomen een glimp van een dakje te zien. Sophie is er vaak.

Het derde pad is een karrenspoor dat vanuit het huis gezien naar links afbuigt, het bos in, en daar overgaat in de oprit die uitkomt bij de openbare weg.

Ik klamp me vast aan de hoop dat ik elke dag sterker zal worden, en dat ik binnenkort, als ik genoeg ben aangesterkt, dat karrenspoor zal aflopen om hier nooit meer terug te komen.

‘Elies?’

Sophies stem klinkt vlakbij. Ik draai me geschrokken om, alsof ik me betrapt voel.

Ze staat in de deuropening – *hoelang al?*

‘Goed te zien dat je op bent,’ zegt ze. ‘Maar ik denk dat je beter kunt gaan slapen.’

‘Ik heb genoeg van dat liggen, ik moet echt meer gaan bewegen.’ Ik grijp naar mijn bovenbenen. ‘Er zit pap in.’

‘Dat begrijp ik. Daarom heb ik de melange aangepast.’ Ze zet een glas op het tafeltje naast mijn bed. ‘Berkenblad, vlierbloesem en *rhamnu*-bast. Voor meer energie.’

Ik schuifel terug naar het bed en ga op de rand zitten. Kijk naar de thee.

‘Niet koud laten worden, hè. Warmte is goed voor je.’

‘Ik drink hem zo meteen op.’

Ze knijpt haar ogen tot spleetjes. ‘Drink dan minstens de helft nu.’

Ik pak het glas en neem een slok. De smaak doet me gruwen. Berkenblad, wie verzint het? En wat is rhamnu-bast in hemelsnaam?

Ik drink het glas half leeg en ga weer in bed liggen.

Sophie dekt me toe. ‘En nu lekker slapen, Elies.’

Al snel word ik overmand door vermoeidheid. Mijn armen en benen voelen zwaar, mijn ogen vallen vanzelf dicht. Ik vecht ertegen en probeer rechtop te gaan zitten, maar blijf uiteindelijk half overeind tegen het kussen geleund hangen. Ademen gaat moeizaam.

Ik hoor dat beneden de voordeur wordt geopend, al snel

gevolgd door het geluid van de deur die in het slot valt. Dan hoor ik Sophies auto starten en wegrijden. Vervolgens is het stil.

Buiten tjirpen de krekels. Er landt een duif op het dak; ik hoor hem koeren, het gekras van de nageltjes op de leisteen.

Hoelang ik zo ben blijven zitten, in een soort halfslaap, vermoeid weggezakt in de kussens, ik weet het niet. Geleidelijk voel ik de energie terugvloeien in mijn lijf.

Ik trek een badjas aan over mijn T-shirt en loop mijn kamer uit. Blijf even staan luisteren. Stilte. Ik ga in de stoel van de traplift zitten en duw tegen de joystick. Er gebeurt niets. Ik probeer het nog eens, duw, trek, tik, rammel het ding heen en weer. Er is geen beweging in te krijgen. Heeft Sophie hem uitgezet?

Ik stap uit de stoel en begin trillerig aan de afdaling. Op elke trede zet ik een voetje bij. De reling wiebelt een beetje. Ik kijk niet naar beneden, alleen naar de volgende trede. Als ik het visgraatparket in de hal onder mijn voeten voel, haal ik opgelucht adem.

Ik steek de hal schuin over en probeer Sophies voordeur. Die zit op slot – ze is dus inderdaad weggegaan, ik heb niet gedroomd dat ik haar auto hoorde wegrijden. Ik buk en tuur door het sleutelgat. Het is schemerig daar binnen; ze heeft de gordijnen gesloten en ik zie een stukje van de witte bank.

Ik ga weer rechtop staan en draai me om en richt me op de deuren van glas in lood aan de overkant van de hal. Daarachter ligt de rechtervleugel waar ik nooit ben geweest. Terwijl ik ernaartoe loop, merk ik dat de dagelijkse spieroefeningen hun vruchten afwerpen. Mijn conditie is stukken beter dan ze was; een week geleden had ik halverwege de hal even moeten stoppen om bij te komen.

Ik duw de deuren open. De sfeer is hier anders dan in de rest van het huis. Het is ook lichter, door de hoge ramen met vakverdeling. De ruiten zijn vuil en deels gebroken, weelderig begroeid met klimplanten die diffuus en gefragmenteerd het daglicht doorlaten. Er ritselen vogels door het groen, ik hoor insecten zoemen. Bij elke stap kraken de planken onder mijn voeten, stof dwarrelt op. Mocht iemand een horrorfilm willen maken, dan is dit de perfecte locatie. De sinistere sfeer is voelbaar als trillingen in de leegte, zichtbaar in het zonlicht dat caleidoscopisch door de oude ruitjes heen schittert. Flinters licht flitsen aan en uit in het ritme van het wiegende gebladerte.

De eerste deur heeft dieperliggende vlakken die zijn beplakt met behang – steenrood met geelgouden, krullerige ranken. Het papier laat los bij de hoeken.

Ik leg mijn hand op de ovale porseleinen deurknop en maak de deur open. De scharnieren piepen. Binnen is het donker en het ruikt muf. Als mijn ogen aan het duister gewend zijn, zie ik dat het een zaal is. Drie paar gordijnen van het plafond tot de vloer, rijk gedessineerd in verschoten kleuren, hangen voor de ramen. Hier en daar staat een meubel, afgedekt met een laken. Links is een marmeren schouw met een verweerde spiegel erboven.

'*Allo?*' Ik schrik van de plotselinge kracht van mijn stem, het schelle geluid dat als een schokgolf door deze bijna heilig aandoende zaal beukt. Ik kan me moeiteloos voorstellen dat hier een eeuw lang niemand is geweest. *Hoe kun je zo wonen? In een tijdcapsule. Hoe kun je zo veel ruimte hebben dat je het grootste deel van je huis gewoon maar laat vervallen?*

Ik loop naar een van de gordijnen en haal er eentje opzij. Motjes fladderen weg uit het brokaat. Door het vuile raam zie ik het zonlicht schitteren op het lange, wuivende gras. Dit moet een betoverende plek zijn geweest, destijds, in de hoogtijdagen van de overgrootouders van Sophie. Een paradijs. Deze familie heeft in immense rijkdom geleefd.

Ik laat het zware textiel los en loop terug de gang op.

Mijn beenspieren beginnen nu toch te protesteren en mijn onderbuik trekt gevoelig, maar ik wil weten wat hier nog meer is.

De twee volgende deuren komen uit in dezelfde zaal, die sla ik over. Achter deur nummer vier blijkt een opslagruimte te zijn vol dozen en oude boeken. Een paar dozen zijn geopend; ik vermoed dat Sophie hier de Franse literatuur vandaan heeft die ze op mijn kamer heeft gelegd.

Na de vijfde en laatste deur is er alleen nog een bescheiden portaal met een marmeren vloer, en een trap die naar de etage leidt. Je zou bijna vergeten dat er hierboven nog een hele verdieping is – *en wie weet hieronder een kelder?*

Ik open de vijfde deur. Mijn ogen moeten opnieuw wennen aan de duisternis, dan zie ik dezelfde brokaten gordijnen hangen als in de zaal. Dik, luxe textiel dat effectief het daglicht tegenhoudt. Maar de akoestiek is hier anders, de ruimte voelt groot, en tegelijkertijd gevuld, als een soort meubelopslagplaats. En het is stil. Onnatuurlijk stil. Ik hoor zelfs geen vogelgeluiden van buiten, geen krekels.

Links van me glinstert iets. Rechts ook. En recht voor me uit. Kleine glinsterende... wat zijn het, reflectoren? Ik vecht tegen de impuls om ervandoor te gaan en strijk met mijn vlakke hand over de muur naast de deur, op zoek naar een lichtknop. Het blijkt een ouderwetse schakelaar te zijn, die zich met enige kracht omhoog laat duwen. Van het ene op het andere moment baadt de kamer in een gelig lamplicht.

Ik kan nauwelijks geloven wat ik zie.

24

Mijn bestaan is gebaseerd op een fout. Een onomkeerbare fout, want wanneer je spijt hebt van de aanschaf van een puppy, dan kun je zeggen dat hij vals is, of onzindelijk, en hem afgeven bij een asiel. Met kinderen ligt dat maatschappelijk wat ingewikkelder. Dus zaten papa en mama hun tijd met mij uit. Of ze dat deden uit plichtsbesef of uit koppigheid weet ik niet. En het boeit me nog minder. In elk geval was ik de oorzaak van al hun ellende, en dat lieten ze me merken ook.

Een kind buigt van nature mee met de mensen van wie het afhankelijk is, het probeert zich te schikken naar hun wensen en eisen.

Ook ik voegde me naar de nieuwe situatie. Ik smeerde zelf mijn boterhammen, bracht mezelf naar bed en ik regelde de aanschaf van nieuwe schoolboeken grotendeels zelf, omdat mijn vader er niets van snapte en mijn moeder 'daar allemaal geen tijd voor' had – ze werd opgeslokt door het familiebedrijf.

Ik leerde al snel dat hoe minder ik thuis was, hoe beter dat was voor iedereen.

Op school had ik jongens uit de eindexamenklas leren kennen met wie ik bij het winkelcentrum rondhing. Ik deelde mijn vaders goedkope Franse Gauloises uit en in ruil gaven zij mij een hijs van hun joint. Het werkte verzachtend, dempend: als ik blowde voelde alles lichter.

Af en toe kwamen er vrienden bij ons staan, oudere jongens die soms al werkten en ons, scholieren, trakteerden op frites en verhalen over het uitgaansleven in Rotterdam en Antwerpen. Uiteindelijk vroegen ze mij een keer met hen mee uit te gaan. Die uitnodiging gaf me vleugels. Thuis hield ik hierover wijselijk m'n mond. Het leeftijdsverschil met die jongens was even groot als dat tussen papa en mama, maar ik was op dat moment pas veertien.

Mijn ouders merkten het nooit als ik 's nachts wegsloop. Ze zetten er geen vraagtekens bij als ik op zaterdagavond al om acht uur 'naar bed' ging, en er kwam niemand controleren of ik daadwerkelijk op bed lag: mama was ook in de weekenden zelden thuis, want er was altijd wel ergens een meubelbeurs, en papa lag voor de tv met een fles wijn en een pakje sigaretten binnen handbereik.

Dat ik jongens met een auto kende gaf me aanzien op school. Mijn klasgenoten vonden het zo mogelijk nog cooler dat ik in clubs werd binnengelaten waar je achttien of eenentwintig voor moest zijn. Af en toe kwam een van die jongens tijdens de pauze naar school, dan rookten we samen een sigaretje in de auto.

Die jaloerse blikken van mijn medeleerlingen, ze waren goud waard.

Honderden glazen ogen staren me aan. Doodse knikkers, sommige dof en aangetast door de tijd, andere helder en glinsterend alsof ze levensecht zijn, diepliggend in secuur beschilderde gezichtjes van porselein. Kleine neuzen, gewelfde mondjes – gekruld in een versteende glimlach of strak en onverzoenbaar. Hoedjes van vilt, gebreide mutsjes, fluwelen baretten. Kanten jurkjes, veterlaarsjes. Pruikjes die van echt haar lijken. De armpjes in een onnatuurlijke hoek naar voren gestoken, of strak tegen het lichaam aan gedrukt.

De poppen staan, zitten en liggen overal. In de open kasten langs de wanden, en op de tafels in het midden van de ruimte. In de fauteuils in de hoeken. In wiegjes, de stijve armpjes uitgestrekt boven een gehaakte sprei, bleke porseleinen vingertjes reiken naar het plafond.

Ik vecht tegen de drang ervandoor te gaan. *Het zijn pop-*

pen, Ellis, ze doen je geen kwaad. Maar het zijn er zoveel. Het is extreem, totaal krankzinnig. Ik open mijn mond in een poging in te ademen, maar alle zuurstof lijkt uit de kamer te zijn weggezogen. Al die poppen. Al die ogen. Starend, wijd open, halfgesloten. Sommige poppen zijn zo realistisch dat ze me de rillingen bezorgen met hun ivoren huid, de roze blos op de wangen. Hun volwassen oogopslag in een lijfje ter grootte van een baby.

Ik dwing mezelf te blijven kijken, om te beschouwen, en me niet door de angst te laten meesleuren. *Wat is dit, wat heeft dit te betekenen?* Waarom heeft Sophie me hier niets over verteld?

Het is niet zomaar een griezelige verzameling, zie ik nu. Het is een collectie *tweeling*poppen. In de wiegjes, op de stoeltjes: er zitten, liggen of staan steeds twee kopieën van elkaar.

Mijn oog valt op een ingelijst borduurwerk aan de wand tussen de gordijnen.

In sierlijke letters, olijfgroen met bruin, lees ik:

DEUX C'EST UN ET UN C'EST RIEN

'Twee is één en één is geen,' fluister ik. Heeft Sophie zoiets niet eens gezegd? Ik heb er toen geen acht op geslagen.

Er bungelen twee porseleinen poppen aan weerszijden van het borduurwerk, net vrij van de muur. Ze hangen aan een visdraad die om hun nek is geknoopt en is bevestigd aan een ring in het plafond. De poppen dragen zwarte kanten jurkjes waar een dikke laag stof op zit, en ze hebben donkerbruin krullend haar dat er griezelig echt uitziet. Bij de linkerpop is het gezichtje flink beschadigd, alsof ze is gevallen, of misschien met opzet kapot is gemaakt. Op de plaats van een van de ogen zit een gat, en het neusje en de mond zijn gebarsten. Ik wrijf onwillekeurig over mijn bovenarmen.

Het lijken twee gehangenen.

'Mama's kamer. Nou weet je het. Nou zie je met eigen ogen waar ik het al die tijd mee te stellen heb gehad.'

Ik draai me met een ruk om.

Sophie staat in de deuropening, haar gereedschapsgordel om haar heupen. 'Mama heeft het nooit kunnen verkroppen.'

Ik ben met stomheid geslagen, zoek paniekerig naar woorden. Dan vraag ik, bijna ademloos: 'Wat is dit?'

'Mijn moeders verzameling. Ze is ermee gestart nadat Charlotte en papa verongelukt waren. Het begon met twee poppen, en binnen een jaar stond Charlottes kamertje vol. Ze bleef ze maar bijkopen.' Sophie loopt naar binnen, pakt ruw een van de poppen uit een wieg en kijkt er met een vies gezicht naar. Laat hem terug in de wieg vallen. 'Compleet gestoord.'

Na een korte stilte concludeer ik: 'Charlotte was je tweelingzus.'

Ze knikt. 'Mama's lievelingetje. Na haar dood keek ze amper meer naar me om. Twee is één, één is geen. Je ziet het, je leest het zelf, Elies. Eén is geen. Ik ben niets.' Stilletjes blijft ze staan kijken naar het borduurwerk. Minutenlang hoor ik alleen onze onregelmatige ademhaling.

'Het spijt me,' zeg ik zacht.

'Wat spijt je?'

'Ik vind het erg voor je, dat je dit hebt moeten doorstaan. Ik snap alleen niet goed... Waarom gooi je die poppen niet gewoon weg?'

Ze zet grote ogen op. 'Dat zou mama nóóit goedvinden! Ze zou me dat heel, heel erg kwalijk nemen.'

'Want ze... ze leeft nog?' probeer ik.

Sophie doet of ze me niet hoort. Of misschien hoort ze me daadwerkelijk niet. Ze staart alleen maar afwezig voor zich uit, onbeweeglijk als een wassen beeld dat perfect lijkt te passen in dit bizarre museum van een diep gestoorde geest.

'Is ze hier, Sophie, je moeder?' ga ik door. 'Woont ze nog bij je?'

Sophie kijkt langs me heen naar het borduurwerk, loopt erop af en laat ondertussen haar handen over talloze poppenhoofden, -kleertjes en -beentjes gaan. 'Horen jullie dat? Horen jullie wat Elies allemaal zegt?' Abrupt draait ze zich om. 'Misschien heb je gelijk. Misschien moet ik mama's verzameling weggooien.' Ze plukt een pop uit een stoeltje en drukt hem tegen zich aan, zoekt dan mijn blik. 'Er gaat niets boven vlees en bloed. Dan heb je dit allemaal niet meer nodig.' Ze richt zich tot de zaal, tot de poppen; stille, verstarde toehoorders in dit krankzinnige vacuüm. 'Dan zijn jullie overbodig. Maar...' Ze zet de pop terug op haar plek, trekt het jurkje recht. '...het is nog te vroeg.'

Ik kijk ademloos toe hoe ze door de poppenzee beweegt, haar overall te groot voor haar slanke lichaam, de leren gordel met gereedschap maakt krakende geluiden bij elke stap die ze zet. 'Mama bleef ze maar kopen, het was nooit genoeg. Want de leegte die ze voelde was niet op te vullen.'

Ik zwijg en verroer me nauwelijks, omdat ik de aandacht niet op me wil vestigen. Het weefsel in mijn onderbuik trekt en brandt en mijn beenspieren zijn aan het verzuren van het lange staan. Ik merk nu dat ik tril. Mijn armen en benen, mijn organen, botten, alles beeft.

Sophie staat plotseling voor me, terwijl ze net nog aan de andere kant van de ruimte was. Haar stem klinkt alsof ze daar nog steeds is. 'We hebben allebei een harteloze moeder, Elies. Dat doet iets met je, hier.' Ze legt haar hand op mijn borst ter hoogte van mijn hart.

'Ik voel me niet goed,' fluister ik.

'Je had ook in bed moeten blijven. Hoe ben je beneden gekomen?'

'V-voetje voor voetje.'

'Daar was je toch te slecht voor?'

'Inderdaad.' Ik sla mijn ogen neer. 'Het was stom.'

'Wat was er zo belangrijk dan, dat je met je zieke lijf helemaal naar beneden komt strompelen?' De intonatie van haar stem verandert, haar ogen worden donkerder. 'Nou? Is er iets wat ik moet weten, misschien?'

Ik schud mijn hoofd. 'Nee, ik was gewoon... Ik verveelde me, denk ik. Het was niet mijn bedoeling om –'

'Om rond te snuffelen? Heus?' Ze knijpt haar ogen tot spleetjes, aait over de klauwhamer aan haar gordel.

Ze gelooft me niet.

'Sorry.' Ik zoek steun bij de deur. Alles doet zeer. Elke ademteug, elke beweging. Ik heb de minimale reserves die ik had volledig opgebruikt.

'Ik geloof niet dat ik je nog kan vertrouwen,' zegt ze.

'Dat kun je wel.'

Haar blik boort zich dwars door me heen, en haar stem klinkt nu zwaarder, doorleefder. 'Zeg me nu eerlijk, Elies, heb je tegen haar gelogen in het ziekenhuis?'

Een hand sluit zich om mijn maag; dit is niet haar eigen kinderlijke, zangerige stemmetje, het is de stem van een vrouw die een stuk ouder is.

'Ben je niet alleen?' gaat de stem door. 'Heb je wél iemand?'

Ik deins achteruit.

'Nou?' Ze steekt haar kin naar voren, legt haar hand op de hamer.

Ik kijk paniekerig om me heen, maar er ligt of staat niets waarmee ik me kan verdedigen. Daarbij beeft mijn lichaam zo hevig dat ik vrees hier ter plaatse in te storten. 'Ik... ik voel me niet goed.'

'Ze doet alles voor je, álles!' roept de oude stem.

'Ja, d-dat... Dat waardeer ik enorm.'

'Maar ik vroeg je iets!'

Seconden rijgen zich aaneen. Sophie kijkt naar me met een ijskoude blik. Haar ademhaling is snel en stotend.

'Ik ben alleen,' zeg ik zacht. 'Ik heb geen broers of zussen en met mijn ouders heb ik geen contact. Daarover heb ik niet gelogen.'

'Niemand die je mist?'

Ik sla mijn ogen neer, bijt op de binnenkant van mijn wang. *Ik hoop het niet, ik hoop zó ontzettend van niet.* 'Nee, niemand.'

Ze laat haar blik onderzoekend over mijn gezicht gaan, en als ze uiteindelijk weer begint te praten, is het met haar eigen zangerige stem. 'Ga naar je kamer, Elies, je bent al te lang op, je moet rusten.'

25

Elke zaterdagavond klom ik uit mijn slaapkamerraam en rende ik naar mijn vrienden, die verderop in de auto op me zaten te wachten. Onderweg naar Rotterdam haalden we meer mensen op en tegen de tijd dat we de havenstad in reden, lagen we met z'n allen zo onderhand gestapeld in de Skoda. We draaiden onderweg vooral rapmuziek. Mijn favoriet, 'Cleanin' Out My Closet' van Eminem, werd door iedereen meegezongen, maar door mij met de meeste overtuiging.

In de club danste ik de hele nacht door. Iedereen vertelde me hoe mooi ik was, en hoe sexy. Ze wilden me aanraken en met me zoenen, maar ik dook steeds lachend weg.

Op een nacht stopte iemand me een half tabletje toe, dat ongelooflijk smerig smaakte. Ik wilde me niet laten kennen. Op de basisschool had ik wel smeriger dingen gegeten om indruk te maken.

Binnen een uur zat ik zwetend en kokhalzend op de wc.

Mijn hart bonkte zo hard dat het leek of er een flinke vogel in mijn ribbenkast was opgesloten die zich een weg naar buiten probeerde te vechten. Ik dacht dat ik dood zou gaan, dat ik zou sterven in dat wc-hokje in de kelder van een club waarvan ik de naam niet eens wist. Toen werd van het ene op het andere moment alles wat ik aanraakte boterzacht: mijn huid, mijn tasje, de deurklink. De kleuren werden intenser, en hemelse muziek van boven lokte me de toiletten uit, de trap op, de dansvloer op. Ik danste met mijn ogen dicht, mijn lichaam leek vloeibaar en iedereen was zo onvoorstelbaar mooi en lief. Handen over mijn rug en mijn billen, liefdevolle blikken, lippen zo zacht als smeltende boter. We waren samen één op die dansvloer, vormden een pulserende zwerm van liefde, begrip, warmte, erkenning, en de muziek leek recht uit de hemel te komen.

Naar huis gaan was geen optie meer. Nooit meer.

Hier, bij deze prachtige, lieve mensen, hoorde ik thuis.

Het begon al licht te worden toen ik enigszins bij mijn positieven kwam. Ik was op een of andere manier op een afterparty in een woonwijk verzeild geraakt. Een kaal appartement met grijze banken en witte muren. Iedereen zat op die banken of op de grond ervoor rondom een witte salontafel. Ik keek om me heen, mijn vrienden waren nergens te bekennen. Maar dat was oké. Ik werd gestreeld, gekust, ik zoende met mensen die ik voor mijn gevoel al mijn hele leven kende, en die zoenen raakten me tot in mijn tenen. Voor het eerst in lange tijd was ik geen buitenbeentje. Niet dat kind van die Fransoos. Niet dat rare meisje met haar stomme accent. Ik hoorde erbij, ik werd gezien, ik was geliefd.

Een van de jongens maakte zich los van de rest en tilde me op. Ik was zo slap als een vaatdoek en begon onbedaarlijk te lachen. Hij stapte over andere mensen heen, droeg me de kamer uit, en ik kreeg het gevoel alsof ik zweefde, over alle hoofden heen vloog.

In de gang stond een vent die me een beetje aan David Beckham deed denken, maar dan groter, breder. Zijn haar was gemillimeterd. 'Hoe oud is zij?'

'Oud genoeg,' hoorde ik mijn drager zeggen.

Beckham bracht zijn gezicht dichterbij. Ik rook zijn geur. Heerlijk. Mooie lippen had hij ook. 'Hoe oud ben je?' vroegen die lippen.

'Achttien,' fluisterde ik, en ik moest er zelf van giechelen.

De jongen wilde doorlopen, maar Beckham versperde hem de weg. 'Zoek maar iemand anders, maat. Deze gaat met mij mee.'

Er stonden meer mensen in de gang en ze maakten ruimte – er hing spanning in de lucht, dat kreeg ik nog wel mee. Even zei niemand iets.

'Hé, chill, broer.' Mijn drager zette me op de grond.

'Ik ben je broer niet.'

'Nee, nee, tuurlijk.'

Ik hing tegen de muur en werd weer een beetje misselijk, net als in de club.

'Bij wie hoort zij?' vroeg Beckham.

Niemand gaf antwoord.

Een hand bij mijn kin, een duwtje. 'Met wie ben je hier?'

'Maikel en Kevin.'

'Die ken ik niet.'

'Ze hebben een witte Skoda,' zei ik zacht.

'Dan ken ik ze al helemaal niet.'

Toen ik opkeek, was iedereen weg. De hal was leeg op mij en Beckham na.

'Waar woon je?' vroeg hij.

'Hier.'

'Niet zo wijs doen. Jij hoort hier niet.'

'Jij wel dan?'

Hij schudde geërgerd zijn hoofd, tilde me op en nam me mee naar buiten. Zijn lichaam was warm, zijn schouders leken op die van een paard.

De koude ochtendbries verkoelde mijn gezicht en ik voelde nu dat ik flink gezweet moest hebben. Ergens floot een merel.

Beckham zette me in een auto – een BMW, ik herkende het logo – met leren bekleding, en ging achter het stuur zitten. 'Nou, kom op, meisje van dertien, waar woon je?'

'Ik ben geen dertien.'

'Maar wel een meisje.' Beckham stak een sigaret op en gaf hem aan mij. 'Adres, dametje.'

De hele lange weg naar huis keek ik gebiologeerd naar zijn handen, naar zijn gespierde onderarmen met blonde haartjes erop, en naar zijn in jeans gestoken bovenbenen. Naar zijn brede kin, zijn donkere wimpers, die zo contrasteerden met zijn blonde gemillimeterde haar, en ik keek naar zijn rechteroor, dat best klein was en plat tegen zijn schedel aan lag, met een gaatje erin waar ooit een oorbel moest hebben gezeten. Maar het meeste keek ik naar zijn lippen, waartussen de helft van de rit een sigaret bungelde.

Ik had een jongen, of man, moet ik eigenlijk zeggen, nog nooit zo intens en van zo dichtbij geobserveerd als Beckham. Ondertussen stelde hij me honderdduizend vragen, en ik gaf op de meeste een eerlijk antwoord.

Tegen de tijd dat we in onze straat waren aangekomen, wist ik dat dit de man was met wie ik mijn leven wilde delen.

Halverwege de straat zette hij zijn auto stil. Het was al licht, de vogels zongen om het hardst, maar er waren nog geen mensen buiten. 'Zo, we zijn er. Home, sweet home.'

Ik boog me voorover, vastbesloten om hem te zoenen. Ik wilde zijn lippen proeven, zijn huid voelen, mijn vingers langs zijn kaaklijn laten gaan, maar hij wendde zijn gezicht af. 'Hé, ik ben geen pedo.'

Diep beledigd stapte ik uit. Ik trilde over mijn hele lichaam. De drugs werkten nog een beetje na: terwijl ik naar het huis liep, voelde het asfalt onder mijn voeten als zacht verend rubber.

'En o ja, Ellis?' hoorde ik achter me zeggen. Beckham had zijn raam opengeschoven.

Ik trippelde terug naar de auto, legde mijn hand op het dak en boog voorover, in de hoop dat hij me alsnog zou zoenen.

Hij glimlachte alleen maar. 'Twee tips,' zei hij. 'Eén: zoek andere vrienden, en twee: maak je school af. Daarna heb je nog genoeg tijd om jezelf naar de kloten te helpen.'

Langzaam trok hij op, stapvoets, decimeter voor decimeter. Op het moment dat ik mijn hand van het dak haalde, gaf hij gas en hij verdween om de hoek uit het zicht.

26

Ik had verwacht dat Sophie zou terugkomen op de confrontatie in de poppenkamer, maar dat gebeurde niet. Vanochtend kwam ze me zwijgend ontbijt brengen. Vanmiddag een maaltijdsoep, en zojuist cassoulet met een stuk brood. Ik vind dat een van de minder geslaagde gerechten uit de Franse keuken, en de manier waarop Sophie hem heeft bereid maakt het er niet echt beter op, maar ik moet aansterken, dus eet ik mijn bord met witte bonen en brokken varkensworst helemaal leeg.

Om halfacht komt ze de vaat ophalen en blijft dan aan het voeteneind naar me staan kijken. 'Eigenlijk lijken we minder op elkaar dan ik dacht,' zegt ze.

Ik frons. Is deze wending gunstig... of juist niet?

'Soms zie je dingen die er niet zijn,' gaat ze verder. 'Alleen maar omdat je ze graag wíl zien. Ken je dat, Elies?'

Ik knik, lafjes, in de hoop dat dit de reactie is die ze verwacht.

Maar ik kan er weinig anders van maken: onze lengte en kledingmaat komen aardig overeen en we hebben allebei bruine ogen en krullend bruin haar – al hangt dat van mij tot ver over mijn schouders en staat dat van haar, vermoedelijk puur door het gebrek aan verzorging, als een stoffige aureool van haar hoofd af. Ze heeft ook andere handen dan ik, andere polsen, een andere stand van de ogen, neus en mond. Sophie loopt bovendien anders: krachtig, nonchalant, bijna mannelijk, een tred die je niet verwacht bij iemand met haar postuur. Ja, alleen mensen die oppervlakkig naar ons kijken, zouden ons kunnen houden voor zussen, tweelingzussen misschien wel. En die mensen vormen vast een meerderheid, want we kijken in het algemeen nu eenmaal niet zo nauwkeurig naar anderen.

Sophie blijft stilletjes aan het voeteneind staan, ze observeert me van achter haar ronde brillenglazen. De sfeer voelt ineens geladen. Het is alsof ze ergens op uit is – of ergens op wacht.

'Ik heb bedacht hoe we meer op elkaar kunnen gaan lijken,' zegt ze. 'Omdat ik vermoed dat je het vervelend zult vinden, heb ik het je makkelijker gemaakt.'

Wat bedoelt ze daarmee?

Dan begint de kamer zachtjes te golven. Het raam lijkt heen en weer te waaien in de wind, die ik niet voel. *Die er niet is.*

'Het begint al te werken, ik zie het aan je ogen.'

'Wat heb je gedaan?' Ik hap naar adem, klauw in het dekbed. Ik voel me zo raar.

'Het duurt maar kort. Als je je rustig houdt, is het zo weer uitgewerkt.'

Ik denk dat ze de paniek in mijn ogen leest, want ze legt

een hand op mijn onderbeen en fluistert: 'Het is noodzakelijk, Elies. Sorry. Je zou je verzet hebben en het onnodig moeilijk hebben gemaakt. Voor mij, en voor jezelf.' Haar kaken verstrakken. 'Want wat er moet gebeuren, zal gebeuren.'

Ze zet het bord neer en haalt een schaar tevoorschijn. Ook die lijkt te buigen, net als haar gezicht. Haar hals wordt langer en buigt mee met de schaar en de kamer. Ik voel misselijkheid opkomen. *Er zat iets in die vieze cassoulet van haar.*

Ze komt op me afgelopen. 'Het is belangrijk dat je niet beweegt, anders ga ik je pijn doen. Denk je dat je stil kunt zitten?'

Ik schud wild mijn hoofd. 'Wat ga je doen?' vraag ik, of misschien stel ik me alleen maar voor dat ik het vraag, want ik heb moeite om woorden te vormen. Er komen dikke letters uit mijn keel, plop-plop-plop, ze hebben een gelachtige structuur en rijgen zich aaneen in een lange, zwevende streng DNA, langer en langer, een streng die rondjes om zijn as draait en door de ruimte zweeft. Ik kijk er gebiologeerd naar. Van achter de ronddraaiende letters komt Sophie naar voren gelopen. De schaar cirkelt rond in haar hand, maakt een dansje. Haar hand, de deur, niets heeft nog een vaste vorm.

'Vanmiddag geslepen. Ik weet wat ik doe,' lispelt Sophie, en ze komt dichterbij.

Ik wil mijn hoofd wegtrekken, maar mijn lichaam reageert nauwelijks op mijn aansturing.

'Zo wordt het iets van ons samen.' Haar tanden krullen om haar lippen naar buiten, haar tong is gespleten, als die van een slang, glinsterend zilverkleurig. *Of is het de schaar?* 'Ik dacht in het ziekenhuis nog: ik kan mijn haar laten groeien zodat het net zo lang en mooi wordt als dat van Elies, maar dit is eerlijker, hè. We beginnen gewoon allebei opnieuw.'

Ik voel me zwaarder worden, steeds zwaarder. Mijn tong zwelt op, praten lukt niet meer. Het wordt donker, steeds donkerder, en dan word ik door een lange buis naar achteren gezogen. Het heelal in.

'Het moet wel van twee kanten komen, vind je niet?' Sophies stem klinkt van heel ver weg. 'Ik doe zo mijn best voor ons, en jij ligt hier maar.'

27

Vanaf de grond lijkt het veld dat rondom het huis ligt groter dan vanuit het slaapkamerraam. Het lange gras wuift mee in de wind, een oceaan van halmen, de stengels glinsteren in de zon. Vlinders en bijen dwarrelen om ons heen, en het ruikt naar aarde en kruiden. Het voelt goed om weer even buiten te zijn, om de zon op mijn huid te voelen. De zomerbries in mijn gezicht.

'Sorry, hoor,' mompelt Sophie. Ze heeft moeite de ouderwetse rolstoel over het platgetreden pad voort te duwen. Er zitten ondiepe geulen in de bodem waar de kleine voorbandjes steeds in blijven steken. 'Mollengangen. Er is geen beginnen aan om die klotebeesten uit te roeien.'

Ze duwt me naar de uiterste hoek van het veld. Vanaf hier is alleen een keurig bijgehouden haag zichtbaar, met daarachter de kronen van fruitbomen. En ook een glimp van dat dak dat ik uit mijn raam kan zien. Nu we dichterbij komen, zie ik dat het een kas is. Erachter, weggedoken in de schaduw van de bomen, is een donkere houten schuur.

Sophie opent een metalen poort in de heg en duwt me

erdoorheen. De kas ligt rechts van de ingang en doet zo te zien alleen nog dienst als opslag voor tuingereedschap. Recht voor me en links van me strekt zich een boomgaardje uit. Ik zie halfwassen peren en appels tussen het gebladerte.

'Bij oma ging er nooit wat verloren,' hoor ik Sophie zeggen, terwijl ze de poort achter ons dichtdoet. 'Overrijp of beschadigd fruit maakte ze in, of ze stookte er drank van. In de kelder staan nog kisten vol eau de vie. Helaas aan mij niet besteed.'

Ze duwt de rolstoel onder de laaghangende takken van de fruitbomen door. Sommige lijken goed onderhouden, andere zijn verwilderd, met rommelige kruinen waarin twijgen kriskras door elkaar groeien. 'Zodra je weer wat beter bent, kun je me mooi helpen met snoeien. Het is veel werk voor één persoon, zo alles bij elkaar.' Twee handen op mijn schouders. 'Hé, wees eens wat vrolijker!'

Ze zakt voor me op haar hurken en kijkt me in de ogen. Haar blik is die van iemand die een of ander technisch mankement onderzoekt. 'Misschien moet ik je toch wat minder geven,' zegt ze, eerder tegen zichzelf dan tegen mij. 'Misschien ben je al een beetje gewend aan je nieuwe leven, aan ons. Heb je niet meer zoveel nodig.'

Ik pers er een obligaat glimlachje uit, maar ik weet de schijn niet op te houden – en zij ziet het. Ze heeft me door.

Niemand weet waar ik ben.

Ik kom hier nooit meer vandaan.

'Het komt allemaal goed, zusje,' zegt ze, en ze legt een hand tegen mijn wang. 'Geloof me maar. Ik verheug me erop dat je me kunt gaan assisteren.' Ze recht haar rug en wijst naar een tweede heg, die in de schaduw van de bosrand ligt. Hij ziet er oud en ondoordringbaar uit, een groene muur met roestbruine plekken. Boven de heg steken ijzeren speerpunten uit. 'Ik dacht dat je dit wel wilde zien,' mompelt ze, en dan knijpt ze onhandig hard in mijn schouders. 'Nu we officieel familie zijn.'

Ze duwt de rolstoel ernaartoe. Achter een uit de kluiten gewassen hazelaar is een doorgang, en dan zie ik twee grafzerken in de bosbodem. Ze staan een meter of drie van elkaar verwijderd: de ene nog keurig recht, de andere is enigszins scheef weggezakt.

Sophie zet de rolstoel op de rem en wijst me op een tweetal grafstenen verderop, die op eenzelfde afstand van elkaar liggen. Ze zijn begroeid met aanslag en korstmos. Een verweerde engel staat er met gebogen hoofd bij.

'Opa en oma rusten hier,' zegt Sophie zacht. 'En de ouders van mijn opa.' Ze maakt een vaag gebaar naar de grafstenen. 'Zijn broer zou hier ook ergens moeten liggen, maar die heb ik nooit gevonden.'

'Jullie hebben een begraafplaats in de túin?'

Ze knikt opgetogen. 'Een privébegraafplaats. De Bonnets hoeven hun eigendom nooit te verlaten, deze grond is en blijft eeuwig met ons verbonden.'

Ik volg de contouren van de haag en het hoge, sierlijke hekwerk met de speerpunten. Samen omzomen ze de begraafplaats en de halfopen plek in dit deel van het bos. De Bonnets hadden duidelijk gerekend op veel meer nazaten dan er uiteindelijk geboren zijn.

'Gestorven' is hier misschien een beter woord.

Sophie praat enthousiast door over het voorrecht van haar familie, die in haar gestoorde belevingswereld nu ook de mijne is, en wijst me op een paar bomen die dieper in het bos op een kleine open plek staan. Het lijken me gecultiveerde exemplaren, ze wijken in elk geval af van de verwilderde bomen in het bos. 'De zerken en stenen zijn maar voor de bühne, Elies,' hoor ik haar zeggen.

'Wat bedoel je daarmee?'

Ze grinnikt. 'Op de kist van overgrootmoeder is een kersenboom geplant, net als op die van mijn oma. Ik vind er wel wat voor te zeggen. De mannen hebben ieder een kastanje gekregen.' Met een glimlachje wijst ze op twee robuuste bomen die iets verderop staan. 'Wortels, begrijp je?' Sophie maakt klauwen van haar handen, laat ze afhangen en doet alsof ze ze de grond in boort. 'Onze familiewortels, die horen hier.'

Neuriënd loopt ze van me weg en komt even later terug met een bezem, die ze met veel omhaal over de stenen heen en weer begint te rossen, blijkbaar in een poging ze schoon te maken – *voor de bühne.*

Ik kijk toe, maar merk dat het me moeite kost om bij de les te blijven. Af en toe golft of trilt het landschap, dan staat alles weer stil en krijg ik het plaatje scherp. Uit gewoonte wil ik mijn haar over mijn schouder naar achteren strijken, maar ik grijp in het luchtledige.

Ik ben er nog steeds niet aan gewend, aan de droge, springerige, korte plukken die mijn hals bloot laten.

28

Natuurlijk nam ik Beckhams raad niet ter harte. Ik bleef omgaan met de vrienden die me die zaterdagnacht uit het oog verloren waren. Zij waren de enige vrienden die ik had. Ik ging wel beter opletten; het zou me geen tweede keer gebeuren dat ik zonder hen op een of andere vage after belandde.

Ik klom nog steeds elke zaterdagavond uit mijn raam en rende naar de wachtende auto. Soms zei ik tegen mijn vader dat ik bij vriendinnen bleef slapen, en op maandagochtend meldde ik me geregeld telefonisch ziek van school, waarbij ik deed alsof ik mijn moeder was. Dan zat ik vaak nog in de auto bij vrienden, ergens op de parkeerplaats van een natuurgebied.

Alles wat ik in Frankrijk had moeten achterlaten, zorgeloosheid, vrolijkheid, vriendschap, dat vond ik terug in de zomer van het jaar waarin ik vijftien werd.

Ik leefde in de overtuiging dat dit altijd zo door kon blijven gaan. Hele dagen hing ik rond in de McDonald's, waar ik hamburgers bietste bij oudere jongens, en steeds vaker jatte ik mijn lunch in de supermarkt bij elkaar. Om mijn afwezigheid van school te verklaren schreef ik briefjes in gebrekkig Nederlands, en zette er mijn vaders handtekening onder.

In havo 3 bleef ik zitten en werden mijn ouders op school ontboden. Omdat ik moest tolken voor mijn vader – mijn moeder kwam nooit op school – kon het allemaal nog best lang doorgaan zonder dat er iemand serieus aan de bel trok.

Op een dag in oktober, ik was net een maand vijftien, zat er iemand aan onze keukentafel toen ik tegen etenstijd thuiskwam. Een vrouw met dun, asblond haar, een scherpe neus en een verbeten streep op de plaats waar de meeste mensen een mond hebben. Mijn vader zag net zo grauw als zijn sportsokken. Hij hield een Gauloises tussen zijn trillende vingers.

'Je hebt tegen ons gelogen,' zei hij.

De vrouw bleek van jeugdzorg te zijn. Ze was ingeschakeld door school.

Ze hadden me door. Toch had ik toen nog steeds niet echt in de gaten hoe ernstig dit was, en wat voor gevolgen de ontmaskering zou hebben voor het verloop van mijn leven.

De vrouw stuurde mijn vader even weg en bestookte me met vragen. Werd ik mishandeld? Mwah, niet echt. Werd er gekookt door mijn ouders? Nee, haha. Hoeveel keer per week aten we gezamenlijk aan de keukentafel? Ik moest weer lachen. Dat kwam echt nóóit voor. Gebeurde er wel eens iets tegen mijn wil? Nee, hoor, met mij was verder alles goed.

De vrouw vertelde dat ze binnenkort nog eens langs zou komen. Mama moest er dan ook bij zijn, ze was daartoe verplicht. Het mens had duidelijk geen idee bij wat voor familie ze terechtgekomen was. Zelfs een kind kon zien dat haar pogingen om de brokstukken van ons gezin aan elkaar te lijmen tot mislukken gedoemd waren.

Mijn vader, moeder en ik waren ooit een soort drie-eenheid geweest, maar dat was vroeger, toen we nog in Normandië woonden. In Nederland was de hele boel uit elkaar gespat. Ons huis was niemands thuis, het was een verzameling kamers met meubelen erin en een dak erop. Zielloze ruimtes die stonken naar de sigaretten van m'n vader en naar zijn rode wijn. Ik sliep de helft van de tijd bij vrienden, mijn moeder zag ik bijna nooit meer. Er was alleen nog een soort halfbakken schone schijn naar de buitenwereld toe.

'Mijn ouders haten me,' zei ik uiteindelijk tegen die vrouw. 'Dat zeggen alle kinderen. Alleen, bij mij is het écht zo. Ze hebben spijt dat ze mij hebben gekregen. Ik heb hun leven verpest.'

De vrouw vertrok met een zorgelijk gezicht. Ik had nog steeds niet het idee dat ik iets verkeerds had gezegd.

Nadat ze was weggereden pakte ik mijn jas van de bank om ervandoor te gaan. Mijn vader greep me bij mijn arm. Ik vond het belachelijk. Wat wilde hij nou, me tegenhouden of zo? Tevergeefs probeerde ik me los te rukken. Te laat realiseerde ik me hoe slecht hij eraan toe was, en wat het bezoek van die vrouw bij hem had losgemaakt.

'*Salope!*' schreeuwde hij, met een vertrokken gezicht. Hij schold me nog eens uit voor slet, en gebruikte meer krachttermen die ik hem nooit eerder in de mond had horen nemen. Ik kon me ook niet herinneren dat hij zo sterk was, maar dat was hij natuurlijk wel geweest, toen hij nog timmerde en houthakte op de camping, waar hij geliefd was en gezien werd, en wie weet, gelukkig was geweest.

Hij sleurde me terug de gang in, rukte de kelderdeur open en smeet me naar binnen. Ik struikelde en kon me nog maar net vasthouden aan de leuning van de keldertrap. Die moest ik loslaten toen hij zijn voet tegen mijn borst zette en me tierend het trapje af schopte. Ik had mijn nek wel kunnen breken, maar ik kwam half op mijn rug terecht, rende meteen weer naar boven en beukte tegen de deur. Die had hij op slot gedraaid. Mijn eerste impuls was tegen de deur aan te schoppen, te schreeuwen, mijn vader voor van alles en nog wat uit te maken, aan de klink te trekken – dat bleef ik doen tot ik er moe van werd.

Daarna legde ik mijn oor tegen het hout, luisterde naar de geluiden in het huis en begon vragen te stellen. '*Pourquoi, papa?* Ik heb niets verkeerd gedaan. Ik heb pijn! Het is hier donker, laat me eruit!' Het had geen effect. Ik vroeg me zelfs af of hij nog wel thuis was.

Pas 's avonds laat, even voordat mama thuiskwam, liet hij me eruit, maar ik moest hem eerst beloven dat ik naar mijn kamer zou gaan en daar zou blijven.

Het was de eerste keer dat mijn vader me opsloot. Daarna werd dit zijn standaardreactie op alle provocaties, hoe klein die ook waren in mijn beleving. Het bezoek van jeugdzorg had gewerkt als een katalysator. De restanten van ons gezin brokkelden in de periode daarna nog verder af tot op een punt waarop ook de schijn tegenover de buitenwereld onmogelijk nog op te houden viel, en toen op een dag de vrouw met haar dunne asblonde haar opnieuw bij ons voor de deur stond, besloot ik haar in vertrouwen te nemen.

29

‘Nee.’

‘Hoezo nee?’ Sophie haalt de mouwen van haar fleecetrui omhoog. Ze zakken meteen weer over haar polsen.

‘Ik drink die thee niet op. Je doet er wat in.’

‘Alleen dingen die goed voor je zijn, voor óns,’ zegt ze kalm. Ze knikt naar de mok die ze zojuist op het tafeltje naast mijn bed heeft gezet. ‘Zusje, je merkt zelf toch ook wel dat het veel beter gaat de laatste week? Dat we het samen beter kunnen vinden?’

‘Ik ben je zus niet!’ Ik maai met mijn arm het kopje van tafel. Het fijne porselein vliegt door de lucht en spat tegen de muur onder het raam kapot. Er blijft een donkere vlek achter op het behang.

Ik laat me terug in de kussens zakken. Zelfs deze minimale krachtinspanning is al te veel. *Use it or lose it* gaat op voor van alles in het leven, maar is boven alles van toepassing op spieren. Ik ben slap geworden van het langdurige liggen. De dagelijkse rondjes rond het hemelbed zijn onvoldoende om conditie op te bouwen. Ik moet meer trainen, intensiever. Ik moet sterker worden, zodat ik kan ontsnappen uit deze situatie, zorgen dat ik weg ben voordat ik al net zo verknipt raak als Sophie.

Maar de extreme zwakte in mijn lijf komt niet alleen van de narigheid die al te lang voortwoekerde in mijn buik, niet van de operatie en ook niet van het vele liggen.

Sophie schuift haar bril hoger op haar neus, overziet de troep en begint die dan zwijgend op te ruimen. Ze gaat weg en sluit de deur achter zich. Ik hoor een sleutelbos rinkelen, geknars van het slot. Voetstappen op de trap. Daarna stilte.

Het blijft stil. De hele lange dag.

In de avond laat ze zich ook niet zien.

Vastbesloten doe ik wat grondoefeningen. Mijn spieren verzuren snel en ik moet er vroegtijdig mee ophouden. Uitgeput kruip ik in bed.

De nacht valt.

Geen Sophie.

Ik hoor haar beneden rommelen, en ik vang ook steeds stemmen op alsof ze iemand over de vloer heeft, maar haar voeten klinken niet meer op de trap.

Ik heb inmiddels honger gekregen, en nog veel meer dorst, maar ik ben stukken helderder dan vanochtend. Mijn hoofd lijkt minder 'uit' te staan, ik voel me minder mat. Het kan toeval zijn, maar dat geloof ik niet, want alles duidt erop dat Sophie me drogeert. Als ik stop met eten en drinken, ben ik over een paar dagen of hooguit een week vast weer mezelf. Alleen: ik heb eten en drinken nodig om aan te sterken. Ik heb al zo weinig reserves.

Dorst. Vreselijke dorst.

Het kraanwater op het landgoed is ondrinkbaar, daarvoor heeft Sophie me al vaker gewaarschuwd. Dat komt door de grote hoeveelheid chloor die het waterzuiveringsbedrijf eraan toevoegt, en door de oude leidingen die metaaldeeltjes afgeven. Maar nood breekt wet.

Ik loop naar de wasbak en draai de kraan open. Er klinkt kort een bonkend geluid dieper in het gebouw. Ik draai verder, totdat de kraan blokkeert. Een dun, naar chloor ruikend straaltje sijpelt eruit. Daarna niets meer.

Sophie heeft mijn water afgesloten.

30

'Het is beter dat we jou even uit de situatie halen,' zei de vrouw met het dunne haar tegen me. Ze wierp een blik naar buiten, waar een auto langs de stoeprand stopte.

Mijn vader zei niets. Hij nam trekjes van zijn sigaret alsof zijn leven ervan afhing, zijn ogen waren bloeddoorlopen en lagen diep in hun kassen. Troebele poeltjes van verdriet.

Mama was natuurlijk in geen velden of wegen te bekennen. Ik betwijfelde of ze wel te horen had gekregen dat ze vanmiddag thuis moest zijn om het over 'de situatie' te hebben.

'Pak je spullen maar, Ellis, ik wacht hier beneden. Die meneer daar...' De vrouw wees naar buiten, waar een kerel met zijn armen over elkaar naast een auto stond. '...neemt je zo meteen mee naar een veilige locatie.'

'Dat hoeft niet. Ik woon hier.'

Ze trok een spijtig gezicht. 'Misschien later, Ellis. We zullen zien hoe het loopt. Voorlopig gaan we jou naar een fijne plek brengen, een plek waar jouw welbevinden centraal staat.'

Het leek of ze zinnen uit een boekje opdreunde. Ik begreep het niet. *Mijn welbevinden?* Ik keek naar papa, die op de bank voor zich uit zat te staren, zijn schouders gekromd. Dit gaat allemaal langs hem heen, dacht ik. Hij is geen mens van vlees en bloed meer, hij is een geest, een hologram.

'Zal ik je helpen?' vroeg de vrouw.

'Nee, ik kan het zelf wel.'

Met drie volgepropte boodschappentassen stapte ik in de auto. Het voelde helemaal niet alsof ik 'even uit de situatie' werd gehaald. Het voelde definitief.

Voor de tweede keer in mijn leven keek ik reikhalzend door de achterruit van een auto terwijl er voor mij was beslist dat ik ergens anders moest gaan wonen. Deze keer stonden er geen vrienden van school naar me te zwaaien. Mijn vader was geeneens naar buiten gekomen. De gordijnen bleven dicht, de tuin was verwilderd.

Dat huis, besefte ik, was nooit een thuis geweest.

31

De volgende ochtend staat Sophie aan mijn bed met thee, water en een croissant met jam. Ze zet alles op het tafeltje en kijkt dan met een kregelige blik op me neer. 'Ik heb het niet graag gedaan, Elies, maar je liet me geen keus. Ik hoop dat je ervan hebt geleerd.'

Nadat ze de deur achter zich heeft gesloten, ruik ik aan

het broodje. Ik houd het glas thee in het zonlicht. Waar stopt ze haar gif in, of wat het ook is waarvan ik zo suf word? Ik ruik aan alles, peuter het deeg uit elkaar. Het moet hier ergens in zitten, maar wie weet zijn er slechts enkele korrels nodig. Het is onbegonnen werk om die te vinden – als ze ze al niet heeft opgelost in de thee. Dan herinner ik me dat veel medicatie bitter smaakt. Bitterheid kan worden gemaskeerd met suiker.

Ik haal de helften van het croissantje van elkaar. Heel voorzichtig, alsof ik een vis fileer, snijd ik de plakkerige jamlaag en het vochtige deeg los van het droge broodje. Ik doe hetzelfde met de andere helft. Dan loop ik met mijn bord naar het raam en werp de plakkerige laagjes brood met jam naar buiten. Ze komen op het lagergelegen leistenen dak terecht.

Ik spoel de thee door de gootsteen en vul het glas met kraanwater. Het stinkt naar chloor en ijzer, maar ik heb zo veel dorst dat het me niet uitmaakt. Ik drink twee glazen en eet de droge helften van het croissantje op.

32

Nadat ik van de schrik was bekomen dat de kinderbescherming me zo onderhand naar de andere kant van het land had verplaatst, ervoer ik vooral rust. In het gezinshuis kwam ik erachter hoe opgejaagd ik me steeds had gevoeld, omdat ik, onbewust, in de overtuiging had geleefd dat ik tot op zekere hoogte verantwoordelijk was voor de hele shitsituatie thuis.

Er werd van me verwacht dat ik af en toe een brief schreef aan mijn ouders. Dat deed ik braaf, maar ze schreven nooit iets terug.

Mijn frustratie daarover ventileerde ik bij mijn surrogaatmoeder: 'Mijn vader is een slappe lul en mijn moeder een ijskoud kutwijf. Wat zegt dat over mij?'

Ze keek me onverstoorbaar aan. 'Jij bent jij, Ellis. We hebben geen invloed op het nest waarin we geboren worden, maar wel op de keuzes die we zelf maken. De optelsom van die keuzes definieert je als mens.'

Ik greep de situatie aan om iets van mijn leven te maken. Nieuwe school, nieuwe stad, nieuwe start. Ik verbrak het contact met mijn oude vrienden. Dat klinkt dramatischer en actiever dan het in werkelijkheid is gegaan. Onze vriendengroep had als vaste waarden uitgaan en drugsgebruik. Nu ik ver bij hen vandaan woonde en er niet meer als vanzelfsprekend elk weekend bij was, waren ze me gauw genoeg vergeten.

Het verbaasde me hoe makkelijk ik de knop blijkbaar kon omzetten, hoe snel ik me voegde naar het leven in het gezinshuis. Ik raakte bevriend met Denise, die even oud was als ik. We fietsten samen naar school en motiveerden elkaar om er het beste van te maken. Denise werd mijn zusje in het gezinshuis, al bleven onze gesprekken aan de oppervlakte – ze kon nauwelijks spreken over wat haar thuis was overkomen, en ik bleek zelf evenzeer geen meester in het aangaan en onderhouden van normale, gezonde relaties. Dat was niemand van ons. We leerden sociale vaardigheden van onze surrogaatouders, maar we voelden ons allemaal tot op zekere hoogte alleen.

Na onze examens volgden Denise en ik dezelfde opleiding tot schoonheidsspecialiste. Voor mij een weloverwogen keuze. Ik wilde me richten op de mooie kanten in het leven, na de ellende waar ik door de onnavolgbare keuzes van mijn verwekkers aan was blootgesteld.

We deelden een kamer in Schiedam en liepen stage bij hetzelfde bedrijf, een populaire spa met lichaams- en beautybehandelingen. Het ging steeds beter met ons, we floreerden in die omgeving waar het rook naar sandelhout, dennen en eucalyptus en bouwden samen aan een nieuwe vriendenkring. Ik liep rond met toekomstplannen voor een eigen salon aan huis, maar om zo'n plan te kunnen verwezenlijken had je om te beginnen een huis nodig, liefst met een garage of een tuinhuisje dat kon worden omgebouwd tot salon. Mooie dromen, waarvan de realisatie destijds ver buiten mijn bereik lag. Denise aasde op een vaste baan bij een salon of spa, maar haar grootste wens was om een gezin te stichten. Met haar rustige uitstraling vond ik haar een geboren moeder, die het zonder twijfel stukken beter zou gaan doen dan haar ouders.

Ik weet zeker dat ik nu nog steeds bevriend met haar zou zijn geweest als ik niet in die spa Anthony tegen het gespierde lijf was gelopen.

33

In het jachthuis rijgen de dagen en nachten zich aaneen. Ik breng de meeste tijd in mijn kamer door. Soms zet Sophie me in de traplift en lucht ze me in een rolstoel op het bordes bij de voordeur. Ik laat het gedwee over me heen komen en maak mezelf zwaar als ze me wil helpen. Ergens verbaast het me dat Sophie niets in de gaten heeft. In de afgelopen week heb ik al het voedsel waarover ik mijn twijfels had uit het raam gegooid, waar de duiven en kraaien het snel wisten te vinden.

Het lukt niet altijd om het eten te lozen, want af en toe blijft Sophie bij me zitten. Ik eet dan langzaam, in de hoop dat ze alsnog even wat anders gaat doen, en probeer slimme keuzes te maken: sauzen en zoetigheid ontwijk ik, omdat je daarmee makkelijker wrange smaakjes kunt maskeren. Van haar thee heb ik geen druppel meer gedronken, ik heb er hooguit m'n lippen mee bevochtigd. En van het vieze kraanwater ben ik niet ziek of zelfs maar misselijk geworden, integendeel: ik voel me elke dag beter, sterker en helderder.

Ik kan niet wachten om dit krankzinnigengesticht voor altijd achter me te laten, maar ik ga ervan uit dat ik slechts één ontsnappingspoging kan wagen. En die moet meteen lukken.

Inmiddels ben ik er vrijwel zeker van dat ik niet de enige ben die in dit huis wordt vastgehouden. Ik vermoed dat Sophie haar moeder ook ergens heeft opgesloten, want ik blijf de stemmen horen 's nachts. Het zou logisch zijn. Sophie heeft al net zo'n grillige haat-liefdeverhouding met haar moeder als ze vroeger had met haar zus, voor wie ik nu tegen wil en dank ben ingevallen.

Als het me lukt om hier weg te komen, zal ik absoluut de politie inseinen zodat ze die arme vrouw kunnen bevrijden.

Het voelt alsof me dat heel binnenkort gaat lukken. Misschien nog één of twee dagen, dan zal ik sterk genoeg zijn om op eigen houtje terug naar Nederland te reizen, en daar dingen in gang te zetten.

PANG!

Ik sta op van de vloer en loop naar het raam.

PANG-PANG! PANG!

Hoog boven de bossen klinken de geweersalvo's als zweepslagen. Het moet zondag zijn. Bij gebrek aan een kalender of telefoon zijn er gelukkig de zondagsjagers door wie ik me enigszins kan oriënteren. Door hen weet ik dat er weer een week voorbij is.

Vandaag logeer ik dus ruim vier weken bij Sophie, daarvoor heb ik twee nachten in het ziekenhuis gelegen. Een complete maand verspild. Er kan van alles gebeurd zijn op de plek waar ik vandaan kwam, en ik zou het vanuit hier niet eens weten. Een volle maand in het ongewisse. Een maand waarin de emotionele pijn de fysieke overschaduwt.

Er klinken voetstappen op de trap. Gauw ga ik in bed liggen en doe alsof ik in de vergeelde roman van Camus verdiept ben als Sophie met een dienblad naar binnen loopt.

Bruusk plant ze het op het tafeltje. 'Het is geeneens jachtseizoen, hè? Dat begint pas in september, maar daar heeft dat lompe volk schijt aan. De hele zomer lang dat geknal, alsof het bos van hen is.' Ze loopt naar het raam en kijkt naar buiten, haalt snuivend haar neus op.

'Kun je de politie niet bellen?'

Ze draait zich met een ruk om. 'En dan?'

'Ze kunnen dan op hun gedrag worden aangesproken.'

'De gendarmerie is op de hand van de jagers.'

'Maar de wet geldt net zo goed voor hen.'

Sophie lacht vreugdeloos. 'Nee, hoor. Hier geldt alleen het recht van de sterkste. Waarom denk je dat ik dat hek om het terrein heb geplaatst?'

Ik herinner me de geweren boven haar haard in de woonkamer. 'Je hebt zelf toch ook gejaagd?'

'Toen ik nog dacht dat jagen te maken had met volwassen worden. Met kracht, met stoer zijn. Onzin, natuurlijk. Je wordt gehersenspoeld door je sociale omgeving en je hebt het niet eens door.' Ze recht haar rug. 'Als vrouw alleen op een landgoed als dit moet je je mannetje leren staan. Ik heb mijn voorzorgsmaatregelen getroffen.' Ze laat haar vingers liefkozend over de hamer aan haar gordel gaan. 'Mij zullen ze niet pakken, die onbehouwen, volgevreten klootzakken.'

Buiten klinkt opnieuw een salvo.

'Hoor je dat, Elies? De werkelijke beesten in deze wereld lopen rond op twee benen.'

34

Beckham, de held uit mijn pubertijd, bleek Anthony Mulder te heten. Hij was gespierder dan vijf jaar geleden, knapper nog dan in mijn herinnering. Zijn gemillimeterde haar van destijds was uitgegroeid tot goudblonde lokken die krulden in zijn nek. Anthony was met zakenrelaties in de spa, zoals hij me later zou vertellen, mensen uit Rotterdam waar hij als Amsterdammer een beetje bij hing, maar aan wie hij genoeg geld kon verdienen om een mooie auto van te kunnen rijden en een koophuis te betalen. Het gezelschap liet het breed hangen in de spa, de mannen bestelden champagne en namen de meest uitgebreide massages. Anthony nam er een gezichtsbehandeling bij en zo kwam hij in mijn behandelstoel terecht, en kon ik vakmatig die jukbeenderen, die brede nek, zijn kleine oortjes, zijn licht gebogen neus, alles van hem aanraken wat alleen nog in mijn geheugen had bestaan.

Anthony herkende mij niet. Hij kletste vrijuit over zijn ondernemingen en strooide met oneliners als 'De beste investering die je kunt doen is de investering in je eigen ontwikkeling' en 'Je kunt alles bereiken als je er voor de volle honderd procent voor gaat'. Pas toen de behandeling erop zat en hij met een rozige, glanzende gezichtshuid een glas verse muntthee van me aannam, herinnerde ik hem aan onze eerste ontmoeting.

Het duurde even voor hij wist wie hij voor zich had. Toen het eenmaal zover was, werd zijn glimlach breed. 'Ik weet het weer. Je was zo'n chic meisje, je hoorde daar niet.'

Zesentwintig was hij nu. Het leeftijdsverschil was nog steeds groot, maar ik was negentien en, belangrijker, geen kind meer in zijn ogen.

Later die week zat ik tegenover hem in Parkheuvel, een peperduur restaurant in Rotterdam dat ik alleen kende uit de media. Ik voelde me behoorlijk opgelaten in mijn jurkje van H&M en canvas schoentjes.

Anthony vond dat grappig. 'Ooit was ik zoals jij,' vertrouwde hij me halverwege het diner toe. 'M'n moeder had het niet breed, je merkt het heus wel als mensen op je neerkijken. Dat doet iets met je kop... Ken je *The Secret*?'

Ik schudde mijn hoofd.

'Een film over de wet van aantrekkingskracht. Over hoe je het universum naar je hand kunt zetten. Hij is al een paar jaar uit, maar ik heb 'm op dvd. We kunnen hem samen wel eens kijken.' Hij leunde tevreden naar achteren. 'Bottomline is: alles is mogelijk, als je het écht wilt. Hier zit het levende bewijs dat het werkt.'

Het duurde nog eens drie weken voor ik in zijn huis – met garage – naast hem op zijn witleren bank kennismaakte met *The Secret*. Ik volgde de film nauwelijks, gefocust als ik was op zijn hand, die achteloos op de rug van de bank lag, en zijn vingers die af en toe mijn schouder streelden.

'Je ruikt zo lekker,' fluisterde hij ineens. 'Niet normaal.' Hij draaide zich naar me toe en kuste me zachtjes op mijn neus, op mijn voorhoofd. Zijn neus gleed liefdevol langs de mijne. Toen hij me eindelijk zoende, voelde ik de opwinding door mijn lijf jagen, en ik duwde mijn tong plagend tussen zijn fluweelzachte lippen door, daagde hem uit. Tintelingen trokken door mijn lichaam, een sensatie die ik niet eerder had ervaren, niet in nuchtere staat. Ik sloeg mijn armen om hem heen, voelde de welvingen van de harde spieren van zijn rug en schouders en realiseerde me dat ik nergens anders wilde zijn dan hier, dicht tegen hem aan. Niets anders deed er nog toe.

Zijn hand gleed tussen onze lichamen en zijn vingers vonden feilloos de weg onder mijn jurkje. Ik kermde terwijl hij harder begon te wrijven, sneller. Het leek of ik naakt was; hij wist precies waar hij me moest aanraken. En hoe. Mijn onderlijf beefde ongecontroleerd, ik werd vloeibaar.

Hij bleef me kussen, bleef me bewerken, keek naar me door geknepen oogleden, en toen nam hij mijn haar achter in mijn nek vast en trok mijn hoofd naar achteren. Beet zachtjes in mijn hals. 'Je bent zo lekker. Ik wil je zien genieten.' Zijn vingers voerden de druk verder op, alle subtiliteit was verdwenen. Hij bewoog doelbewust, bewerkte mijn verhitte, vochtig geworden kruis. 'Kom maar. Ik wil het, laat je zien. Nu, hier.'

Mijn benen trilden, ik voelde ze slapper worden. De spanning bouwde zich razendsnel op in mijn onderbuik. 'Ik weet niet of... Ik heb nooit, ik –'

Ongeduldig trok hij mijn slipje uit en het volgende moment kuste hij me daar, voelde ik zijn gladde, koele tong in trage cirkels in mijn verhitte kruis. Ik zakte als vanzelf onderuit en hij maakte plaats, drapeerde me op zijn bank en nestelde zijn hoofd tussen m'n benen.

Ik zocht houvast aan zijn nek en schouders, maar hij greep mijn polsen vast en drukte ze in het witte leer. Ik reageerde door mijn onderlijf schokkend naar boven te duwen, tegen hem aan. Sidderend spande ik mijn lichaam, kermde, kneep mijn ogen dicht, totdat de ontlading door me heen beukte.

35

Ik heb een vluchtplan, of iets wat erop lijkt. Daarbij ben ik ervan uitgegaan dat Sophie haar terrein hermetisch heeft afgesloten. Vier kilometer hekwerk heeft ze laten plaatsen, als ik het me goed herinner. Een halfjaartje geleden had zo'n omheining me echt niet tegengehouden en was ik daar zo overheen geklommen, maar ik moet realistisch zijn. Klimmen gaat me niet lukken – nog niet. Ik moet me dus richten op de enige poort die ik ken.

Om daar te komen moet ik een flink stuk open veld overbruggen, met alle risico op ontdekking van dien, en daarna nog een heel eind door het bos. Achter de poort ligt de openbare weg, een kilometerslang asfaltweggetje met aan weerszijden greppels, donker naaldbos en open velden. Ik heb er geen huizen langs zien staan, en verkeer rijdt hier nauwelijks. Te voet ontsnappen lijkt me onbegonnen werk. Sophie heeft me zo ingehaald.

Behalve als ík degene ben met de auto.

Háár auto.

Om mijn plan te laten slagen heb ik twee sleutels nodig,

die van de Citroën en van de poort. Hangt die laatste gewoon aan haar sleutelbos, of ligt hij in de auto? Ik heb haar verdorie het slot van de poort drie keer voor mijn ogen zien openen en sluiten, maar ik heb niet echt geregistreerd hoe ze dat precies deed.

Terwijl ik de trap af glip, hoor ik haar ergens buiten boren en timmeren. Hopelijk blijft ze daar nog even mee bezig. Mijn vermoeden is dat ze haar sleutelbos bij zich draagt en de reservesleutel van de auto zoals de meeste mensen in een la bewaart.

Onder toeziend oog van de sombere gedaantes op de schilderijen steek ik de hal over, stap op de houten treden die toegang bieden tot de voordeur van haar appartement, en leg mijn hand op de deurknop. Ik probeer niet te denken aan wat er allemaal mis kan gaan als ik de reservesleutel eenmaal heb bemachtigd. Sophie kan me hier binnen nog betrappen, of buiten bij de auto, of wanneer ik wegrijd. Mogelijk kan ze zelfs dan te voet sneller bij de poort zijn dan ik, omdat ze niet die lange, lusvormige oprit hoeft te volgen, maar een kortere weg dwars door het bos kan nemen. Zij kent het terrein natuurlijk als geen ander. En stel dat ik eerder bij de poort ben dan zij, lukt het me dan het slot op tijd open te krijgen? Ik ben er zeker van dat ze er alles aan zal doen om me hier vast te houden. De keren dat ze liefkozend de klauwhamer aan haar gereedschapsgordel aaide zijn ontelbaar.

Ik moet denken aan de dubbelloops jachtgeweren boven haar haard. *Ze is er gek genoeg voor om ze te gebruiken.*

Ik draai aan de deurknop. Zoals verwacht is die op slot, Sophie vertrouwt niets of niemand, en toch voel ik teleurstelling. Ik buk voor het sleutelgat. Haar woonkamer is schemerig als altijd, met gesloten gordijnen.

In films en in romans juttert de held in zo'n situatie eventjes met een haarspeld en hop, open is de deur. In werkelijkheid is het zo simpel niet, althans, niet voor mij. Ik ben in mijn pubertijd vaak genoeg opgesloten geweest door mijn vader, vele uren achtereen, en het is me nooit gelukt om mezelf met slimmigheidjes uit die klotekelder te bevrijden.

Ik probeer de knop nog eens om te draaien, hij geeft nauwelijks mee. Ik leg mijn voorhoofd tegen het hout. *Hoe kom ik binnen? Buitenom? Moet ik wel naar binnen?*

Ik speel met de gedachte om haar op te wachten en van achteren neer te slaan. Maar stel dat ik te hard sla, of juist te zacht? Het komt me allebei even gruwelijk voor.

Ik draai me om, laat mijn blik door de hal gaan, luister naar de werkgeluiden buiten. Wie weet hoelang ze nog bezig blijft. Dan valt mijn oog op de telefoon. Hij is aan de muur bevestigd, een dofzwart gevaarte met een hoorn en een draaischijf. Eronder is een kunstig bewerkt wandplankje waar een beduimelde gele gids op ligt. Ik loop op de telefoon af. Waarom moeilijk doen als het makkelijk kan? Simpelweg 112 bellen, denk ik. De politie haar werk laten doen. *Red me, ik word tegen mijn wil vastgehouden. Kom me halen, snel.* Omdat Sophie naar eigen zeggen niet bepaald geliefd is bij de jagers en de gendarmerie, zal ik snel genoeg veilig zijn. Ik loop dan wel het risico dat de politie me in de buurt wil houden voor verklaringen, verhoren, wie weet wel als getuige in een rechtszaak tegen Sophie, terwijl ik alleen maar weg wil. Tegelijkertijd zullen ze me heus niet vastzetten in een cel. Ontsnappen als getuige zal eenvoudiger zijn dan ontsnappen als gevangene uit dit huis.

Ik neem de hoorn van de haak en houd hem aan mijn oor. Niets. Stilte. Ik draai aan de schijf, tik een paar keer op het verende mechanisme waar de hoorn op rustte. Het blijft stil.

De lijn is dood.

Mijn hart bonst nu zo hard dat ik vrees dat Sophie het buiten kan horen. Ik adem snel en kijk nog eens om me heen. Naar de donkere schilderijen, de staande klok, de uitgesleten kleden. Dan merk ik dat de timmergeluiden zijn opgehouden. *Wat als ze nu naar binnen komt lopen en mij hier ziet staan?*

Terwijl ik me terug de trap op haast, merk ik dat ik sterker ben geworden. Ik hijg niet meer, mijn spieren branden niet meer. Ik ben misschien de conditie van vóór de ziekenhuisopname verloren, maar ik voel dat ik een sprint kan trekken als het moet.

In m'n kamer maak ik alvast mijn vluchttas in orde. De tijd van aansterken en wachten is voorbij.

Vanavond ben ik hier weg.

36

Het was niet alleen de fysieke aantrekkingskracht tussen ons waardoor Anthony en ik aan elkaar bleven hangen. Hij wist hoe het leven in elkaar zat. LIFE IS A BITCH, SO LEARN HOW TO FUCK IT stond er op een tegeltje dat hij had laten maken en dat een prominente plek had in zijn keuken. En waar ik nog steeds enigszins stuurloos was, lag hij op ramkoers met zijn horecabedrijven en zijn nieuwe BMW.

Op een avond zette hij uiteen hoe hij de toekomst voor zich zag: eerst hard, maar vooral toch 'smart' werken, en dan: 'Rentenieren op m'n veertigste, met m'n reet in de Spaanse zon. Palmbomen, uitzicht op de Middellandse Zee. En jij? Wat is jouw droom?'

Een eigen beautysalon in de garage was tot dan toe eigenlijk mijn enige droom geweest, maar die stak zo eenvoudig af tegen zijn plannen dat ik dat niet durfde te zeggen. Ik wilde niets liever dan de partner zijn die hij zocht, een vrouw die net zo groot durfde te dromen. Terwijl ik naarstig naar woorden zocht, drong het tot me door dat ik wel degelijk een grote wens had, eentje die ik lange tijd had weggestopt. 'De laatste keer dat ik me echt gelukkig voelde, was toen ik nog met mijn ouders in Frankrijk woonde,' zei ik zacht. 'Dus daar wil ik ooit weer gaan wonen, in Normandië, vlak bij zee.'

Zijn gezicht betrok. 'Was je daar destijds gelukkiger dan nu, hier?'

Ik besefte wat ik had gezegd, hoe onaardig het kon overkomen. 'Ik bedoel het niet zo. Het is meer dat... Alles leek zo vanzelfsprekend, ik kende het hele dorp en mijn ouders deden toen nog normaal. Ik had nooit verlies meegemaakt.'

Hij pakte mijn hand. 'Geluk zit 'm niet in een plek. Geluk vind je in jezelf en in de verbindingen die je aangaat met anderen. Je kunt op nog zo'n mooie plek zijn, als je daar alleen bent, is d'r geen reet aan. Mensen zijn sociale wezens, in verbinding zijn is voor ons van levensbelang. En misschien kunnen we dat niet altijd met ons verstand beredeneren, we voelen het wel degelijk, hier, instinctief.' Hij bracht een vuist naar zijn borst.

Denise vond Anthony een verschrikking. Een patser, noemde ze hem. Voor mij stond hij voor alles wat ik in mijn slappe vader miste, en dus vond ik alles aan hem geweldig. Bovendien had Denise niet de mooie, motiverende gesprekken met hem die ik had.

Krap een halfjaar later trok ik bij hem in – een witte bungalow met een palmboom in de voortuin, vlak bij Vinkeveen. Mijn relatie met Anthony luidde een nieuw tijdperk in. Een zorgeloos tijdperk overladen met optimisme. De toekomst was bestrooid met gouden glitters.

37

Zoals ik al hoopte: als Sophie zelf in haar appartement is, sluit ze het niet af. Ik glip naar binnen en doe de deur zachtjes achter me dicht. Vanuit de keuken hoor ik geschraap van pannen op het fornuis en gesis van vlees in hete boter. Ik sluip door het halletje en kijk om de hoek. De keuken ligt rechts achter de woonkamer, er valt daar daglicht naar binnen. In de muur recht tegenover me is de antieke mergelstenen schouw en links daarvan een paneeldeur – haar slaapkamer, weet ik me te herinneren. Ik vermoed dat Sophie haar reservesleutels in de keuken of in haar slaapkamer bewaart.

Veel tijd heb ik niet. Mijn tasje hangt over mijn schouder en de plastic zak uit het ziekenhuis heb ik om de hoek in de hal gelegd. Ik kan hem zo meegrissen op weg naar buiten.

Mijn hart bonst in mijn keel terwijl ik langs de witte banken naar de slaapkamerdeur loop. De klink kraakt een beetje. Snel ga ik naar binnen en doe het licht aan. Sophie is een *creature of the night*: de gordijnen zitten potdicht. Haar slaapkamer heeft houten lambrisering en hetzelfde visgraatparket en behang als in de woonkamer – ecru met goudkleurige strepen. Sophies bed ziet er antiek uit, met sierlijke nachtkastjes aan weerszijden. Ik duik op het dichtstbijzijnde kastje af en trek de lade open. Er ligt alleen wat rommel in, en een paar pockets. Misschien slaapt ze aan de andere kant. Ik haast me om het bed heen en open de andere lade. Leeg.

Toch in de keuken.

Aarzelend loop ik terug naar de woonkamer. Zo te horen staat Sophie nog steeds te koken. Ik hoor een bescheiden kuchje, gerinkel van glazen. Nu zie ik pas dat er een vierde deur is die op de woonkamer uitkomt. Hij ligt tegenover de schouw, links van de flatscreen en valt nauwelijks op, omdat het behang strak doorloopt in de panelen. Misschien is daarachter een trap naar boven, of een kelder. Of is het een opbergkast?

De afzuigkap wordt afgezet, geschuifel; Sophie verschijnt met een dienblad in de deuropening.

Ik duik op mijn hurken achter de bank. Mijn ogen zijn opengesperd, mijn vingertoppen steunen op de vloer als bij een hardloper in de startblokken. *Heeft ze me gezien?* Tot mijn opluchting loopt ze door, voor de flatscreen langs naar de hal. Ze opent haar voordeur, die met een zachte klik achter haar dichtvalt.

Ik haast me de keuken in. Die doet ouderwets aan, met een groot fornuis en Efteling-waardige keukenkastjes. Er is een kleine tafel met twee stoelen onder het hoge raam geschoven. Vanuit daar heb je een weids uitzicht over het terrein, met helemaal achterin de dichte hagen die rondom de boomgaard en de familiebegraafplaats staan.

Ik trek de keukenlades een voor een open. Bestek, bonnetjes, een schaar. Lapjes stof, meer gereedschap. Ik vind sleutels, maar ze zijn niet van een auto, ze ogen antiek. Ik prop ze toch maar in mijn zak. Koortsachtig open ik kastjes, kijk in bakken en schaaltjes – geen sleutels.

Het begint tot me door te dringen dat ik een fout heb gemaakt. Een enorme fout.

Sophie zal er nu wel achter zijn dat ik niet in mijn kamer ben. En hoewel ik niet verwacht dat ze me in eerste instantie in haar eigen appartement zal gaan zoeken, is het een kwestie van tijd voor ze me vindt.

'Elies?' Haar stem galmt door de hal.

Daar gaan we al.

Ik krimp in elkaar.

'Elies, waar ben je?'

Ik ram de klink van de achterdeur naar beneden, maar die geeft niet mee. De deur zit op slot.

Sophies voetstappen klossen op de trap. 'Elies?'

Paniekerig kijk ik om me heen. Er is geen uitweg; de achterdeur zit op slot en het hoge raam kan niet open. Ik haast me terug de woonkamer in en probeer de deur naast de flatscreen. Geen opbergkast, goddank. Er is een schemerig halletje met een smalle, steile trap naar boven. Trillerig doe ik de deur achter me dicht en ik sluip zo geruisloos mogelijk het trapje op.

Boven is er weer een deur. Die klemt een beetje. Ik duw hem uiterst behoedzaam open. De ruimte erachter is verduisterd, de gordijnen zijn dichtgetrokken. Er hangt een eigenaardige geur. Nee, niet eigenaardig, dit ruikt ronduit smerig. Ik moet er bijna van kokhalzen en ik ben er zeker van dat ik zoiets nooit eerder heb geroken. Het duurt even voordat mijn ogen gewend zijn aan de schemer. Ik tuur om me heen en leg onwillekeurig m'n hand over mijn neus en mond. Zodra de vage grijszwarte contouren gestalte beginnen te krijgen, deins ik achteruit.

Ik ben niet meer in Sophies landhuis, ik ben op de spoedeisende hulp. De hand van de oude vrouw, levervlekken op de magere vingers, de ingevallen wangen onder haar starende blik, de vrijwel kale schedel.

Ik grijp me vast aan de deurstijl. De vrouw in dat bed is duidelijk al langere tijd dood. Er ligt een jurk vol vlekken over haar overblijfselen, de huid is donker en haar wangen hangen als gevouwen leer langs haar kaken af. Tussen het bruine weefsel van wat ooit haar lippen moeten zijn geweest, zijn tanden zichtbaar.

Ik heb mama nog bij me.

Maar het is natuurlijk niet hetzelfde.

38

Vanaf de dag dat ik bij Anthony introk zag ik mijn vriendengroep nog maar weinig. We hadden elkaar ook steeds minder te vertellen. Zij woonden in en rond Schiedam en ik in Vinkeveen, twee totaal andere werelden op een uur rijden van elkaar. Ik denk dat ze mijn relatie met Anthony als een bevlieging zagen, iets van voorbijgaande aard waar ze geen aandacht aan wilden besteden. En hoewel we allemaal onze problemen en onzekerheden hadden, werden die van mij steevast weggewuifd omdat ik 'geld zat' had. Vooral Denise zei me dat net iets te vaak. Alsof het leven om niets anders dan dat draaide. Bovendien was het geld van Anthony, niet van mij, maar dat feit werd voor het gemak genegeerd.

Terwijl ik mijn oude vriendenkring langzamerhand als verloren begon te beschouwen, speelde Anthony de glanzende hoofdrol in mijn toekomst.

Hij bood me een leven waarvan de meeste mensen alleen maar konden dromen.

Op een avond zaten we aan de oesters met champagne in een restaurant even buiten Amsterdam. Anthony droeg een lichtblauw linnen overhemd dat hem geweldig stond, met een witte pantalon en suède instappers. Zijn blonde haar was gebleekt door de zon en hij had een donker driedagenbaardje, waardoor hij iets nonchalants uitstraalde. Hij zag er onweerstaanbaar uit.

Ik vertelde hem dat ik me steeds minder gezien voelde door mijn oude vriendengroep. Vooral Denises houding frustreerde me. Ik voelde dat ik haar aan het verliezen was, en dat raakte me meer dan ik zou willen.

Hij liet me uitpraten, luisterde geduldig. Zei toen: 'Ik snap dat het pijnlijk voor je is, maar het is groeipijn. Je bent je oude huid aan het afstropen, een huid die jou niet meer past.' Hij kneep wat citroen uit over een oester en overhandigde die aan me. 'Jij en ik gaan verder waar anderen niet meer verder kunnen, of durven. Daarom doen ze moeilijk. Je moet je niet laten afremmen door de achterblijvers.'

'Denk je?'

'Het is geen kwestie van denken, maar weten.' Hij grijnsde zijn Beckham-grijns, zijn ogen glinsterden. '*The sky is the limit, baby.*'

Wie kon weerstand bieden aan deze man? In gedachten zette ik de afkeuring op het gezicht van mijn beste vriendin af tegen het aanstekelijke enthousiasme van Anthony, en ik wist bij wie ik wilde horen.

'Ik denk dat je gelijk hebt,' zei ik.

'Natuurlijk heb ik gelijk.' Hij knipoogde.

'Ik zou zo met je trouwen,' flapte ik eruit. 'Ellis Mulder. Klinkt goed.'

Dat verraste hem. Hij leunde een beetje naar achteren, geamuseerd. 'Je hebt zo'n fantastische, sexy Franse achternaam, maar je wilt Múlder heten? Je bent niet goed. Ik zou nog eerder jouw naam aannemen.'

'En hetzelfde heten als m'n vader? *No thanks.*'

Hij fronste. 'Nee, klopt, slecht idee. Godskolere.'

'Precies. Dat.'

Ik zette de oester aan mijn lippen en voelde Anthony's blik op me rusten. Voorzichtig liet ik het schelpdier in mijn mond glijden.

'Zeg 'ns iets Frans?' vroeg hij.

Ik kauwde de oester weg, depte mijn mond met een servet. 'Ik denk er niet aan, we zitten in een restaurant.'

'Frans is een chique taal.' De lachrimpeltjes bij zijn ogen werden dieper.

'Maar haalt weinig chics in jou naar boven, is mijn ervaring.'

De lucht tussen ons zinderde en knetterde.

'Iets Frans, kom op.'

Ik keek om me heen, naar de dinerende gasten. Dit was geen lawaaierig familierestaurant, maar een sterrenzaak met zacht tapijt en witgedekte tafels. Er werd hier nog net niet gefluisterd.

Toen zei ik, zo zachtjes mogelijk: '*Je te trouve mignon, mon chéri, tu es la meilleure chose qui me soit arrivée... et je veux t'épouser le plus tôt possible.*'

Hij sloot zijn ogen alsof hij pijn had. 'Shit, en nou moet ik hier nog zes gangen uitzitten met een –'

'Met een wat?' Ik grinnikte.

'Ik hou het netjes, maar ik trek je helemaal uit elkaar zodra ik met je alleen ben.'

Ik schoot in de lach. 'Je bent knettergek.'

'Gek op jou,' zei hij, en hij nam mijn hand en drukte er een kus op. 'Ik heb geen idee wat je daarnet zei, maar ik vind het allemaal best.'

Ik had in het Frans gezegd dat hij het beste was wat me was overkomen en dat ik met hem wilde trouwen, en dus trouwden we, vier maanden later. Ik nodigde mensen uit van mijn sportclub en van yoga, plus een paar fijne vaste klanten, en op de valreep stuurde ik ook Denise een uitnodiging. Tot mijn grote vreugde kwam ze opdagen, maar ze bleef kort.

Ondanks Anthony's protest – 'Frans klinkt duurder, beter voor de handel' – liet ik vol trots mijn nieuwe achternaam op mijn visitekaartjes drukken.

Ellis Mulder had niets meer van doen met Ellis Leroux.

39

'Jij mag niet bij mama komen.'

Geschrokken draai ik me om.

Sophie glipt de schemerige kamer in. Haar ogen glinsteren.

'Ik kon haar daar niet in de koude grond laten liggen. Ik kón het niet! Je hebt het gezien, het is er afgelegen, kóud. Mama hoort hier, bij mij, in het huis.'

Ik deins achteruit.

'Ik heb haar goed verzorgd,' gaat ze door. 'Zodat ze bleef wie ze was.' Ze kijkt met een tevreden glimlach naar het residu. 'Mooi hè?'

Als verlamd staar ik haar aan. Ik hoor wat ze zegt, maar ik kan het niet bevatten. Niet geloven. Dit moet een koortsdroom zijn. Dit alles: de ruimte, de resten, Sophie, *het kan niet waar zijn.*

'Ik vind het niet goed dat je hiernaartoe bent gegaan,' zegt ze. Haar stem klinkt als die van een kind. Slepend, zeurderig. 'Jij was altijd mama's lieverdje, nu is ze van mij. Alleen van mij!' Ze wrijft nerveus over de klauwhamer aan haar gordel.

Ik kijk naar het glanzende staal van de hamerkop, de scherpe v-groef, en ik realiseer me dat ik iets moet doen, snel, maar ik kan amper bewegen. Als ik mijn mond open, blijven de woorden als dikke brokken in mijn keel steken.

'Het is erger geworden toen je doodging,' gaat ze door, nu weer met haar eigen stem. 'Ze had het alleen nog over jou. Ik was niet goed genoeg, nooit, wat ik ook deed.' Terwijl ze haar ogen op me gericht houdt, haalt ze de hamer uit de gordel. Haar vuist balt zich om de steel.

'Ik ben je zus niet,' weet ik uit te brengen, in een poging haar krankzinnige waan te doorbreken.

Haar ogen staren me wezenloos aan, haat glinstert in de diepte.

'Sophie, hoor je me? Ik ben Charlotte niet.'

Plotseling haalt ze naar me uit.

Ik schiet langs haar heen en stuif de trap af, de woonkamer in, de gang op, de grote hal in, trek de voordeur open en sta in enkele seconden buiten bij de auto.

Die is open. Ik duik de cabine in: geen sleutel in het contact. En te voet vluchten is zinloos als de toegangspoort op slot is, wat ik verwacht. Misschien red ik het net om over de omheining te klimmen, maar daarna wachten er nog vele kilometers bos en landbouwgebied tot aan het dichtstbijzijnde dorp. Ik heb al honderden keren allerlei vluchtscenario's uitgedacht, maar in geen enkele ervan joeg Sophie in een psychose met een klauwhamer achter me aan.

Door het vuile portierraampje zie ik haar op me afkomen, haar tanden ontbloot als een hondsdol dier. In paniek gris ik een sleutelbos uit de middenconsole, spring uit de auto en zet het op een lopen. Zo snel als het gaat vlucht ik in de richting van het bos en de doorgaande weg, eerst tussen de taaie, lange halmen op het veld door, dan verder over het platgetreden pad. Het voelt alsof ik vleugels heb, alsof ik de grond niet eens meer raak, alsof ik zo meteen over die poort heen kan vliegen. Licht als een veertje.

Ik durf niet achterom te kijken en concentreer me op het pad voor me, twijfel, besluit dan de lus af te snijden die de oprit maakt en dwars door het bos te gaan.

Mijn vlucht wordt meteen al vertraagd door de oneffen ondergrond. Dorre takken breken onder mijn sneakers, mijn voeten zinken weg in onzichtbare greppels vol oud, ruisend blad en dichte varens; taaie stengels van braamstruiken grijpen zich vast in mijn huid en kleding. Ik ruk me los en dan zie ik de oprit weer. Daarachter de poort, de afgebladderde witte spijlen rijzen star omhoog in de schaduw van het gebladerte.

De sleutelbos snijdt in mijn samengeknepen vuist. Eén van de sleutels moet passen op het slot, dat kan niet anders. *Het moet.* Ik kan alleen maar hopen dat het de eerste is.

Bijna bij de oprit. Nog vier meter, nog drie. Ik moet opschieten, sneller, zo snel mogelijk –

Een scherpe pijn snijdt door mijn enkel. Ik verlies mijn evenwicht en val voorover op de bosgrond. Meteen probeer ik op te krabbelen, maar mijn linkerbeen zit vast. Er is iets omheen gedraaid, of geklemd, iets hards en kouds wat in mijn vel snijdt. Haastig veeg ik de aarde en de dode bladeren weg. Bloed. Veel bloed. Er zit een strakgespannen ijzerdraad om mijn enkel. Ik grijp ernaar, trek er voorzichtig aan – geen beweging in te krijgen. Ik til de draad paniekerig uit de bosgrond omhoog, volg het kaarsrechte spoor van wijkende bladeren en takjes en zie dan dat het andere eind verderop om een boomstam is gewikkeld.

Ik kruip ernaartoe, maar de pijn wordt alsmaar erger, ondraaglijk bijna, de draad lijkt tot op mijn bot door te dringen. Er zit bloed aan mijn trillende handen. *Je moet doorzetten, Ellis, dit is je laatste kans. Je kunt dit. Denk de pijn weg, denk hem weg!*

Geritsel, gekraak van takken, dichtbij. Voetstappen.

Sophie doemt uit de varens op. In een wanhopige poging mezelf onzichtbaar te maken druk ik me tegen de grond. 'Mijn opa heeft me dat geleerd, Elies. Effectief tegen indringers.' Ze snuift. 'Maar ook tegen verraders en leugenaars.'

Ze torent boven me uit, zwijgend. De uitdrukking op haar gezicht houdt het midden tussen teleurstelling en woede.

Ik weet niet wat ik nog kan doen om haar gunstig te stemmen, wat ik kan zeggen om haar voor me te winnen.

Abrupt komt ze in beweging, een verbeten trek rond haar mond. Met enige vertraging begrijp ik wat ze van plan is, wat de intentie is van die krachtige, zijdelingse move die ze maakt, het draaien van haar bovenlichaam. Dan zie ik haar laars op mijn gezicht afkomen.

40

Het is achteraf niet te zeggen wanneer het precies is misgegaan tussen Anthony en mij. Het ging geleidelijk, denk ik, zoals in die bekende metafoor van een kikker die in een pan koud water op het vuur wordt gezet. Het water wordt eerst behaaglijk warm, de kikker zwemt er tevreden in rond en merkt niet dat het water heter en heter wordt. Totdat het te laat is.

Mijn kersverse echtgenoot was altijd aan het werk. Anthony runde meerdere bedrijven, was steeds onderweg, in gesprek, netwerken. Hij had twee telefoons, kende de halve wereld.

Intussen draaide ik vier dagen in de week met enorm veel plezier mijn schoonheidssalon in zijn garage. Mensen verzorgen, ze informeren, verwennen, ik vond het heerlijk om te doen. Ik genoot volop van de gesprekjes met de klanten en het voedde me om ze blij te kunnen maken, om hen te kunnen helpen met hun huidproblemen.

In de weekenden gingen Anthony en ik varen met zijn vrienden, eten in dure restaurants of winkelen in Londen of de P.C. Hooftstraat.

Ik voelde me intens gelukkig met mijn sterke, slimme, sexy man, die de wereld zoveel beter doorhad dan ik.

Vijftien jaar lang was ik met hem samen. Terwijl ik me in een kuuroord waande, zag mijn Schiedamse vriendenclub het brandende vuur onder het luxe leven waarin ik zwom.

Denise had steeds vooropgelopen met haar Anthony-antipathie. Halsstarrig bleef ze volhouden dat ik wel wat beters kon krijgen dan zo'n Amsterdamse patser met zijn holle oneliners.

Inmiddels woonde ze al een poos samen met een nieuwe

huisgenote en wist ze nauwelijks de eindjes aan elkaar te knopen. Dus nee, ik nam haar waarschuwingen niet serieus, ze was gewoon jaloers.

Anthony juichte het toe dat ik nauwelijks nog contact met haar had. 'Vrienden die elkaar geen droomleven gunnen, zijn geen echte vrienden,' zei hij. '*Shed your skin, baby.*'

Een paar jaar na ons trouwen was hij de rust van de Vinkeveense Plassen beu. Anthony wilde in Amsterdam-Zuid gaan wonen, tussen succesvolle advocaten, ondernemers en de jetset – een ouderwets woord dat hij graag gebruikte. 'Het gaat er niet om wat je kunt, maar wie je kent,' zei hij steeds.

Niet lang nadat hij zijn wens had uitgesproken kocht hij het penthouse van een monumentaal pand in Zuid. In de wijk wemelde het van de restaurants, musea en winkels, en toch leek het of we in een stadspark woonden. De kruinen van de oude platanen in de straat rezen langs ons dakterras omhoog. Daar zat ik vaak naar de wiegende takken te kijken, of ik legde mijn hoofd in mijn nek en staarde naar de voorbijjagende wolken. Ik merkte dat ik de natuur miste, dat ik die nodig had om op te laden.

We hadden één kamer laten inrichten als salon, maar slechts een handjevol klanten was me tot in Amsterdam gevolgd – parkeren was zo onderhand duurder dan de behandelingen zelf. Er kwamen ook nauwelijks nieuwe klanten bij, ondanks flyeren en een professioneel opgezet Instagram-account. Huidverbetering, mijn specialisatie, kun je niet binnen enkele behandelingen bereiken. Mensen moeten zelf thuis ook aan de slag. Ik kwam er algauw achter dat de vrouwen op Zuid zich liever lieten oplichten door snelle types die onzinnige, exotisch klinkende therapieën in hippe panden aanboden. Het gaf status klant te zijn bij zulke bedrijven.

Het was dringen op de apenrots in welvarend Amsterdam-Zuid. Een rots waar ik geen grip op kon krijgen.

Voor Anthony was dat anders. Hij was in Amsterdam geboren en getogen en had er vrienden met wie hij regelmatig ging golfen of varen. Af en toe sprak ik af met hun vrouwen, wat in de praktijk neerkwam op hele middagen winkelen tussen Chinese toeristen in de P.C. Hooftstraat en in de Bijenkorf op de Dam. Die vrouwen-en-vriendinnen-van waren vriendelijk en geïnteresseerd, maar ik had te weinig met hen gemeen. Het winkelen en lunchen gaf me geen energie en de drukte van de grote stad putte me uit. Daarom sloot ik me aan bij clubjes. Maandag holy booty, woensdag yoga, vrijdag mindfulness. Ik snakte naar verbinding, die ik maar niet tot stand kreeg. Achteraf gezien paste ik er simpelweg niet tussen. Mijn Brabants-Franse plattelandsgenen lieten zich gelden.

Inmiddels had ik via via vernomen dat mijn vader met hangende pootjes naar zijn familie in Frankrijk was teruggekeerd en dat mijn moeder hertrouwd was en zich nog steeds half doodwerkte voor het familiebedrijf. Als iemand interesse toonde in mijn achtergrond, wat niet vaak gebeurde, hield ik me op de vlakte. Ik heb zelfs eens met droge ogen beweerd dat mijn ouders waren omgekomen bij een auto-ongeluk.

Een paar keer heb ik op mijn dakterras naar het nummer van Denise in mijn telefoon zitten staren, zij was de enige echte vriendin die ik ooit heb gehad. Ik belde haar niet. Er was te veel gebeurd. Te veel gezegd. Haar aversie tegen Anthony was te groot.

Jaloezie is een krachtige emotie die veel kapotmaakt.

Anthony had dé oplossing voor mijn betrekkelijke eenzaamheid: een Anthony Junior. Natuurlijk had hij die al gemanifesteerd, zodat er, als het eenmaal zover was, ongetwijfeld een zoon geboren zou worden.

Maar ik wilde geen kind. Die verantwoordelijkheid kon ik onmogelijk dragen, in elk geval niet alleen – want het was wel duidelijk dat de zorg voor dat nieuwe leven vrijwel volledig op mijn schouders terecht zou komen. Ik kon mezelf al amper overeind houden, laat staan dat ik een kind zou kunnen opvoeden, een goede moeder zou kunnen zijn.

Toen ik dat aan Anthony vertelde, legde hij zijn telefoon weg en greep me vast. 'Niet twijfelen. De shit van je verleden is de mest van je toekomst, El. Jij kunt dat, natúúrlijk kun je dat.' Hij knuffelde me, kuste me op mijn voorhoofd. 'Jij, lieve schat, wordt de beste moeder ooit. Punt.'

Daarna liep hij naar de badkamer en wierp theatraal het doosje condooms in de prullenbak. 'Hoppa. Die hebben we niet meer nodig.'

De volgende dag zat ik bij de huisarts. Ik was er niet trots op dat ik Anthony voor de gek moest houden, maar een kind was een veel te zware opgave. Zoiets groots kon hij niet van me verlangen.

41

De hemel boven me schokt heen en weer, de diffuse bewolking kleurt roze van de avondzon. Ik geloof dat mijn gezicht plakkerig is; opgedroogde tranen, vuil van de bosbodem. En bloed. Ik proef aarde en ijzer op mijn tong, op mijn lippen. Er zit ook bloed aan mijn handen, mijn benen zijn besmeurd.

'Kijk nou eens wat je gedaan hebt! Je zit helemaal onder,' jammert Sophie.

Ze vervoert me in een kruiwagen naar het huis. Bij elke hobbel in het veld schiet de felle pijn vanuit mijn enkel door mijn hele lijf. Ik probeer me aan de rand van de kruiwagen vast te houden, maar dat gaat niet: Sophie heeft met een tiewrap mijn polsen aan elkaar gebonden.

Mijn gezicht was gevoelloos, nu komt er geleidelijk een doffe pijn opzetten in mijn kaak en jukbeen, traag bonkend als een hartslag. Ik herinner het me nu: ze schopte me, zeker twee keer. Daarna moet ik het bewustzijn hebben verloren.

'Na wat ik allemaal voor je heb gedaan, echt, ongelooflijk dit.' Sophie hijgt, ze heeft moeite de kruiwagen voort te duwen, maar we zijn er al bijna.

Het huis ligt deels in de schaduw en lijkt groter en dreigender dan ooit, een reusachtige gevangenis waaruit geen ontsnappen mogelijk is.

Nooit meer.

Ik kom daar nooit meer weg.

Om ons heen kluwen insecten bij elkaar als zoemende zwarte wolken die steeds van richting en vorm veranderen. In de uitdijende roze hemel ver daarboven duikelen talloze zwaluwen rond. Sophie praat tegen me, maar haar gebrabbel gaat verloren in het luide gekwetter van de vogels.

Een deel van me heeft al afscheid genomen van alles; dat deel heeft het vechten opgegeven en is verdwenen naar een plaats zonder pijn en dreiging. Een comfortabele plek in een zacht kingsize bed met een sneeuwwitte overtrek van Egyptisch katoen. Gefilterd door de houten luiken dringt de mediterrane zon de kamer in, als ik wakker word naast het mooiste wat me ooit is overkomen.

42

Op een dag zei Anthony dat hij had besloten om zijn bedrijven van de hand te doen. Hij was 'klaar met dat gezeik met het personeel en die kutgemeente' en hij kon 'een goede prijs beuren', dat was alles wat hij erover te zeggen had.

Natuurlijk, het was zíjn business, hij moest helemaal zelf weten wat hij ermee deed, maar normaal besprak hij zulke grote beslissingen met me. Verspreid over twee weken werden er gigantische bedragen op zijn rekeningen bijgeschreven. In totaal bijna negen miljoen euro.

Anthony stond in de keuken bij het dakterras en staarde naar de bankapp op zijn telefoon. 'El, we hoeven nooit meer te werken, geen dag meer. *Fuck you money to the sky and back!*'

Zo noemde hij het: fuck you money. Genoeg geld om van niemand afhankelijk te zijn. Om 'fuck you' te kunnen zeggen tegen de schaduwen van zijn jeugd, tegen al die mensen die op hem hadden neergekeken: een bont gezelschap van leraren, buren, verkopers in luxe kledingzaken en autodealers. En ook tegen alle autoriteiten die hij in de toekomst mogelijk nog tegen zou komen.

'Niemands knecht meer,' mompelde hij. '*Fuck 'm. Fuck 'm all.*'

'Je bent nooit iemands knecht geweest, lieverd,' zei ik, maar hij hoorde me niet.

Het heuglijke feit van ons vervroegde pensioen werd gevierd in een hip Amsterdams restaurant met een Aziatische fusionkeuken. Het had een hoog plafond, authentiek ogende gemetselde muren en een hotelchique inrichting met veel fluweel. De sfeer deed Anthony denken aan New York, zei hij, al was hij daar nooit geweest. Natuurlijk had hij ook zijn beste vrienden en hun partners uitgenodigd. We dronken Ruinart en aten sushi met flinters bladgoud.

Halverwege de avond verscheen er een vent aan onze tafel.

'Ramon!' Anthony sprong op van zijn stoel. 'Wat een verrassing.'

'*Hermano.* Natuurlijk wil ik hierbij zijn!'

Ze sloegen elkaar op de schouders, grepen elkaar bij de wangen.

Ik keek gebiologeerd naar de twee mannen die zich gedroegen als broers. Ik had Anthony nooit gehoord over ene Ramon, die een in Amsterdam opgegroeide Spanjaard bleek te zijn. Hij kwam bij ons zitten en de rest voegde zich als vanzelf om hem heen.

Ramon leek niet op ons, of op onze vrienden. Zijn tanden waren witter, zijn glimlach breder, zijn huid was donkerder, en hij zat daar met een air alsof heel Amsterdam van hem was. Het viel me pas veel later op dat Ramon een stuk kleiner was dan Anthony, en ook veel minder krachtig gebouwd, maar hij had een uitzonderlijk charisma waarmee hij dat met gemak compenseerde. Ramon leek licht te geven.

'Ramon woont in Málaga,' zei Anthony.

'Marbella,' verbeterde Ramon hem. '*Golden mile.*'

Ik had geen idee wat dat betekende.

Na het eten namen we in afgeslankt gezelschap nog een drankje in de lounge. Toen iedereen naar huis ging, legde Anthony een hand op mijn rug en dirigeerde me naar de lift. Hoewel we zo'n beetje op loopafstand woonden, had hij een suite geboekt in het hotel waar het restaurant bij hoorde – een kamer die per nacht meer kostte dan ik in Schiedam met een hele maand werken had verdiend. De suite had een entresol; boven stond het bed achter een glazen balustrade, beneden was de zithoek.

Op de salontafel stonden kartonnen tasjes van Louis Vuitton en Gucci.

'Het is nog geen kerst, El, maar ik kon het niet laten.'

'Doe normaal, gek!' riep ik.

Hij knipoogde. 'Je bent 't waard. Pak maar uit.'

Zover kwam het niet. Hij ging achter me staan en liet zijn handen over mijn taille en heupen glijden, zoende me in mijn nek en haakte zijn vingers om de zoom van mijn jurkje, trok het op.

De kamer begon om me heen te draaien, ik werd misselijk. 'Sorry... Te veel gedronken.'

'Daar heb ik iets voor.' Hij haalde een zakje tevoorschijn, strooide de inhoud uit over de salontafel en maakte er lijntjes van met zijn creditcard. 'Geniet ervan, want dit is de eerste én voorlopig de laatste keer voor jou.'

Ik keek verbaasd toe. Voor zover ik wist had Anthony nooit iets met drugs gehad. Zakendoen, dat was zijn drug. Netwerken, zijn bankrekening zien groeien, daarvan kreeg hij zijn highs. Niet van wit poeder.

'Coke?' fluisterde ik, enigszins verbouwereerd.

Anthony knipoogde. 'Cadeautje van Ramon. Beste van het beste.'

'Meen je dit nou?'

Hij grinnikte. 'Tuurlijk, kom op. Eén keertje. Gun jezelf ook eens wat.'

'Ik weet het niet.'

'Nou, ik weet het anders wel,' zei hij, en hij boog voorover en snoof een lijn naar binnen. Keek vrolijk naar me om. 'Kom, El, doe eens gek.'

Ik heb geen idee waarom ik me uiteindelijk liet overhalen. Misschien door de drank. De betoverende, zorgeloze sfeer. De band die ik met hem voelde. Of misschien waren we samen met onze miljoenen – o, wacht, zíjn miljoenen – al zo ver van de dagelijkse realiteit afgedreven dat dit er ook nog wel bij kon.

Ik deed mee.

De misselijkheid van de drank verdween op slag. Ik was klaarwakker, verliefd en vol energie, en ik beleefde een fantastische nacht. Alles was perfect. Onvoorstelbare luxe, liefde, en veel, heel veel seks met de mooiste en liefste man die ik kende.

43

Sophie grijpt me onder mijn oksels vast en sleurt me de treden op naar het bordes. Ze struikelt half, ze hijgt, maar haar armen zitten klemvast om mijn romp, als stalen haken. Ongelooflijk sterk is ze.

Bij elke trede flitst de pijn door mijn enkel, steeds opnieuw.

'Ik breng je naar boven, naar je kamer, en ik ga ervoor zorgen dat je er blijft. Je moet niet steeds rondlopen, daar ben je nog helemaal niet goed genoeg voor. En nu al helemaal niet meer, kijk nou verdorie eens, zusje, hoe je eraan toe bent.' Ze prevelt het voor zich uit, haar woorden onderbroken door haar schokkerige ademhaling. 'Maar we gaan je mooie gezicht en je enkel goed verzorgen. Ik kan daar kompressen voor maken. Je mag je gelukkig prijzen dat ik zoveel van thee afweet.'

Ze trekt me de hal door alsof ik een levensgrote pop ben. Het geschuifel van haar voeten resoneert tussen de muren en het plafond. Op een of andere manier weet ze me in het zitje van de traplift te hijsen.

Ik help haar niet, maar ik stribbel ook niet tegen. Het is zinloos. Mijn enkel is onbruikbaar, en als ik me al los zou kunnen rukken, dan zou ik nog geen twee meter ver komen voor ze me weer te pakken heeft. Ik knijp mijn ogen dicht en probeer de pijn weg te denken. *Pijn plus verzet is lijden. Pijn zonder verzet is alleen maar pijn.* Het lukt niet, de pijn is te hevig, de situatie te afschuwelijk, totaal uitzichtloos.

Ik glip weg, trek me terug in de verste uithoek in m'n hoofd en concentreer me op de mediterrane zon, die gefilterd door de luiken op het Egyptische katoen valt. De heerlijke geuren die uit mijn geheugen omhoogkomen, de beelden, de gevoelens – dit is een van de mooiste momenten uit m'n leven.

Sophie maakt de gordel vast en loopt naast me op de lange trap omhoog terwijl ze de joystick van de lift bedient. Het gaat verre van soepel, de lift hapert, en Sophie is duidelijk moe van alle inspanningen. Moe, maar vastberaden. Die vrouw bezit een onmenselijke energie en kracht.

'Eén is geen en twee is één,' lispelt ze, en ze struikelt, de stoel schiet een trede door.

We zijn bijna boven. Nog vier treden.

Drie, twee.

‘Je moet niet schrikken, Elies.’ Er glanst een fanatieke gloed in haar donkere ogen. ‘Ik doe het niet voor mijn lol, dat moet je begrijpen. Maar ik ga je daar boven vastbinden, snap je? Het is voor je eigen bestwil.’

Uw eigen bestwil, madame.
Het is voor uw eigen bestwil.

Ik breek uit mijn lethargische toestand. Mijn trillende vingers, kleverig van mijn eigen bloed, vinden de sluiting van de gordel. Die schiet los. Dan laat ik me voorovervallen en ram met mijn volle gewicht tegen Sophie aan.

Ze is niet voorbereid op die zijdelingse beuk, grijpt gillend naar de leuning, die vervaarlijk meebuigt.

Ik zet af met mijn goede voet, stoot haar tegen de reling aan met alle kracht die ik kan mobiliseren. Harder, nog harder. Het eeuwenoude hout kraakt en steunt, wiebelt, en terwijl Sophie met grote, angstige ogen naar me graait en probeert zich aan me vast te grijpen, begeeft het kunstig gedraaide hout het met een hard gekraak.

Ik kom onzacht op een van de uitgesleten treden terecht en weet me nog net vast te klampen aan een van de spijlen, terwijl ik Sophie als in slow motion over de rand zie vallen.

Even is het stil. Een vacuüm waarin alles nog mogelijk is. Een seconde misschien, of twee, of misschien is het alleen maar een flits. Dan een doffe bons, gerinkel, nog meer gekraak.

Sophies gekrijs snijdt door de ruimte, het echoot en weerkaatst en klinkt op een huiveringwekkende manier meerstemmig; verschillende toonhoogtes, verschillende volumes.

Ik trek mezelf naar de rand van de trap.

Sophie is vele meters lager op de geboende visgraatvloer terechtgekomen. Om haar heen liggen stukken van het antieke dressoir met de spiegel. De staande klok is omgevallen, glasscherven zijn verspreid over het parket en de tapijten.

Sophie kronkelt, ze kreunt. Dik, donker bloed stroomt uit een wond op haar achterhoofd. 'Help,' prevelt ze. 'Help me.'

19
DAGEN LATER

44

'De plannen zijn veranderd.'

De snelweg strekt zich als een zwarte streep uit door het dorre landschap. Het asfalt zindert. Drieëndertig graden is het, en de temperatuur loopt nog steeds op. Helaas doet de airco van Sophies Citroën het niet. De schakelbak heeft ook al kuren, maar de vering deint comfortabel mee en de motor bromt soepel. Of hij sterk genoeg is voor de steile wegen die op het laatste stukje van het traject op ons wachten, zal moeten blijken.

Afgelopen nacht heb ik geslapen in een hotelletje in Noord-Spanje. De bejaarde eigenaar bracht me volgens eigen zeggen naar zijn mooiste kamer, eentje die ergens halverwege de vorige eeuw moet zijn ingericht. Een wonderlijk museum, maar het bed was schoon en ik kon er contant betalen. Mijn ontbijt en lunch kocht ik bij een tankstation verderop.

Het wordt langzaamaan drukker op de weg. Als ik plotseling moet afremmen voor een invoegende auto, protesteert mijn enkel. Voor mijn herstel was het beter geweest als ik langer rust had genomen, maar er is al te veel tijd verloren gegaan.

VALENCIA 50 KILOMETER staat er op een bord langs de weg. Nog zevenhonderdvijftig kilometer te gaan, ruim zeven uur rijden naar de eindbestemming. Omdat ik tolwegen ontwijk duurt het allemaal langer. Ik doe dat deels om geld uit te sparen, maar vooral omdat ik zo min mogelijk sporen wil achterlaten.

In de houder die met een zuignap tegen de voorruit is geplakt zit een nieuwe telefoon geklemd. Achter in de kofferbak liggen de spullen die ik in de buurt van de Frans-Spaanse grens heb gekocht, in een gespecialiseerde winkel in een *centre commercial.* De rest heb ik aangeschaft bij een supermarkt. Het was alles bij elkaar duurder dan ik dacht, de aankopen hebben een flink gat in mijn budget geslagen. Maar ik heb ze nodig.

Ik voel mijn maag samenknijpen als ik denk aan wat me te doen staat.

Niet aan denken dan.

Hier in de Spaanse zon komen de gebeurtenissen in het jachthuis me onwerkelijk voor, eerder als een horrorfilm waar ik met afgrijzen naar heb gekeken dan iets wat me daadwerkelijk is overkomen. Want daarvoor was het te surrealistisch, te gruwelijk ook.

Ja, besluit ik, het is makkelijker om mezelf wijs te maken

dat het scènes waren uit een film of boek. Scènes die mij niet aangaan. Het was niet mijn lichaam, het was niet mijn pijn.

Het waren niet mijn handen.

En het waren niet mijn daden.

Terwijl de motor bromt besef ik dat ik letterlijk het stuur heb overgenomen, dat ik de controle over mijn eigen leven terug heb. Anderen hebben al te lang mijn koers bepaald.

Nu ben ik aan zet, ik alleen, en ik weet wat ik wil en laat me door niets of niemand tegenhouden.

45

Het rentenieren beviel Anthony niet. 's Zomers was er genoeg te doen, dan ging hij golfen, varen of hardlopen en verveelde hij zich geen seconde. Maar de winters braken hem op. Meestal zorgden we ervoor dat we met kerst ergens in de zon zaten. We vlogen naar de Malediven, Thailand of Zuid-Afrika, fantastische reizen waar we allebei van genoten. Zodra we daarvan terug waren, hing Anthony weer hele dagen voor de tv – inmiddels had hij onze flatscreen vervangen door een maatje bioscoop – en maakte soms al voor de middag een gin-tonic voor zichzelf, waarna hij urenlang chagrijnig op zijn telefoon lag te scrollen.

Zo trof ik hem op een middag aan. Ik was naar mijn cursus mindfulness op de Herengracht geweest, in een zoveelste poging mijn leven vorm te geven. Ik had in die hele week maar twee klanten gehad, bij elkaar drie uurtjes werk.

Dat mijn schoonheidssalon niet bepaald van de grond kwam, was uiteindelijk maar voor een klein deel te wijten aan de cultuur in Amsterdam-Zuid. Ik had mijn behandelingen kunnen aanpassen aan de vraag, er waren mogelijkheden genoeg. Het kwam vooral door Anthony. Hij wilde bij nader inzien geen 'vreemd volk' over de vloer. En hij was er faliekant op tegen dat ik een ruimte elders in de stad zou huren, een catch 22 in optima forma. 'Een eigen zaak is altijd gedoe, El,' zei hij. 'Vaste openingstijden, precariorechten, inbraak, schoonmaak, belasting, administratie, ziek personeel...' Hij bleef nog even doorgaan met opsommen wat er allemaal bij een eigen salon zou kunnen komen kijken en telde mee op zijn vingers. 'Waarom zouden we ons dat gezeik allemaal op de hals halen? Ik heb niet voor niets al die zaken verkocht. We hebben alles wat ons hartje begeert.'

Maar als ik hem zo languit zag liggen, met een ontevreden smoelwerk en de afstandsbediening balancerend op zijn knie, kon ik me niet aan de indruk onttrekken dat dit ook niet Anthony's droomleven was.

Ik plofte naast hem neer. Op tv reden formule 1-auto's rondjes. 'Spannend?'

'Verstappen wint gewoon weer, daar kun je vergif op innemen. Hoe was je yoga?'

'Mindfulness,' verbeterde ik hem.

'Is dat niet hetzelfde?'

Ik haalde een hand door zijn haar. Het moest weer geknipt worden, blonde plukken piekten over de bovenrand van zijn oren. 'Ga gewoon een keertje mee.'

'Ik ben niet van dat spiriwirigedoe.'

'Er is niks zweverigs aan. Het zou je goeddoen. Beter dan hier de hele dag –'

'Já!' Anthony stak een vuist in de lucht en sprong op. De afstandsbediening kletterde op de grond. 'Hij doet het gewoon wéér, die gek! Niet te geloven!'

Wat me in de loop van de tijd was gaan opvallen: Anthony kende de halve wereld, maar vrienden had hij niet. Geen échte vrienden tenminste. Het bleken vooral zakenrelaties, vluchtige contacten die weinig om het lijf hadden. Nu hij geen bedrijven meer runde, zag hij die mensen stukken minder. Het stak hem dat ze er regelmatig zonder hem op uit gingen – naar wat ik later begreep waren een paar van die zogenaamde vrienden van hem aanwezig geweest bij die formule 1-wedstrijd waarnaar hij had zitten kijken, maar ze hadden hem niet meegevraagd.

Er leek nog meer aan de hand te zijn: ik betrapte hem er regelmatig op dat hij vol ontzag sprak over iemand die op zakelijk gebied minder had bereikt dan hij. Dat vond ik best gek. Anthony leek niet door te hebben dat hij inmiddels een positie op de carrièreladder had ingenomen waar het gros van de mensen alleen maar van kon dromen. Het was een merkwaardige blinde vlek die af en toe zijn volledige horizon in beslag leek te nemen.

Hoe beter ik hem leerde kennen, hoe duidelijker het voor me werd: achter al die bravoure, die krachtige buitenkant waar ik zo graag tegenaan leunde, zat een jongetje verscholen dat bang was om ruimte in te nemen. Een jongetje dat er ten diepste van overtuigd was dat er op hem werd neergekeken.

46

Ik ben beland in een toeristenhotel in Fuengirola dat zijn beste tijd heeft gehad. Er logeren vooral oudere Britten. De receptionist is vriendelijk, maar laat me de kamer vooraf betalen. Ik betwijfel of hij gelooft dat ik contant betaal omdat ik mijn bankpas en creditcard ben kwijtgeraakt. Toch is het min of meer de waarheid; Anthony heeft ze laten blokkeren.

Op de kamer neem ik snel een douche en daarna wandel ik naar zee. Er was een tijd, niet eens zo lang geleden, dat die me rust gaf en ik me er kon opladen. De glinstering van de zon op het wateroppervlak, het geluid van de aanrollende golven, het gekrijs van de meeuwen. Zand tussen mijn blote tenen. De *playa* was mijn *happy place*, vooral in de wintermaanden, wanneer het er niet zoals nu wemelt van de toeristen en strandverkopers.

Langs de boulevard staan palmbomen. Statig rijzen ze uit het zand omhoog, hun kruinen wiegen in de zeebries. Ik voel mijn maag samentrekken, en begrijp met enige vertraging dat palmbomen voor mij een symbool zijn geworden voor alles wat er is misgegaan.

Ik loop verder langs de winkels en eettentjes. Zweetdruppels glijden in mijn nek. Volgens een lichtreclame die aan een winkelpui hangt is het 38,8 graden.

Ik duik een airconditioned toeristenwinkeltje in en koop een zandkleurig T-shirtje en een dunne cargobroek met camouflageprint. Daarna strijk ik neer op een van de terrassen. Ik heb sinds vanochtend niet meer gegeten.

'*Can I pay cash?*' vraag ik aan de serveerster die me een geplastificeerde menukaart komt brengen. Ze vindt het best.

Ik bestel een kipburger en een groot glas water.

Terwijl ik wacht op mijn bestelling probeer ik tot rust te komen, maar de stress blijft door mijn lijf gieren. Ik pak de envelop uit mijn tas en ga door de schrale inhoud. Er is 155 euro over van de 1700 contant waarmee ik eergisteren vanuit Sophies huis ben vertrokken; de inkopen die ik op weg hierheen in Frankrijk heb gedaan, hebben er stevig in gehakt. Ik had vannacht misschien beter in de auto kunnen slapen in plaats van in dat Spaanse jarenvijftighotel. Daarmee zou ik 75 euro hebben uitgespaard.

Maar ik kan me geen gebroken nachten veroorloven, ik moet morgenvroeg fit zijn. Ik heb geen idee wat ik precies zal aantreffen, wat ik wel weet is dat het gevaarlijk zal worden. Mogelijk levensgevaarlijk.

Niet aan denken. Het gaat je gewoon lukken, Ellis.

De serveerster komt mijn eten brengen en zet er een smoezelige fles ketchup bij. '*Here you are, love.*'

Ze komt me ergens bekend voor, denk ik als ik haar weg zie lopen. De leerachtige huid, de foundation die in haar rimpels is gaan zitten en de harde, zwarte oogmake-up rondom een stel ijsblauwe ogen.

Dan besef ik dat ze me doet denken aan Christa, Anthony's moeder.

Christa woonde nog steeds in het rijtjeshuis in Amsterdam-Noord waarin Anthony was opgegroeid. Ik was natuurlijk stiknieuwsgierig en wilde niets liever dan haar ontmoeten, maar Anthony hield dat jarenlang tegen. Steeds had hij een smoes, of wist hij het gesprek een andere kant op te sturen. Uiteindelijk ging hij overstag.

We besloten op de fiets te gaan, namen de pont over het IJ naar Amsterdam-Noord en kwamen in een andere wereld terecht. Onderweg werd Anthony steeds stiller. Tegen de tijd dat we bij zijn ouderlijk huis aanbelden, was hij volledig in zichzelf gekeerd.

Christa opende de deur. Ze had kort, zwartgeverfd haar, blauwe priemogen en haar boven- en onderwimpers kwamen als spinnenpoten uit haar gezicht gekropen. Ze reageerde een beetje mat op onze komst en ging ons zonder zichtbaar enthousiasme voor naar haar kleine woonkamer, waar ze ons aan de eettafel parkeerde. De adem werd me benomen door de sigarettenrook, mijn ogen begonnen meteen te tranen. Het doorrookte huisje bleek te zijn volgepropt met barokke meubels, en er hingen ophaalgordijnen en vitrage waar de zon nauwelijks doorheen kwam. Terwijl ze koffie voor ons ging maken, kwam er een kat kennismaken en er liep ook een chihuahuaatje rond. Op een hoekbureau stond een tropisch aquarium.

Christa stak de ene zelfgedraaide filtersigaret aan met de andere, en was constant aan het woord. Wat op een gegeven moment begon op te vallen: ze stelde geen enkele vraag over ons leven. Niet één. Ze ratelde zonder punt of komma door over mensen uit de buurt, volslagen onbekenden, en over televisieprogramma's waaraan ze zich had geërgerd.

'Ken je Harry nog?' vroeg ze aan Anthony.

'Die hier op de hoek woont?'

'Niet meer.' Ze wees met haar kin naar de straat. 'Hij heb nou 'n tuintje op z'n buik. Kanker, twee maanden, en klaar was het. 't Kan zomaar gebeurd zijn met je.'

Ik vond het een fascinerend bezoek. Slechts met grote moeite kon ik overeenkomsten ontdekken tussen deze frêle, door het leven getekende Amsterdamse en haar fitte zoon in zijn hagelwitte polo en Louis Vuitton-sneakers. Ze hadden allebei Slavische trekken en ze hielden hun hoofd op dezelfde manier scheef als ze nadachten, maar dat was het dan.

Wat me ook opviel: er was in de hele woonkamer geen spoor van Anthony te bekennen, terwijl hij toch haar enige kind was. Er hing een uitvergroting van een vakantiekiekje aan de muur van Christa met haar vriend, gezeten op rode plastic stoelen op een terras, en er stond een studiofoto van een hondje op de kast. Toen ik Christa vroeg naar Anthony's oude kamer, trok ze een vies gezicht. 'D'r is niks te zien. Nog wel hetzelfde behang als vroeger, met van die autootjes. Voor de rest staat het vol met Joop z'n rotzooi.'

Na de tweede koffie ging Anthony naar de wc. Hij had

zijn hielen amper gelicht of Christa boog zich vertrouwelijk naar me toe.

‘Wat moet je met hém?’ Ze maakte een vinnige hoofdbeweging in de richting van de gang en drukte haar sigaret uit. ‘Anton kon vroeger al helemaal niks, net z’n ouweheer. Ik heb gejankt toen ik merkte dat ik zwanger van ’m was, dat mag je best van me weten. Een lijdensweg was het.’ Ze haalde een nieuwe sigaret uit een leren kokertje. ‘Die hele zwangerschap, de bevalling, mijn god, wat was dat jong groot.’

‘Maar u heeft nu een succesvolle, gezonde zoon,’ zei ik, omdat ik vond dat ik er iets positiefs tegenover moest zetten.

Christa schudde haar hoofd. ‘Hij kon niet leren en hij nam ook nooit ’ns wat van je aan.’

‘Nu wel, hoor.’

‘Tuurlijk.’ Ze wierp me een laatdunkende blik toe. ‘Hij eet vast uit je hand, alles is nieuw hè, die eerste jaren, maar zodra die hormonen van ’m gaan opspelen, gaat-ie z’n vader achterna. Altijd in de lorum, de kluit belazeren, dat kon-ie.’ Ze nam een aansteker in de vorm van een uil van tafel en stak haar sigaret ermee aan. ‘Dat geef ik je op een briefie. Wie voor een dubbeltje geboren is, wordt nooit een kwartje.’

‘Uw zoon heeft het juist heel goed gedaan.’

‘Met die verrotte genen van z’n vader is alles tijdelijk.’

Wat zei die vrouw allemaal? Ik kon nauwelijks bevatten dat ze zo negatief over haar eigen kind kon praten. Haar *enige* kind.

Mijn ongeloof moet van mijn gezicht af te lezen zijn geweest, want ze tikte de as van haar sigaret en zei: 'Ik was ooit net zo naïef als jij. Maar je kunt je genen niet ontlopen. Tip, meisie, goedbedoeld: zorg dat je op tijd weg bent.'

Christa's vriend Joop voegde zich halverwege het bezoek bij ons, een man met een gegroefd gezicht, treurige ogen en ringen in zijn oren. Hij schonk koffie voor ons in en keek ons amper aan. Hij zei ook niets, dat scheelde.

Ik was blij dat ik weer buiten stond.

'Het mens is al vanaf d'r geboorte de weg kwijt,' zei Anthony, toen we weer op de pont naar het centrum stonden. 'Het maakte geen bal uit wat ik allemaal deed, het was nooit goed. Altijd blijven hangen in negativiteit, in zelfmedelijden, in ellende. Selffulfilling prophecy.' Hij maakte een bezwerend gebaar. 'Ken je die uitspraak: *when you are the smartest person in the room, you are in the wrong room*? Ik was *definitely in the wrong room* bij mij thuis. Nou weet je het. Ik ga d'r nooit meer heen.'

'*Was everything OK?*'

Ik schrik op uit mijn gedachten.

De serveerster haalt het bord en de fles ketchup van tafel.

'*Sí, sí, gracias.*' Ik pak mijn telefoon erbij en open Google Maps.

47

De dagen die volgden op het bezoek aan Christa was Anthony opvallend stil, afwezig bijna. Ik vroeg hem een paar keer of hij ergens mee zat. Dan haalde hij zijn schouders op, en zei: 'Wat zou er moeten zijn?'

'Dat vraag ik aan jou.'

'Je ziet spoken, El, d'r is niks.'

En daarmee was het afgedaan.

Later die week werd ik 's nachts rond vieren wakker in een leeg bed. Anthony was een goede, diepe slaper, meestal kroop hij gedurende de nacht dichter naar me toe, het liefst lag hij lepeltje-lepeltje in dat megagrote bed, en ik vond het heerlijk als hij zich als een warme, gespierde deken om me heen krulde.

Ik ging rechtop zitten en liet mijn vlakke hand over het matras gaan. Het voelde koud. 'Anthony?'

Geen reactie.

Ongerust liep ik naar de badkamer. Leeg. Ik sloop via de dressing de slaapkamer uit, de zacht verlichte, met bronskleurig tapijt beklede gang in – aan weerszijden nissen vol moderne kunst, met als klapstuk een met neonspetters beklad beeldje van een schreeuwende gorilla met een olievat, gekocht tijdens een weekendje Parijs.

Anthony zat in het schemerdonker op de bank in de woonkamer. Hij was gekleed in een wit T-shirt en een boxershort en voor hem op de salontafel stond een fles wodka met een glas ernaast. De tv was uit, er viel alleen wat verstrooid stadslicht de kamer in.

Ik hoorde gesnuif, gegrom dat diep uit zijn borst leek te komen, en even dacht ik dat ik getuige was van een intieme handeling waar hij mij niet bij wilde hebben. Doodstil bleef ik staan, ik wist me niet goed raad met de situatie. Toen pas zag ik dat zijn schouders schokten en merkte ik dat hij huilde.

'Anthony?'

'Hé, El.' Hij schoot rechtop. Snel haalde hij de rug van zijn hand over zijn wangen. 'Je bent wakker.'

'Wat is er aan de hand?'

Hij antwoordde niet, keek strak voor zich uit naar het zwarte beeldscherm van de flatscreen. Toen greep hij naar het glas en dronk het in een paar teugen leeg. Zette het terug op tafel.

'Je bent al de hele week van slag.' Ik ging naast hem op de bank zitten en legde mijn hand op zijn been.

'Ik wil daar nooit meer naartoe,' zei hij zachtjes voor zich uit.

Ik begreep meteen waar hij op doelde – of beter gezegd: op wie. 'Je hoeft er ook niet meer naartoe. Ik heb genoeg gezien.' *En gehoord* – maar wat zijn moeder allemaal had uitgekraamd zou ik hem nooit vertellen.

Zonder me aan te kijken, fluisterde hij: 'De ene keer was ik een egoïst die haar alleen liet zitten als ik na school buiten ging voetballen, de week erop had ze een nieuwe vriend en was ik een "duivelsjong" dat in de weg liep. Ze vertrouwde me niet, nooit, ze was ervan overtuigd dat ik geld uit haar portemonnee stal. Als ik zei dat een van d'r vriendjes dat had gedaan, sloeg ze me. Het zou nooit iets met me worden.' Hij sloot zijn ogen en schudde zijn hoofd, wreef over zijn gezicht. 'Dat heeft ze zo vaak gezegd dat het me op een gegeven moment niet meer raakte.'

'Sorry dat ik zo heb aangedrongen.'

'Je kon het niet weten.'

'Maar ik weet het nu.'

Anthony boog zich voorover en schonk geconcentreerd zijn glas in, hield het me voor.

Ik sloeg het af; van alleen al de lucht van pure wodka werd ik niet goed.

'Ze had geen kinderen moeten krijgen,' zei hij.

Ik schudde mijn hoofd. 'Mijn ouders net zo goed niet.'

Hij draaide zijn gezicht naar me toe en hief zijn glas. Zijn trieste glimlach raakte me. 'Op ons, de ongewensten.'

Na die week kon ik Anthony's gedrag beter in perspectief plaatsen. Zijn moeder was onmachtig gebleken om rust en structuur aan te brengen in het leven van haar kind. Ze had zich constant in nieuwe relaties gestort, de ene nog heillozer en onbevredigender dan de andere. 'Ze zocht het geluk buiten zichzelf,' zei Anthony er later nog over.

Hij had haar daarbij in de weg gelopen, was de stellige overtuiging die zich onder al die bravoure had vastgebeten. Als hij niet was geboren, of dan toch op z'n minst een gezeglijker kind was geweest, zonder leerachterstand en onaangepast gedrag, dan was het zijn moeder beter vergaan, want dan had ze een betere partner aan zich kunnen binden.

Ik kon me niet aan de indruk onttrekken dat hij het ongewenste jongetje van toen nog steeds met zich meezeulde. Het was alleen zichtbaar voor diegenen die de moeite namen om door te vragen, om goed te luisteren, en vooral ook verder te kijken dan de Rolexen en de limited edition sneakers.

Feitelijk voor niemand, dus.

De volgende dag leek hij ons gesprek van die nacht alweer vergeten te zijn. Ik had hem laten slapen en kwam rond elven terug van yoga. Anthony was op. Hij zat aan de bar in de keuken op zijn telefoon te scrollen, met een espresso voor hem op het zwarte marmer.

'Moet je die gozer zien, El.' Hij hield de telefoon omhoog.

Ramon had hem een foto geappt. Hij zat breed grijnzend in de zon, vaag zag ik palmbomen op de achtergrond.

'Die klojo wóónt daar, hè. En kijk ons nou eens. Hier zit ik dan, met al m'n centen.' Hij knikte in de richting van de schuifpui. Regen kletterde tegen de ruiten en op het dakterras. In de afgelopen weken waren de dagen dat de zon scheen op één hand te tellen geweest.

Ik wist op dat moment wat zijn volgende stap zou worden. En ik wist ook dat ik met hem mee zou gaan. Ik had geen carrière, niet eens een inkomen van betekenis, en ik had geen familie die me aan Nederland gebonden hield. En net als Anthony had ik ook al een poos geen echte vrienden meer.

Een week later kwam hij stralend thuis. 'Verdomme, El, ik heb het gedaan, ik heb het gewoon gedaan!'

'Wat heb je gedaan?'

'De hele teringzooi verkocht.'

'Wat bedoel –'

'Alles. Dit hier, het penthouse, de auto's, de fietsen, de hele boel. Een maat van Ramon heeft een bod gedaan en ik heb 't aangenomen. Ik ben er klaar mee, dat zeikweer steeds. Dat gemekker. We gaan naar Spanje!'

48

Ik buig me over mijn telefoon en zoom in op Casa las Palmeras. Een in U-vorm gebouwde Andalusische villa in *cortijo*-stijl, met togengalerijen, mozaïektableaus en weelderig met bougainville begroeide pergola's. De pannendaken zijn oranje, de muren witgepleisterd en het massieve houtwerk is donker, tegen zwart aan. Zo van bovenaf zie je duidelijk dat de U-vorm om het zwembad heen is aangelegd, met talloze terrassen op verschillende niveaus, trapjes en hoekjes, en de open kant van de U gericht op de Middellandse Zee. Het lijkt alles bij elkaar nog het meest op zo'n authentiek wit toeristisch dorpje, toch is het maar één woning die daar tegen de berghelling aan ligt, deels verscholen in het groen van volgroeide palissanderbomen en kurkeiken.

Ik volg de oprit die vanuit de hoger gelegen toegangspoort naar het huis afdaalt. Onderin, bij de garagedeuren, staan drie auto's. Ik herken ze alle drie, de Google Maps-momentopname moet van dit jaar zijn.

Ik zoom verder uit. Casa las Palmeras is niet het enige huis in het ruige berglandschap met kurkeiken, dennen en olijfbomen. Over de helling verspreid liggen meer kapitale villa's, stuk voor stuk ommuurd en omheind, opzichtig bewaakt met camera's en bewegingssensoren. Ze liggen aan dezelfde weg als Casa las Palmeras, in dezelfde beveiligde wijk, en vormen samen een gated community zoals er hier zoveel zijn, volledig van de buitenwereld afgescheiden. Aan de straatkant is de elektrische toegangspoort en een parking voor bezoekers.

Ik zoom weer in op de auto's bij de garage en volg van daar het ruige flagstonepad naar de trappen en het muurtje langs de oostgevel. Daar is weer een trap, weet ik, met een stevige traliepoort ervoor en een kastje met een elektronische toegangscode tegen de muur. Dat is de laatste barrière. Zodra je door die poort bent, kom je uit op het centrale terras bij het zwembad. Dan sta je eigenlijk al zo goed als binnen.

De schuifpui naar de woonkamer is altijd open, want in en rond de villa komen alleen bekenden en het personeel. *Althans, in het begin.*

In gedachten loop ik het huis in. Links van me zie ik de wit linnen banken, bezaaid met sierkussens van Dolce & Gabbana – gekocht in Puerto Banús voor 495 euro per stuk. Op de diagonaal gelegde vloer van enorme aardewerken tegels liggen Perzische tapijten en hippe jutekleden. Aan de kant van de keuken, rechts van de schuifpui, staat een lange eiken eettafel voor twaalf personen. Grote meubels, en dan nog zou een op hol geslagen paard er nauwelijks schade kunnen aanrichten. De landelijke eetkeuken, met eiken deurtjes en decorbetegeling in Moorse stijl, is al net zo ruim. Je kunt er met zes man koken zonder elkaar in de weg te lopen.

In dat huis heb ik de keerzijde leren kennen van een sterke levenspartner.

Onwillekeurig huiver ik. Het lijkt ineens fris te worden.

Als ik opkijk van mijn scherm zie ik iemand langs de boulevard een grote hond uitlaten. Het beest doet me denken aan Paco.

Anthony kwam op een dag thuis met een uit de kluiten gewassen pup met een pluizige vacht, hangoren en opvallend grote, dikke poten. 'Plaatselijk ras,' zei hij. 'Perfecte wakers, ze vertrouwen alleen eigen volk.' Hij noemde hem Paco. In huis mocht Paco niet komen, Anthony was bang voor vuile poten en kwijl op de banken.

Dus kwam Paco in een hok terecht, twee terrassen lager dan het zwembad, waar hij zijn dagen sleet met het door de kennel smijten van zijn water- en voerbak en woest blaffen naar de tuinmannen. Hij groeide al snel uit tot een maat sint-bernardshond. Daar leek hij ook wel een beetje op, alleen was hij beige, met een donker masker. Dat het personeel bang was van Paco, vond Anthony grappig: hij had hem van jongs af aan beloond als hij naar hen blafte.

Ik vond het helemaal niet grappig. Integendeel. Het

sneed door m'n ziel, het uit pure verveling smijten met die bakken, waardoor hij zonder water kwam te zitten, en dat gegrom en geblaf, terwijl hij eigenlijk een knuffel wilde.

Toen ik Paco op een dag weer zo tekeer hoorde gaan, knapte er iets. Ik daalde de trappen af naar zijn kennel en nam hem mee het huis in. In de garage vond ik een babymatrasje dat ik bij de schuifpui legde. Paco durfde er amper op te gaan liggen. Hij vond het sowieso spannend in huis en bleef maar rondsnuffelen, ijsberen en hijgen. Het duurde uren voordat ik hem eindelijk een beetje rustig had, maar toen kort erna Anthony thuiskwam, sprong Paco op en vluchtte naar buiten.

Anthony keek de hond na, die langs het zwembad de tuin in draafde. 'Was die hond binnen?'

'Ja, hij is eenzaam.'

Hij keek me aan alsof ik niet goed snik was. 'Het is een hond, geen mens.'

'Ja, en honden zijn net als mensen sociale wezens, ze horen niet alleen in een hok.'

'Hier in Spanje is dat normaal.'

Ik rechtte mijn rug. 'Nou, ik vind het niet normaal. Ze doen in Spanje wel meer gekke dingen met dieren, dan hoeven wij dat nog niet te doen.'

Even leek hij mijn mening in overweging te nemen. Toen keek hij van me weg en zei zacht, maar niet minder stellig: 'Ik wil die hond niet binnen hebben, met die haren, dat zand en gekwijl. Als ik merk dat je hem in huis laat als ik weg ben, breng ik 'm dezelfde dag nog naar de *perrera*. Dat meen ik, El. Sorry.'

Ik schrok. Perrera's zijn dodingsstations voor honden. Spanjaarden dumpen er massaal hun hoogzwangere teefjes, complete nesten in vuilniszakken, bejaarde hondjes van een overleden familielid, oude jachthonden en pups waar de kinderen op zijn uitgekeken. Die komen samen met zwerfhonden en uit de auto gezette dieren bij elkaar in kennels terecht. Als er binnen tien dagen niemand voor zo'n hond komt, wordt hij vergast.

'Sinds wanneer ben jij zo geworden?' vroeg ik.

'El, hij heeft het goed, z'n natje en z'n droogje. Duizendmaal beter dan waar hij vandaan kwam. Neem hem anders mee uit wandelen. Als hij je niet omvertrekt, tenminste.'

Dus dat deed ik. Elke ochtend haalde ik Paco uit z'n hok en dan wandelden we over de slingerende asfaltweg langs de huizen in onze bewaakte wijk. Ik leerde hem aan de lijn lopen zonder te trekken en hij kon algauw op commando zitten en een poot geven. Soms kwamen we iemand tegen, een beveiliger of een gast van een van de buren, en dan viel het me op dat Paco helemaal niet zo agressief reageerde als wanneer hij in zijn kennel zat. Hij liet zich door mij goed corrigeren, wilde maar al te graag braaf zijn. Elke keer zette ik hem met tegenzin terug in zijn hok, waar hij zachtjes piepte als ik weer naar het huis liep. Het was hartverscheurend.

Typisch eigenlijk, dat ik toen nauwelijks doorhad dat Paco en ik maar weinig van elkaar verschilden. We hadden te maken met dezelfde hand die ons voedde, dezelfde man die gedrag van ons verlangde dat hém goed uitkwam, en dat pakte voor ons eigen welzijn rampzalig uit.

Ik sluit het scherm, betaal de lunch en loop nog eens het toeristenwinkeltje in. Voor tien euro koop ik een beige sjaal met een dessin dat moet doorgaan voor het GG-motief van Gucci. Bij de kassa liggen dolken. Ik pak er een vast, weeg hem in mijn hand en leg hem bij de sjaal op de toonbank.

49

Slapen lukt niet. Ik wijt het aan het irritante gezoem dat opstijgt uit de hotelkeuken, van een of andere afzuig- of koelinstallatie die zo'n beetje onder mijn balkon hangt, maar ik weet dat het daar niet aan ligt.

Ik heb het plan keer op keer in mijn hoofd nagelopen. Als in een film heb ik alles voor me gezien: elke stap die ik moet zetten, elke handeling die ik moet verrichten.

Er zijn te veel scenario's. Te veel dingen die mis kunnen gaan.

Maar ik heb geen keuze.

Want het gaat niet alleen om mij.

De eerste maanden in Spanje gingen voorbij als in een droom. De verandering van omgeving en het warmere klimaat deden Anthony goed, en mij ook. Ik kwam er daar achter hoe weinig ik me nog verbonden voelde met het land van mijn moeder, waaraan ik nauwelijks mooie herinneringen bewaarde. Gepest worden op school, mijn vader die er in een depressie belandde, gevoelloze familieleden, onbetrouwbare vrienden, jeugdzorg. *What's not to like?*

Dat ik er Anthony was tegengekomen was het beste dat Nederland me geboden had.

En natuurlijk was ik liever verhuisd naar Frankrijk – honderd keer liever –, waar ik de taal sprak en de sociale verhoudingen beter begreep, maar Spanje was een prima tussenoplossing.

Anthony's dadendrang en levenslust namen een vlucht onder de Spaanse zon. Geen minuut liet hij onbenut. Hij ging op Spaanse les, werd lid van de golfvereniging en leerde allerlei mensen kennen die hij al snel vrienden noemde. Het kostte hem veel tijd; hij was hele dagen op pad. Soms kwam hij laat thuis, vol verhalen. Terwijl Anthony investeerde in zijn sociale leven, stortte ik me op het interieur.

Dat we elkaar minder zagen en spraken dan ervoor zag ik niet als een probleem. We werden allebei opgeslokt door het nieuwe ritme, onze nieuwe wereld waarin we een plek moesten zien te veroveren.

Onze Andalusische villa lag op een bergrug met uitzicht over zee en de kustplaatsen, ver genoeg weg van de stad om rustig te kunnen wonen, maar met de auto stond je binnen twintig minuten in het centrum van Marbella en binnen een kwartier op het strand. Het huis was enorm en er was dus veel in te richten. Gordijnen, meubels, vazen en beddengoed – het kwam feitelijk neer op een volwaardige baan. Anthony vond alles wat ik ons Spaanse nest in sleepte prachtig. Van de Dolce & Gabbana-kussens tot aan de gordijnen van natuurlinnen voor de gastenslaapkamers.

Zelf liet hij een gym inrichten in een zijvleugel met een raam dat uitkeek over de Middellandse Zee, een ruimte waarin hij elke ochtend te vinden was. Hij ging er nog beter uitzien, krachtiger, gebruinder, en hij ging zich ook anders kleden; hij liep voornamelijk rond in wit, en hij legde een verzameling zonnebrillen aan waar hij een filiaal van Sunglass Hut mee had kunnen bevoorraden. Of niet, want voor de prijs die gevraagd werd voor één Maybach, zijn favoriete merk, kon je er zeven van Prada kopen.

Toen ik hem op een dag vertelde dat ik me, ondanks alles, soms eenzaam voelde in dat enorme huis, deed hij daar meteen iets mee. We gingen samen hardlopen in de bergen, in de vroege ochtend als de hemel lichtroze kleurde en de zon nog niet genadeloos toesloeg. 's Avonds namen we een taxi naar Marbella. Het uitgaansleven concentreerde zich in en rond Puente Romano, een gebied binnen de Golden Mile met de hipste clubs, hotels en restaurants. De naam Puente Romano kwam van een brug uit de Romeinse tijd, die in de Oudheid deel had uitgemaakt van de weg die Cádiz met Rome verbond. De brug zelf stak eenvoudig af tegen alle glitter en glamour, maar hij was er tenminste nog.

Anthony en ik aten wekelijks bij Nobu of Coya, restaurants met vestigingen in plaatsen als Los Angeles en

Dubai. We zaten daar aan onze tafel naar de sterrenhemel te kijken, terwijl een dj dance draaide met latin- en afro-house-invloeden. Daarna doken we steevast een club in.

In Puente Romano smolt de hele wereld samen, we kwamen ogen en oren tekort. De meeste lol hadden we om de vele groepjes mannen van middelbare leeftijd die onder het mom van een golfvakantie zowat elke nacht een club in doken en eindigden als klant bij een van de prostituees, waarvan het er wemelde. Anthony en ik gaven ze punten, zowel de mannen als de vrouwen.

Wij waren niet zoals de rest, gelukkig niet. Wij waren maatjes, soulmates. De ongewensten die het tegen de stroom in hadden gemaakt. Anthony zou me nooit bedriegen. Bovendien had hij geen andere vrouw nodig, hij had genoeg aan mij. Ik hoefde maar een paar zinnen Frans te spreken of ik had zijn volle aandacht.

'Ik heb het zo getroffen met jou,' zei hij op een avond. 'Je bent het beste wat me is overkomen. Sexy, brains, het hele pakket.'

Ik gaf hem een zoen op zijn mond en zei: 'En ik heb het enorm getroffen met jou, meneer Mulder.'

Ja, hij was veel van huis en hij maakte het ook wel eens laat, maar ik vertrouwde hem en uiteindelijk is dat toch de basis van elke hechte verbintenis. Ik wist dat hij omging met discutabele types en dat zijn beste vriend Ramon grenzeloos kon zijn, daar vertelde Anthony me de volgende dag dan eerlijk over – hoofdschuddend vaak, als hij weer eens op stap was geweest met Ramon en zijn gevolg. Anthony bekeek het hele gedoe van een afstandje, zei hij. Escorts, drugs; we wisten allebei dat hij er de man niet naar was om zich te laten meeslepen in dwaze acties. We zaten gebeiteld, Anthony en ik.

Natuurlijk, het stak me dat hij de hond niet in huis wilde, maar niemand is perfect. Was dit niet het leven waar iedereen van droomde? Het leven dat de meeste mensen alleen maar kennen van Instagram en films? Ik zat er middenin, ik lééfde in die film.

Er kwam abrupt een einde aan het droomleven op de eerste winternacht in ons nieuwe huis. Anthony was met vrienden weg, ik lag al op bed. Ik had hem niet horen thuiskomen en werd pas wakker van zijn geschreeuw. Draaide me om, slaapdronken, en zag Anthony woest op me afkomen.

Hij droeg zijn uitgaanskleding – een wit overhemd en een lichtblauwe linnen broek – en had een wit kartonnen doosje in zijn hand. 'Wat is dít?' Zijn gezicht stond strak. Zijn pupillen waren zo groot dat zijn ogen zwart leken.

Ik schrok.

Al die tijd had ik dit voor hem verborgen gehouden, dit was mijn geheim. Mijn lichaam, mijn keuze. Iemand moest de verstandigste zijn van ons tweeën.

Ik kon die immense verantwoordelijkheid niet aan.

Niet alleen.

'Nou?'

Ik ging rechtop in bed zitten. Streek mijn haar over mijn schouders. 'Gewoon. Nee, niet gewoon, ik –'

In een onverwacht felle reactie smeet hij het doosje recht in mijn gezicht. Ik reageerde te laat, het raakte mijn ooghoek. In een reflex gilde ik, kromde een hand voor mijn oog. De dreun tegen de zijkant van mijn hoofd kwam harder aan. En die daarna nog harder.

Anthony had me nog nooit geslagen.

'Kutwijf!' schreeuwde hij. 'Vuile leugenachtige hoer!' Daarna greep hij me bij mijn keel, drukte me terug op bed, trok mijn string kapot en verkrachtte me.

Ik weet me daarvan niet veel meer te herinneren, ik had mijn ogen dichtgeknepen en liet hem begaan, totaal overrompeld door zijn razernij.

Toen hij was klaargekomen, zei hij, verwilderd, snuivend, op me wijzend: 'Als je me nog eens belazert, breek ik je nek. Dat zweer ik je. Ik breek je fokking nek.' Daarna liep hij het terras op, naar buiten.

Ik hoorde hem met gierende banden wegrijden.

50

Het was al ochtend toen ik weer in beweging kwam. Gek genoeg was het mijn eerste impuls om Denise te bellen. Ik greep mijn telefoon en zocht haar naam.

'Stoor ik?' Mijn stem klonk als die van een kind. Een bang en behoeftig kind. Te laat besefte ik dat het bijna een jaar geleden was dat ik voor de laatste keer contact met haar had gehad. En waarom we gebrouilleerd waren.

Ik hoorde gerommel aan de andere kant van de lijn. 'Het is halfacht, Ellis. Wat denk je dat ik aan het doen ben? Het is voor jou misschien lang geleden, maar er zijn mensen die gewoon moeten werken voor hun geld.'

Ik was het vergeten. De afgunst. De vooroordelen. Ik had moeten weten dat het geen zin had om met dit verhaal bij Denise aan te kloppen. Ze zou niet begrijpen dat dit gedrag atypisch was voor Anthony. Dat deze daad van frustratie en agressie simpelweg niet paste bij de man die ik zo goed kende, en van wie ik hield. Wat ik haar ook zou vertellen, ze zou me niet geloven. Ze had haar mening over hem al gevormd en zijn gedrag zou die alleen maar bevestigen.

Denise vroeg me geeneens waarom ik haar belde op zo'n vroeg tijdstip, en na zo'n lange tijd. Ze was blind en doof voor mijn angst, mijn radeloosheid. Ik schrok van haar kilte, ze klonk alleen maar geërgerd.

In paniek drukte ik de verbinding weg, en wachtte.

Ze belde niet terug.

En ik liet het zo, want ik wilde mijn trots niet opzijzetten. En ik schaamde me voor wat er was gebeurd. Had ik Anthony niet enorm belazerd door stiekem de pil te slikken en hem z'n kind te ontzeggen? Hoe vaak had hij me niet vol overtuiging verzekerd dat hij deze keer écht een zoon in me had geplant, nadat hij in me was gekomen? 'Honderd procent, El. Dit wordt 'm. Wacht maar af.'

De teleurstelling op zijn gezicht als ik dan toch weer menstrueerde.

Anthony had gelijk. Ik was een leugenachtig kutwijf. Een goede vrouw bedondert haar man niet.

Ik verdiende dit.

Twee dagen en twee nachten gingen voorbij, Anthony bleef weg. Ik vermoedde dat hij bij Ramon zat, die in een penthouse bij het strand in de stad woonde, maar in feite kon hij overal zijn.

De eerste dag hield ik met tussenpozen een zak diepvrieserwtjes tegen mijn gezicht aan gedrukt om de zwelling tegen te gaan; ik wilde niet dat het personeel me zo zag. Alle moeite voor niets, want de volgende dag werd mijn linkeroog zo ongeveer dichtgedrukt door mijn gezwollen wang. Ik wist de beurse plekken te maskeren met foundation en besloot, mocht iemand me ernaar vragen, te zeggen dat ik een kaakchirurgische ingreep had ondergaan.

Op de ochtend van de derde dag zag ik een enorme truck met oplegger over de asfaltweg van onze wijk rijden. Het gevaarte pufte en ratelde en hield halt bij onze poort. Ik hoorde deuren slaan en mannen naar elkaar roepen in het Spaans.

Gauw liep ik naar buiten, draafde de trapjes op en haastte me over de oprit naar boven. Voor mijn ogen zwaaide de poort open.

Even dacht ik dat ik hallucineerde. De vrachtwagen vervoerde een palmboom op de oplegger. Een enorme, volgroeide boom, het blad samengedrukt en ingepakt in touwen en plastic.

Anthony's Porsche Cayenne reed de truck stapvoets voorbij en hield halverwege de oprit halt. Anthony stapte uit. Hij had nieuwe kleren aan; een zwart T-shirt en een witte broek, en hij droeg een zonnebril met blauwe glazen. Grijnzend van oor tot oor liep hij op me af, legde een hand tegen mijn wang en drukte er een voorzichtige kus op. 'Sorry, El. Verdomme. Ik bedoelde het niet zo. Ik heb er gewoon te weinig bij nagedacht hoe het voor jou is. Een kind, alles.'

Ik stond als aan de grond genageld, wist niet goed hoe ik moest reageren.

Hij pakte resoluut mijn schouders beet en trok me tegen zich aan. 'Ik was mezelf niet,' fluisterde hij in mijn oor. 'Sorry. Duizendmaal sorry.'

Beduusd keek ik langs hem heen naar de Spanjaarden die de spanbanden van de palmboom los begonnen te maken.

'Ik was een eikel, met een bosje bloemen kan ik dat niet goedmaken. Dat ding kost me een fortuin. Maar voor jou heb ik dat over. Voor de moeder van m'n toekomstige kind.' Hij sloeg zijn armen om me heen. 'We gaan gewoon opnieuw beginnen, jij en ik. Het komt goed, daar moet je vertrouwen in hebben. Je moet me alleen niet meer besodemieteren, oké? Eerlijk zijn.'

Anthony's goedmaakpalm werd op het grasveldje naast het zwembad in de aarde geplant. Met dat karwei waren zeven sterke mannen, een kraan en een graafmachine een hele ochtend in de weer. De boom was zichtbaar vanuit alle vertrekken in het huis als je in de richting van de zee keek. Je kon er niet omheen.

‘Zestig jaar oud, rib uit m’n lijf,’ mompelde Anthony. ‘Vind je hem mooi?’

Ik knikte.

‘Het deed pijn, El. Dat je geen kind van me wilt. Echt pijn. Ik bedoel, dat die omhooggevallen kutburen hier me met de nek aankijken is tot daaraan toe, maar dat m’n eigen meisie me niet wil...’

Die nacht kwam hij weer bij me in bed. We hadden seks terwijl het buiten waaide. Ik probeerde hem in de ogen te kijken, om hem werkelijk te zíen, om dwars door deze botte versie van Anthony heen contact te maken met de man die hij vroeger was, en die daar vast nog ergens moest zijn. De man met wie ik grapjes had gemaakt, punten had uitgedeeld aan uitgaanspubliek bij Puente Romano. De man die me ooit had gered op die afterparty in Nederland.

Het was tevergeefs. De seks was niet liefdevol. Anthony was nog steeds boos, ik voelde zijn woede, al uitte hij die niet verbaal. Een discrepantie die me verwarde – hij fluisterde lieve woordjes terwijl hij hard en ruw in me kwam en me naar zich toe trok, achteroverduwde, me manoeuvreerde alsof ik een pop was. Hij ontweek oogcontact, behalve toen hij bijna klaarkwam. Daarna keerde hij me de rug toe en viel in slaap.

Buiten sloeg het blad van de palmboom door de stevige wind tegen elkaar. Het klonk als een gevecht met houten zwaarden.

51

Het is al halfnegen, ik ben door de wekker heen geslapen. Ik wrijf over mijn gezicht. Even ben ik gedesoriënteerd, dan hoor ik weer de airco of afzuiging, of wat de oorzaak ook is van het gebrom vlak onder mijn balkon, en klinken er geluiden door die van de boulevard lijken te komen. Meeuwen, geruis van de zee.

Ik controleer mijn enkel, die er nog steeds niet geweldig aan toe is. Sophies wildstrik heeft gemeen diep in mijn huid gesneden, het bot schemerde door. Ik heb het geluk gehad dat Sophie een antibioticakuur in haar badkamer had liggen. Al even over de datum, maar de werking lijkt niet aan kracht te hebben ingeboet. Dit had zomaar slechter kunnen aflopen.

Ik omzwachtel mijn enkel extra stevig. Vandaag heb ik allebei mijn enkels nodig, ik kan me geen handicap veroorloven.

In de badkamer kijk ik in de spiegel. De blik in mijn ogen herken ik nauwelijks. De stress tekent zich af in mijn gezicht. En dat veel te korte, door de ratten aangevreten haar maakt het er niet beter op. Ik zie nog levendig voor me hoe Sophie met haar schaar op me af kwam lopen. De volstrekte waanzin van het moment. Het gaat jaren duren voor dit weer is aangegroeid.

En het duurt misschien wel langer voordat ik iets van mijn oude ik zal terugvinden in de woeste chaos van herinneringen, trauma, gedachten en beschadigingen, denk ik somber. De Ellis van vóór de ziekenhuisopname. Of van vóór Marbella. Van vóór Amsterdam-Zuid. Voor de gedwongen verhuizing naar Nederland. Hoe ver moet ik wel niet teruggaan?

Niet aan denken.

Ik trek het zandkleurige shirt en de cargo met camouflageprint aan. De veters van mijn sneakers strik ik stevig dicht. Dan pak ik de nep-Gucci-sjaal uit de toeristenwinkel erbij en bestudeer op YouTube tutorials waarop stap voor stap wordt uitgelegd hoe je van zo'n sjaal een geloofwaardige hoofddoek maakt. Bij de vijfde poging lukt het. Ik schud wild met mijn hoofd, buk, kom abrupt weer overeind. Hij blijft stevig zitten.

In de ontbijtzaal van het hotel krijg ik nauwelijks iets binnen. Mijn maag lijkt alles wat ik eet er weer uit te willen werpen. Toch eet ik door: roerei, spek, witte bonen in tomatensaus. Wie weet wanneer ik weer de kans krijg om iets te eten. Mijn lichaam is nog steeds aan het helen, het heeft eiwitten nodig.

Bij het verlaten van de zaal gris ik een paar harde broodjes en verpakte koekjes mee van het buffet en prop ze ongegeneerd in mijn tasje. Een van de koks ziet het, maar zegt er niets van.

Terug op mijn kamer pak ik alles in. Dingen die ik vandaag niet nodig heb gaan in een boodschappentas, de rest stop ik in de diepe zakken van mijn cargobroek. De dolk ook, al hoop ik dat ik die niet hoef te gebruiken.

Ik check uit en zoek mijn auto op.

Nadat Anthony de goedmaakpalm had laten planten, werd onze relatie grimmiger. Dat uitte zich vooral op seksueel gebied. Af en toe greep hij me gewoon, soms zelfs als er personeel in huis rondliep. Wat ik wilde, wat ik voelde, het deed er voor hem niet toe. En op een vreemde manier ook niet meer voor mij. Ergens had de gedachte zich in mijn hoofd vastgezet dat zijn gedrag mijn schuld was. Ik had hem belazerd, zijn vertrouwen geschaad – *en hoe!* –, daarom had hij alle recht om me slecht te behandelen.

Maar het ging al snel verder dan seks die alleen om hem draaide, seks waarin hij zijn eigen orgasme najoeg en mij, al dan niet met een speels bedoelde tik op mijn billen, alleen en verward achterliet op de bar, aan het zwembad of in de sportruimte. Anthony ging steeds meer uitmaken waar ik wel en niet naartoe mocht, en hij bepaalde ook steeds vaker hoe ik me moest gedragen. Naar de clubs nam hij me zelden nog mee. Hij ontbood een kok die me leerde hoe ik gezonde maaltijden kon bereiden, iets wat ik met mijn Franse genen als een belediging ervoer, en er kwam dagelijks een Mexicaanse yoga-instructrice over de vloer, die me oefeningen liet doen en daarna altijd haast leek te hebben om weer weg te gaan.

Het was goed voor me, zei Anthony, ik moest in topconditie zijn voor de aanstaande zwangerschap.

Dat was een obsessie voor hem.

Geleidelijk was ik afhankelijk geworden van Anthony. Van zijn geld, van zijn grillen. Stapje voor stapje was mijn invloed afgenomen, deed mijn inbreng er minder toe, werd mijn mening niet meer gevraagd.

Terwijl ik steeds bezig was geweest om een man aan me te binden die het tegenovergestelde was van mijn vader, bleek ik zelf mijn vader te zijn geworden.

52

Ik was het bijna vergeten. Het gefluit van de vogels met daartussenin de stilte. De zinderende lucht boven de bodem van gele mergel, het stugge gebladerte van de struiken en bomen die in dit warme klimaat stand weten te houden. Het weidse uitzicht op de Middellandse Zee in de verte, waarvan de horizon hoger lijkt te liggen dan de kust, zelfs hoger dan de bergen hierachter – een fenomeen dat ik nooit goed heb begrepen. En daar beneden, ingeklemd tussen de bergen en de zee, Marbella, uitgestrekt, dichtbebouwd met hier en daar een kerktoren of een elektriciteitsmast.

Ik adem in, en nog eens, verplaats dan mijn blik naar de oranje daken van Casa las Palmeras, zo'n honderd meter bergafwaarts. Het huis wordt deels aan het oog onttrokken door een bos van oude kurkeiken. Ik spits mijn oren, maar hoor geen geluiden uit het huis of uit de tuin komen. Hier klinkt alleen het gekwetter van de vogels, het ritselen van bladeren. Ergens blaft een hond.

Ik voel een rilling door me heen gaan. Het is nog geen acht weken geleden dat ik hier halsoverkop vandaan moest vluchten, de bus naar Málaga nam en daar, op station María Zambrano, in een trein sprong die me naar Barcelona bracht. Ik zou doorreizen naar Parijs en van daaruit naar mijn einddoel: Amsterdam. Daar, waar ik de taal sprak en de weg kende, zou ik het allemaal gaan regelen. Ik zou met de politie gaan praten, met een advocaat, ik zou alles aangrijpen om mijn recht te halen, om Anthony achter de tralies te krijgen.

Maar zover kwam ik niet.

De zeurende pijn in mijn onderbuik, die ik al zo lang negeerde, bleek een levensbedreigende aandoening en tijdens de overstap in Lyon gaf mijn lichaam het op.

Acht weken?

Het lijkt wel acht jaar.

En nu ben ik hier weer. Gewond aan mijn enkel, opgezadeld met volslagen krankzinnige ervaringen. Maar ik leef. Ik ben er nog.

En ik ben strijdbaarder dan ooit.

Vanuit deze onverharde parkeerhaven heb ik goed zicht over een deel van de gated community. Af en toe rijdt er achter me een auto voorbij op de A397, een kronkelende bergweg die Marbella met Ronda verbindt. Ik ben niet bang om herkend te worden door passanten, zelfs niet door de buren. Deze moslima met beige hoofddoek en haar oude auto met Frans kenteken zal werkelijk niemand in verband brengen met de van top tot teen in Dolce & Gabbana gestoken Nederlandse Ellis met haar dikke glanzende krullen.

En al zouden ze me herkennen... De Russische overburen, die zichzelf als een soort halfgoden beschouwen en ons zo lang als we hier woonden nog niet één keer begroet hebben, zelfs al passeerden we elkaar stapvoets in onze cabrio's, interesseert het niet. Van de Duitsers die verder bergafwaarts wonen heb ik het vermoeden dat ze niet eens weten wie ik ben. In wijken als deze worden buren geen vrienden. De bewoners trekken zich terug achter hun muren en beveiligingscamera's. Iedereen slaapt met een paniekknop bij zijn bed. Hoe rijker de bewoners, hoe minder behoefte er bestaat om anderen te leren kennen. Iets wat Anthony tot razernij dreef. Hij vatte het persoonlijk op.

Onze villa heeft hem bijna vier miljoen euro gekost. In Nederland zou je dan op de top van de apenrots zitten, al helemaal als bekend was dat je meer dan dat bedrag nog op je bankrekening had staan.

Maar hier niet. Hier is vier miljoen een koopje. Anthony moest helemaal opnieuw beginnen met bewijzen dat hij iemand was om rekening mee te houden, dat hij wat voorstelde. 'Weet je hoe ze ons in de stad noemen, El?' riep hij een keer bij thuiskomst. 'Economyclassrijken... Tyfusvolk.' Ik hoorde hem rommelen in de keuken, hij pakte een fles whisky uit de kast. 'Al die jaren gebuffeld, en waarvoor?'

'Er is altijd wel iemand beter, rijker, knapper, slimmer,' zei ik. 'Zeker hier. Het heeft geen zin je te spiegelen. Kijk liever naar wat we hebben.'

Hij hoorde me niet eens. Schonk een glas in, goot er cola bij en liep ermee naar het zwembad. Hij keek niet op of om.

Ik kon hem niet meer bereiken.

Ramon – die zichzelf inmiddels Amon Ra was gaan noemen – had wel een idee hoe Anthony zichzelf beter op de kaart kon zetten. Anthony was steeds vaker van huis; soms bleef hij bij Ramon slapen, omdat die op loopafstand van Puente Romano woonde. De vrienden lieten daar flessen drank van duizend euro per stuk – met een vuurwerkje – aanrukken, en kauwden stukken vlees van vijfhonderd euro weg. Of ze gingen naar Milady Palace Club, iets wat ze lang voor me verborgen konden houden omdat ze het bordeel onderling 'die circustent' noemden. Later zag ik foto's van het interieur en begreep ik waarom. Meerdere keren zijn ze 's nachts bij een verkeerscontrole aangehouden omdat ze te hard reden, te veel gedronken hadden, of allebei. Na een telefoontje van Ramon naar een van zijn 'vriendjes' mochten ze dan zonder consequenties hun weg weer vervolgen. Ramons invloed reikte verder dan die van de verkeerspolitie. Hij had ook al eens een vriend uit de cel weten te krijgen. Hoe langer we in de regio woonden, hoe duidelijker het werd dat de Spaanse wetten niet golden voor 'Amon Ra' en zijn vrienden.

Dat Ramon een slechte invloed had op Anthony is een understatement. Ramon heeft hem willens en wetens mee de afgrond in getrokken. Maar Anthony stribbelde niet bepaald tegen.

Ik sluit de auto af, neem mee wat ik nodig heb en haal mijn armen door de hengsels van mijn gloednieuwe rugzak. Geluiden van krekels en vogels zijn de enige die ik hoor als ik via de zanderige berm naar het toegangshek van de bewaakte wijk wandel. Bij de ingang van veel community's staan hokjes met een slagboom, die dag en nacht worden bemand door conciërges en bewapende beveiligingsmensen. Achteraf bleek het veelzeggend over de status van Casa las Palmeras dat de wijk alleen maar op afstand wordt bewaakt, door conciërges die naar beeldschermen staren om te zien of er iets niet door de beugel kan. Ik heb daar wel een beeld bij: tientallen flikkerende monitoren en een handjevol verveelde kerels die Royal Match spelen op hun telefoon, of met elkaar zitten te kletsen.

Het kastje om de centrale toegangspoort te openen ligt in mijn auto die vast nog in de garage staat, maar ik heb het niet nodig. De poort houdt alleen auto's tegen, geen voetgangers. Ik stap op de strook met hagelwit grind die om de poort en de hoge, vierkante pilaren heen leidt en wandel kordaat verder het terrein op. Ik probeer over te komen alsof dit routine is, alsof ik ergens verwacht word, want ik weet dat de camera's alles registreren, en ook dat de beelden later opgevraagd en bestudeerd kunnen worden.

Ik hoop dat ik snel genoeg weg ben.

Dat mijn plan gaat lukken.

53

De asfaltweg meandert bergafwaarts, geflankeerd door ranke palissanderbomen en kurkeiken met hun bijna zwarte stammen. Ik blijf alert op geluiden uit het huis, maar hoor nog steeds niets. De weg wordt steiler en steiler, ik voel mijn enkel nu al. Links van me is de muur van de Russische overburen, rechts het bijna drie meter hoge spijlenhek dat om het terrein van Casa las Palmeras staat. Het ziet eruit als een onneembare vesting, maar aan de onderkant sluiten de hekken niet goed aan; ze verspringen elke paar meter om de hoogteverschillen op te vangen. Op verschillende plekken gapen gaten van wel een halve meter tussen het staal en de mergelbodem, die hier is begroeid met bloeiende oleanderstruiken. Daar kan ik makkelijk onderdoor.

Ik klem mijn vingers om het hek en kijk naar beneden. Zo'n vijf meter lager ligt de oprit. Die maakt een scherpe bocht om het huis heen en komt uit bij de garages. Ik blijf even staan, luister nog eens, gespannen. Het is bijna tien uur. Als Anthony thuis is, zal hij nu nog slapen. Zijn aanvankelijk gezonde levensstijl heeft hij al even achter zich gelaten, Anthony is een nachtdier geworden.

Ik laat me op mijn hurken zakken, draai me op mijn buik en tijger vervolgens op mijn ellebogen naar achteren. Eerst gaan mijn voeten onder het hek door, zoekend, en zodra ik steun vind, volgt de rest. Het is steiler dan ik dacht. Ik moet me af en toe vastgrijpen aan een taai oleanderstruikje om te voorkomen dat ik met een noodvaart van de helling af roetsj. Het laatste stukje schuif ik alsnog door, en in een onhandige poging mijn geblesseerde enkel te ontlasten, kom ik half op mijn zij op het asfalt van de oprit terecht.

Ik loop de oprit af in de richting van het huis. Anthony's blauwe Cayenne staat voor een van de garagedeuren geparkeerd. Ik heb er rekening mee gehouden dat hij thuis is en me zal betrappen. Ik weet ook al wat ik tegen hem ga zeggen. Het grootste deel van de tijd die we samen hebben doorgebracht is hij lief voor me geweest, betrok hij me bij zijn zaken, waren we een stel. Ik zal nooit vergeten dat hij me gered heeft van die jongen die misbruik van me wilde maken. Dát deel van hem zal ik proberen aan te spreken, als het zover komt. Maar ik zal er alles aan doen om een confrontatie te vermijden.

Ik houd een moment mijn pas in, adem snel, tril van de spanning. Dan word ik me weer bewust van de camera's die aan de garage hangen, en kom in beweging.

Anthony woont hier niet alleen, dus waarom is het zo stil? Geen muziek, geen stemmen.

Ik snap het niet.

Links van het huis is een metalen looppoort in de schaduw van de kurkeiken. Ik tik de code in en hoor een geruststellende klik – Anthony heeft de cijfercombinatie ongewijzigd gelaten. Zachtjes duw ik de poort open en sluit hem weer achter me. Ik sluip langs de ramen, maar kan er niet naar binnen kijken omdat de luiken aan de binnenkant gesloten zijn.

Zo stil mogelijk loop ik het flagstonepad af langs de oostkant van de villa, neem een trappetje naar beneden, en nog een, en houd dan halt bij een muurtje en kijk om de hoek. Achter Anthony's monsterlijke goedmaakpalm ligt het zwembad er verlaten bij. De schuifpui naar de woonkamer is dicht. Het lijkt er toch echt op dat er niemand thuis is. De Cayenne staat er, maar Anthony kan mijn cabrio hebben meegenomen, zijn opgehaald door Ramon, of met een taxi ergens naartoe zijn gegaan. *Zou hij op vakantie zijn? Op wereldreis?*

Ik leg mijn voorhoofd tegen de witte stuclaag en sluit mijn ogen. Aan de andere kant van de muur woont een man met miljoenen op zijn bankrekening en er is niets wat hem aan deze plek gebonden houdt. Hij kan overal zijn. Dubai, New York. Amsterdam.

Ben ik te laat? Is hij vertrokken?

Ik sla de hoek om en loop naar de schuifpui. Kijk naar binnen. Het ziet er normaal uit. De meubels staan op hun plek, een paar vuile borden op de eettafel. Een glas, een pakje sigaretten. Het maakt een bewoonde indruk.

Dan hoor ik achter me iets piepen.

54

Uiteindelijk gebeurde het onvermijdelijke. Ik raakte zwanger.

Anthony was uitzinnig van blijdschap toen ik hem de test liet zien. Hij greep me vast, zijn helderblauwe ogen wijd open. 'Het moet wel een jongen zijn, hè! Een Anthony Junior. Anders is-ie niet van mij.' Hij wees naar zijn borst. 'Wij mannen bepalen het geslacht.'

Het stak me, maar ik zei niets. Nachtenlang lag ik te piekeren. Want wat als ik zwanger bleek van een meisje?

De tranen die over mijn wangen rolden toen bij de echo bleek dat er inderdaad een jongetje geboren zou worden, waren niet zoals bij Anthony van vreugde, maar van pure opluchting.

Mijn buik groeide flink en door het warme klimaat en de hormonen hield ik gaandeweg steeds meer vocht vast. Soms herkende ik mezelf nauwelijks als ik 's ochtends mijn tanden stond te poetsen. Dikke wangen, wallen, kleine oogjes. Mijn lichaam bleek niet zo goed opgewassen tegen deze belangrijke taak. Ik kreeg last van een soort verweking van mijn bekkenbanden, en op slechte dagen waggelde ik als een dronken gans door het huis. Op een gegeven moment droeg ik alleen nog oversized T-shirts en slippers. Al dat gezonde eten, de yoga, de ondersteuning van een fysiotherapeut, het maakte weinig verschil. Gelaten keek ik naar foto's van andere zwangere vrouwen op Instagram. Hun spieren, hun smetteloze gebruinde huid, de schittering in hun ogen en het zelfvertrouwen dat ze uitstraalden. Ze gaven me het idee dat ik een loser was met mijn vermoeidheid, putten en wallen.

Ik voelde mijn kind in me groeien, ik voelde hem

schoppen en draaien, wat in het begin nog het meest leek op flinke luchtbellen die passeerden in mijn darmen, een grappige ervaring die regelmatig een glimlach om mijn mond bracht, maar die later in de zwangerschap, toen de baby met zijn toegenomen gewicht en omvang zo veel ruimte begon in te nemen dat mijn organen in het nauw kwamen, eerder het karakter kreeg van een vijandelijke overname.

Gaandeweg legde ik me erbij neer dat mijn lichaam in dienst stond van mijn ongeboren kindje. Ik keerde me meer naar binnen, richtte me nu op het nieuwe leven in mijn buik, het wonder dat zich daar voltrok.

Niet geheel onverwacht had Anthony moeite met mijn metamorfose. Hij overlaadde me met cadeaus en er stond elke dag wel iemand aan de deur die me ergens mee kwam helpen, maar zelf vluchtte hij het huis uit. Coya was zijn vaste hang-out geworden. Daar zat hij avond na avond zijn fortuin erdoorheen te jagen (de timeslots van twee uur die het hippe Peruaanse fusionclub-restaurant hanteerde, golden uiteraard niet voor hem) terwijl ik met de airco op standje diepvries op de bank hing, en series keek met een kussentje tussen mijn knieën.

Op een nacht hoorde ik Anthony praten. Het was vijf uur en het begon al licht te worden. Ik kwam uit bed en waggelde naar de woonkamer. Daar trof ik een gezelschap aan rond de eettafel: Ramon aan het hoofd, Anthony rechts van hem en aan zijn linkerhand zat een kerel met een kaal hoofd, een gelooide nek en een zwaar Brabants accent. Er waren nog twee oudere mannen bij, die Karl Lagerfeld-achtige zonnebrillen droegen zodat je hun ogen niet kon zien. De parfumlucht die ik al in de hal rook, bleek van twee vrouwen te zijn. Een van hen zat pal naast mijn echtgenoot, haar hand rustte op zijn dijbeen.

Ik bestudeerde de vrouw. Ze was een jaar of vijfentwintig en had onmiskenbaar geen bh aan, maar die had ze ook niet nodig. Haar grote, ronde borsten stonden recht vooruit onder haar tanktopje met blauwe glitter. Haar lippen waren kunstmatig vol en ze leek een dubbele set wimpers te hebben opgeplakt; je zag haar ogen nauwelijks onder die donkere waaiers. Haar huid was egaal oranjebruin en haar lange haar was dik, en onnatuurlijk zwart.

Anthony boog zich samenzweerderig naar de kale Brabander toe en liet hem wat zien op zijn telefoon.

De Brabander schudde lachend zijn hoofd. 'Anthony, da kén toch nie!'

Grinnikend stopte Anthony z'n telefoon weg en richtte zich tot het blauwe tanktopje. 'Moppie, *get us more drinks.*' Zijn stem klonk vreemd. Hij had overduidelijk te veel gedronken, maar alcohol was niet de enige drug die hij in zijn lijf had.

De vrouw stond op, zodat ik kon zien dat haar achterste eenzelfde behandeling had gehad als haar voorkant. Ze moest bijna een kop groter zijn dan ik, een reuzin met een wilde bos haar, kolossale lippen, wimpers, borsten en billen. Het was alsof ik in een aflevering van *Ex on the Beach* was beland, alleen was dit mijn leven, mijn man, mijn huis – of in elk geval woonde ik hier.

Ramon had me als eerste in de gaten. Hij grijnsde zijn witte tanden bloot. '*The lady of the house.*'

Anthony keek geschrokken mijn kant op. 'Schat! Moet jij niet slapen?'

'Ik werd wakker van jullie.'

Het tanktopje stond inmiddels bij de koelkast en keek van de een naar de ander, duidelijk ongemakkelijk met de situatie. De andere vrouw kwam achter de tafel vandaan. Ze wilde op me aflopen, maar ze bedacht zich toen ze merkte dat ze niet heel stevig meer op haar voeten stond.

'*Hi Ellis, I'm Joyce,*' zei ze, met een Brits accent. Ze knikte naar mijn enorme buik. '*Anthony told us about his son, so happy for you guys! When again was the baby due?*'

Ik reageerde niet. Mijn blik ging langs het gezelschap dat hier vroeg in de ochtend aan mijn eettafel zat alsof het de normaalste zaak van de wereld was.

Op dat moment boog een van de Lagerfelds naar voren en snoof luidruchtig een lijn naar binnen. Het was een absurde situatie. De leegte raakte me. Er stond geen muziek aan, er was geen plezier, deze bijeengeraapte verzameling nachtdieren zat hier alleen maar te drinken en drugs te gebruiken bij het scherpe licht van de plafondspots.

'Wie zijn deze mensen?' vroeg ik.

Anthony was half van zijn stoel opgestaan en maakte wankel aanstalten om naar me toe te komen.

En ineens, door de manier waarop iedereen naar me keek, realiseerde ik me wat voor beeld ik moest vormen met mijn gezwollen ogen en vlekkerige huid in een verwassen oversized shirt, twintig kilo zwaarder dan ik ooit was geweest.

Ik draaide me om en liep weg.

Een paar uur later, het was inmiddels licht geworden, kroop Anthony naast me in bed en legde zijn hand op mijn heup. 'Moon wordt je personal assistant,' murmelde hij.

'Moon?'

'Die met die reet. Monica, Moontje.' Hij giechelde. 'Alles van eigen vet, hè? Geen *implants*, daar heeft ze niks mee. Bij dokter Aslani geweest. Die gast is een fokking god, El. Gaan we met jou ook allemaal laten doen als Junior er is.' Hij zette een stemmetje op. 'Wat je niet hebt, kun je kopen.' Hij lachte nog eens om zijn eigen domme grap en draaide zich om. Vrijwel meteen begon hij te snurken.

55

Het piepen klinkt dichterbij dan waar het in werkelijkheid vandaan komt, besef ik. Dat is vanwege de bergen; geluid stijgt op. Daarom horen we rondom het huis niet het verkeer op de iets hoger gelegen A397 naar Ronda, maar bereiken ons wel de geluiden uit Marbella en San Pedro de Alcántara, kustplaatsen die een kwartier tot een klein halfuur rijden hiervandaan liggen.

Het is Paco die zo piept. Honden hebben veel betere zintuigen dan mensen. Hij moet me geroken hebben, of herkend aan mijn manier van lopen. Zijn gepiep klinkt treurig, vragend.

Is Anthony op vakantie gegaan en heeft hij de hond aan z'n lot overgelaten? Ik zie hem ertoe in staat de tuinmannen te vragen om af en toe een bak water en brokken onder de tralies van het hondenhok door te schuiven. Want dichter dan dat durft niemand de hond te benaderen.

Ik loop langs het zwembad terug naar de trappen, en daal er twee af tot op het plateau waar een groep olijfbomen in de schaduw staat van een uit de kluiten gewassen ficus. In diezelfde schaduw staat ook het hok van Paco.

Hij ijsbeert langs de tralies als een gekooide tijger en wrijft er met zijn dikke beige vacht tegenaan.

'Hé, lieverd,' fluister ik, terwijl ik hem achter zijn oren kriebel. 'Heeft iemand jou nog wel eens uitgelaten? Nee, zeker?'

Ik controleer zijn kennel. Er liggen uitwerpselen op de betonnen vloer, al zijn het er niet veel. In de hoek staat een kuip met water. Het kan betekenen dat Anthony wel degelijk thuis is, maar ook dat de tuinmannen z'n hok van buitenaf schoonspuiten. Met een laatste aai over Paco's kop draai ik me om en loop weer naar de trappen. Ik voel zijn gele wolvenogen in mijn rug prikken, hoor hem zachtjes piepen.

Terug bij het zwembad probeer ik de schuifpui naar de woonkamer open te trekken. Hij zit op slot. Ik loop verder, onder een van de met bougainville begroeide pergola's door naar het deel van het huis waar de slaapvertrekken en de badkamers zijn. De slaapkamers hebben allemaal een buitendeur die uitkomt op een eigen terras. Ik loop langs de kamers en kijk naar binnen. De bedden zijn opgemaakt en onbeslapen. De jacuzzi is afgedekt en staat er verlaten bij. *Waar is iedereen?*

Het begint tot me door te dringen dat het vandaag misschien niet gaat lukken. Dat ik vanavond mijn intrek zal moeten nemen in een hotel in de buurt, en het dan morgen nog eens moet proberen. Of overmorgen, en de dag erna. Net zolang tot ik beet heb.

Alleen, ik heb niet genoeg geld om langer te blijven. Ik kan het misschien twee, drie dagen uitzingen in een pensionnetje in de bergen, en dan heb ik niets meer over voor benzine.

56

'Ik wil geen personal assistant.'

'Ik snap dat je dat denkt, maar ik ben te vaak van huis, schat. En kijk eens naar jezelf, je hebt meer hulp nodig. Moontje is een schat van een meid, zo'n verzorgend type, weet je wel. Ze vindt je aardig. Je zult er gauw genoeg aan wennen.'

Ik stapte uit bed. 'Ben je gestoord of zo? Ik wil die hoer niet in m'n huis!'

Anthony draaide zich geïrriteerd om. 'Ze is geen hoer, oké? Ze heeft een hoop meegemaakt, wees lief voor d'r.'

Ik wees naar mijn borst. 'Ik heb ook een hoop meegemaakt.'

‘Maar wij hebben de boel op orde. Die griet sliep tot gisteren nog in d’r auto.’

Tot gisteren. ‘Wat bedoel je daarmee?’

‘Ik heb haar de kamer aan het einde van de gang gegeven. Eigen badkamertje, eigen buiten, je hebt er geen last van, alleen maar profijt.’

57

Anthony was zo paranoïde geworden van het gezelschap van zijn zogenaamde vrienden en de middelen die hij via zijn neus in zijn bloedbaan bracht, dat hij een deel van zijn geld van de bank had gehaald. ‘Met goud kun je overal terecht,’ verklaarde hij op een avond. In zijn belevingswereld kon er elk moment een burgeroorlog uitbreken in Europa, en anders zouden de Chinezen of de Russen op een kwade dag alle digitale verkeer platleggen, zodat geen mens nog bij zijn bankrekening kon. Te midden van de anarchie die zou ontstaan zou hij met gouden munten een boot kunnen kopen om weg te komen, eventuele medische hulp betalen en ritselaars inhuren om ons naar een veilige plek te brengen. ‘Fysiek goud nemen ze overal aan, over de hele wereld, je kunt het inwisselen bij juweliers en pandhuizen. Je zit safe, altijd.’

Hij had het allemaal uitgedacht. Krugerrands gingen het worden, gouden munten met een waarde van zo’n tweeënhalve mille per stuk, afhankelijk van de goudkoers. Daar was hij een poos druk mee, maar hij vertelde me niet hoeveel van die muntjes hij had gekocht, en ook niet waar hij ze verborgen hield. 'De wereld is geen Disneyland, schat. Hoe minder mensen het weten, hoe beter.'

Op mijn vraag of Ramon het wél wist, gaf hij geen antwoord. Toen wist ik dat ik hem kwijt was.

Mijn hand rust op de afgedekte jacuzzi.

Krugerrands.

Tweeënhalfduizend euro per stuk.

Met slechts één munt die ik bij de lommerd kan omzetten in euro's ben ik al gered. Daarmee kan ik een hotel en eten betalen, en dan houd ik nog meer dan genoeg over voor benzine. Het wemelt van de lommerds in Marbella, en ik ken er ook eentje in Puerto Banús, Mr Cash.

Waar zou Anthony zijn goud hebben gelaten? Zeker niet in de kluis, want dan zou hij bij een roofoverval alles kwijt zijn. En hij heeft het ook niet ergens in het huis verstopt, waar het personeel, Monica of ik het zou kunnen vinden. In de tuin begraven? Nee. De grond is mergelachtig, hard. Op die schaarse plekken waar de aarde zachter is, groeien bomen en struikjes die worden bijgehouden door de tuinmannen. Anthony zou nooit het risico nemen dat iemand juist op die plek een struik zou moeten vervangen. Maar nu ik er langer over nadenk, ik heb hem wel buiten bezig gehoord, in de weer gezien met planken en gereedschap. Hij reageerde snauwerig en kortaf als ik hem ernaar vroeg.

58

In Spanje bevallen de meeste vrouwen in het ziekenhuis, thuis bevallen bleek not done. Door Monica werd ik op het Marbella Birth Center gewezen, een kliniek met een huiskamerachtige setting; een tussenoplossing waarmee ik kon leven.

We zullen een onalledaags gezelschap hebben gevormd; ik, waggelend en puffend, Anthony met zijn zonnebril met blauwe glazen, en Monica op hakken, vol in de make-up, toen we ons daar gedrieën kwamen melden in de nacht dat ik weeën kreeg, maar de verloskundige gaf geen krimp. Misschien was dit in Marbella wel normaal.

'*It's a man's world*,' zei Monica me eens. '*They've got the money, they're in control.*' Ze had zich erbij neergelegd dat ze daar al even weinig invloed op had als op het weer.

Tijdens de bevalling bleef Anthony op de gang.

Op 4 november, vroeg in de ochtend, werd Anthony Junior geboren. Met mijn bloed op zijn bolletje en zijn ruggetje onder de huidsmeer. Spartelend, huilend en totaal hulpeloos. Zijn stemmetje klonk als dat van een jong geitje. Ik was op slag verliefd.

Anthony ook, maar hij durfde de baby de eerste weken nauwelijks op te tillen, bang dat hij hem zou fijnknijpen of zou laten vallen.

Monica was constant bij me in de kraamtijd. Ze verschoonde Junior, kookte voor mij, legde hem bij me als hij gevoed moest worden en legde hem daarna weer in zijn bedje. Dat deed ze allemaal op hakken, in veel te korte jurkjes en met een dubbele set wimpers.

We hadden elkaar niets te vertellen, toch was ik op een bepaalde manier gesteld geraakt op haar gezelschap. Want in één ding had Anthony gelijk: Monica was iemand die liever gaf dan nam. Ze vond het fijn om mensen te verzorgen. Natuurlijk vermoedde ik dat Anthony en Monica seks hadden, maar wanneer je het eerlijke antwoord op een vraag niet kunt verdragen, kun je de vraag maar beter niet stellen.

Wat voor haar sprak, was dat ze geen drugs nam. Ze zat erbij als Anthony en zijn vrienden zich te buiten gingen, schonk de drankjes in en maakte schoon, maar ze deed niet mee. Toen ik haar daar een keer naar vroeg, antwoordde ze dat ze haar enige broer aan drugs was verloren. Ze had geen drugs nodig, zei ze, om het naar haar zin te hebben. Maar ze leek het helemaal niet naar haar zin te hebben. Ik zag haar zelden lachen.

Er werd sowieso weinig gelachen in Casa las Palmeras.

Achteraf gezien was Anthony, bewust of onbewust, grenzen aan het opzoeken. Hij stapte rücksichtslos over die van anderen en hij had ook nauwelijks respect voor de grenzen van zijn eigen lichaam. Cocaïne gebruiken werd voor hem steeds normaler, in die zin dat hij niet meer uitsluitend 's nachts snoof bij het uitgaan, of met zijn zogenaamde vrienden aan onze eettafel. Het begon 's ochtends al, als hij amper z'n ogen open had. Als ik hem erop wees dat het uit de hand begon te lopen, dat er een baby in huis was, wierp hij tegen dat hij nooit gebruikte waar de kleine bij was – en daarmee was het voor hem afgedaan.

Maar zo werkte het natuurlijk niet; zijn buien hadden effect op iedereen in zijn omgeving. Wanneer hij chagrijnig wakker werd of bozig voor de televisie hing, liepen Monica en ik op onze tenen.

Ik wijt het aan de hormonenstorm dat ik het zo lang heb laten voortduren. Het eerste halfjaar na de geboorte van Anthony Junior leek ik een ander mens. Ik had last van hersenmist en kon niet op data of woorden komen, vergat afspraken en wist niet meer waar ik dingen had neergelegd. ’s Nachts schrok ik wakker van ieder geluidje. Ik maakte me constant zorgen over de situatie waarin ik verzeild was geraakt en had regelmatig huilbuien.

Maar zodra ik mijn kindje tegen me aan drukte, werd ik overspoeld met liefde en dankbaarheid. Anthony Junior was een godsgeschenk. Hij lachte altijd en hij kon met zulke grote, verwonderde ogen de wereld in kijken dat het haast zeer deed.

59

Ik heb nooit naar Anthony’s krugerrands gezocht, waarom zou ik ook? Hem bestelen was mijn eer te na. Het was een kwestie van fatsoen, vond ik, een vanzelfsprekendheid dat ik afbleef van wat van hem was.

Nu denk ik daar anders over.

Terwijl ik de trappen naar de lagergelegen terrassen afdaal, voel ik dat ik goed zit. Want de plek waar Anthony ooit een volle dag aan het klussen was, terwijl ik hem eerder nauwelijks met een hamer in zijn handen had gezien, is een plek waar het personeel niet bij durft. Alleen Anthony.

En ikzelf.

'Hoi lieverd, daar ben ik weer,' fluister ik.

Paco laat zich door de tralies heen aaien. Hij piept zachtjes en dat geluid snijdt dwars door me heen. 'Sorry, vent.'

Haartjes van zijn ondervacht stuiven alle kanten op en vervilte plukken laten los terwijl ik er met mijn vingers door woel. De zomers aan de costa zijn veel te warm voor hem, Paco is een berghond.

Zodra ik de deur van de buitenkennel open, wringt hij zich met zijn tachtig kilo zware lijf langs me heen naar buiten. Uit enthousiasme springt hij tegen me op, ik kan hem nauwelijks houden. 'Sst, Paco, rustig,' fluister ik, en ik pak hem bij zijn snuit en duw hem naar beneden. 'Ga maar even lekker rennen.'

Maar Paco wil niet rennen.

Als ik de kennel in glip en het deurtje achter me dichttrek, blijft hij beteuterd naar me staan kijken, zacht piepend, zijn enorme staart zwaait heen en weer.

In het nachthok is het donker en net niet hoog genoeg om te kunnen staan. Half gebukt sleur ik Paco's paardendekens en matras naar buiten. Ik zit meteen onder de hondenharen. De houten pallet waar het matras op lag zet ik tegen de wand van het hok op z'n kant. Ik schijn bij met mijn telefoon. De vloer is van planken, ze liggen strak tegen elkaar aan en zijn vastgetimmerd. Ik laat mijn blik over het plafond en de wanden gaan, maar het vloertje onder Paco's slaapplek lijkt me de meest logische plek.

Het hout geeft niet mee. Ik pak de dolk uit de zijzak van mijn cargobroek en gebruik de stalen punt om een van de planken los te wrikken. Buiten blijft Paco piepen, ik word er bloednerveus van.

De spijkers zitten goed vast, het gaat me allemaal veel te langzaam, maar meer gereedschap dan deze dolk heb ik niet. Af en toe stop ik om te luisteren of ik iets of iemand hoor, tot ik begrijp dat er geen betere partner in crime is dan die lieve Paco: mocht er iemand aankomen, dan zal hij me dat zeker laten weten. En als Anthony zelf in zicht is, zal ik dat horen aan de manier waarop de hond op hem reageert.

Eindelijk laat de plank los. Ik steek mijn hand in het ontstane gat, voel aan weerszijden in het luchtledige, raak de stoffige mergelbodem. Ik laat mijn bovenlichaam op de vloer zakken en reik verder. Als mijn vingertoppen iets hards raken, trek ik van schrik mijn hand terug. Ik voel nog eens, voorzichtig. Het lijkt iets van zacht plastic, en als ik ertegenaan duw merk ik dat het meegeeft. Ik wrik nog een plank los om de opening te vergroten, en dan zie ik grijze pakketjes liggen. Het zijn er vier en ze hebben de maat van een lunchbox, stevig verpakt in plastic en omwikkeld met tape. Ik til er eentje uit. Het lijkt wel een blok ijzer, zo zwaar. Met de dolk snijd ik het plastic kapot. Er komt een diepvriesbakje tevoorschijn. Ongeduldig haal ik het deksel eraf. Het bakje zit vol met in blister verpakte munten, per vijf gebundeld met elastiek. Ik haal er eentje los van de rest. Er staat een soort geit op de munt afgebeeld. *Ik heb ze gevonden!* Op een of andere manier had ik kleine muntjes verwacht; deze zijn flink wat groter en zwaarder dan een munt van twee euro.

Ik ga op mijn knieën zitten en schud mijn rugzak af, leg de pakketjes erin. Jee, wat zijn ze zwaar. Geen idee hoeveel kilo dit bij elkaar weegt, maar één ding is zeker: al moet ik hier nog maanden in de buurt blijven en van hotel naar hotel zwerven, geld is in elk geval het probleem niet meer.

Buiten begint Paco te blaffen.

60

Het was begin juni, een aantal dagen voordat ik moest vluchten. De hele week hadden we al te maken met temperaturen van boven de zevenendertig graden, waardoor de airco's overuren draaiden en iedereen rond het zwembad hing. En dan moest de echte zomer nog beginnen.

Ik was die ochtend naar mijn yogaklasje aan het strand van San Pedro de Alcántara geweest, een van de weinige vrijheden die me nog restten. Het klasje bestond uit vrouwelijke ondernemers die het onderling goed konden vinden. Ze vroegen mij nooit wat. Ik vermoed omdat ik getrouwd was met iemand die door het plaatselijke establishment met de nek werd aangekeken, een nieuwkomer die opzichtig met geld strooide.

Het kan ook zijn dat ze me simpelweg niet interessant genoeg vonden. Dat kon ik hun moeilijk kwalijk nemen. Ik had geen verhalen over mijn bedrijf, ik kon niet meepraten over *microdosing* om beter te presteren, en ook niet over onbetrouwbare Spaanse belastingadviseurs. En zij waren stuk voor stuk beter in yoga dan ik.

Deze keer presteerde ik helemaal dramatisch. Ik kwam nauwelijks met de rest mee omdat ik last had van mijn onderbuik, meer dan anders. Eigenlijk zeurde het al langer. Ik kon er beter eens door een arts naar laten kijken, dacht ik, terwijl ik er een beetje met de pet naar gooide om mijn buik te ontzien.

Na yoga gingen de vrouwen steevast lunchen bij Playa Nini, een beachbar gerund door een Zuid-Amerikaanse, waar ze overgingen op Spaans en ik er geen touw meer aan vast kon knopen. Die dag deed ik niet eens moeite om me bij hen aan te sluiten. Ik liep meteen door naar mijn auto.

De sociale codes in Marbella en omstreken verschilden uiteindelijk niet zoveel van die in Amsterdam-Zuid, besefte ik. En net als in Amsterdam wist ik ook hier aan de Costa del Sol de codes niet te kraken.

Op weg naar huis dacht ik terug aan mijn jeugd. Aan mijn vader, die het laatste restje van zijn kloten in de rode wijn verzoop. Aan mijn moeder, die haar carrière boven het moederschap had verkozen. Die twee mensen hadden er een zootje van gemaakt, en mij, als bijkomende schade, voor het leven getekend.

Ik begon me af te vragen hoe Junior later naar mij zou

kijken. Hoe zou hij zich zijn jeugd herinneren? Als alles zo door bleef gaan, dan zou hij Monica beschouwen als een soort tante, misschien wel als een tweede moeder. Soms had ze hem al uit zijn bedje gehaald en verschoond voordat ik het kon doen. Dan begroette ze me met een stralende lach, gezeten aan de keukentafel terwijl ze Junior zijn ontbijtje voerde. Ik zei er wel eens wat van, maar dan glimlachte ze nog eens en zei ze dat ze zich graag een beetje nuttig maakte, en dat ik nog moest aansterken. Er was geen speld tussen te krijgen.

In het begin kon ik het goed van haar hebben, maar op den duur ging het me tegenstaan. Wat me ook stoorde was dat ze altijd de kant van Anthony koos. Zodra hij iets vroeg, sprong ze op om het te gaan regelen. Ze cijferde zich volledig weg. Haar gedrag was als dat van een hond die slaafs trouw blijft aan zijn baas, zelfs al is dat een klootzak. Wat was er allemaal misgegaan in Monica's leven, dat ze zo weinig zelfrespect had?

Gaandeweg drong het tot me door dat ik mijn mening over Monica maar beter voor me kon houden. Want ook van mijn zelfrespect was inmiddels bedroevend weinig over.

Thuis parkeerde ik mijn auto bij de garage onder de palissanderbomen. Anthony was in geen velden of wegen te bekennen – niet ongebruikelijk. Hij zei al tijden niet meer waar hij heen ging. Ik kleedde me om en liep naar buiten. Junior, met een hoedje van Burberry om zijn bolletje tegen de zon te beschermen, zat bij Monica op schoot aan het zwembad. Zij droeg een bikini van Louis Vuitton die haar borsten en kont ternauwernood bedekte, en zong een Engels wiegeliedje. Junior keek verguld naar haar op met die grote, vrolijke ogen van hem. Zijn handjes grepen naar haar zonnebril.

Het plaatje dat ze samen vormden, met de palm en de Middellandse Zee op de achtergrond, was voor veel mensen de belichaming van ultieme rijkdom. Maar het was alleen maar een buitenkant. Achter die façade was alles verschrikkelijk mis. Ik liet het gebeuren dat Juniors vader drugs gebruikte en hele nachten van huis bleef. Ik bouwde geen carrière op omdat hij dat niet wilde. Zijn seksspeeltje was bij ons ingetrokken en trok de zorg voor mijn kind naar zich toe.

Op dat moment realiseerde ik me dat Anthony en ik geen haar beter waren dan mijn ouders.

Die avond wilde ik er met hem over praten, maar hij kwam pas midden in de nacht thuis met een groepje mensen die ik niet kende. De volgende ochtend was hij, zoals verwacht, nauwelijks aanspreekbaar. Het duurde drie dagen voor ik hem eindelijk enigszins nuchter trof. Hij zat aan het zwembad in de schaduw van de kurkeik op zijn telefoon te scrollen. Donkere zonnebril, witte bermuda, zwart T-shirt. Waar Marbella hem eerst zoveel goed had gedaan, was hij er nu slechter uit gaan zien, vermoeid zelfs. Het nachtleven begon een wissel te trekken. Hij had een onverzorgd baardje en groeven aan weerszijden van z'n gezicht.

Ik ging op het zonnebed naast hem zitten en vertelde

hem dat het niet meer ging op deze manier. Dat ik hem dat al zo vaak had gezegd, maar dat er nu toch echt een grens was bereikt. Junior had een fatsoenlijke basis nodig, met ouders die hun verantwoordelijkheid namen. Dat waren we hem verschuldigd, onze zoon had er niet om gevraagd om bij ons geboren te worden. Een stabiel gezinsleven, dat had hij nodig, geen verslaafde vader en een nanny met het uiterlijk van een opblaaspop.

Eerst was hij stil. Daarna vroeg hij, lichtelijk geïrriteerd: 'Wat wilde je voorstellen dan?'

Alsof hij dat niet al wist. 'Monica moet hier weg,' begon ik. 'En jij moet van die zooi afblijven. Ik ben je kwijtgeraakt aan die troep, en aan al die vage types.'

'Dat zijn zakenrelaties. In Nederland had je net zo goed geen idee met wie ik zakendeed.'

'Je snapt echt wel wat ik bedoel. De situatie hier is niet te vergelijken met ons leven in Vinkeveen en Amsterdam. Het is uit de hand gelopen.'

Hij krabde achter zijn oor. Ik kon zijn ogen niet zien achter de spiegelende glazen, maar ik kon me voorstellen dat hij ze verveeld naar boven rolde.

'En ik ben geen Monica die je kunt commanderen,' ging ik verder. 'Ik ben dat lummelen hier meer dan zat. Ik wil iets gaan doen met mijn leven, iets nuttigs, al is het maar een paar dagen in de week.'

Ineens had ik alle aandacht. 'Monica weg, jij werken, en wie zorgt er dan voor Junior?'

'Nou, jij misschien?'

Hij hief zijn handen. 'Geen tijd.'

'Je hebt anders wel tijd om in Puente Romano rond te hangen.'

'Ik doe daar zaken,' zei hij afgemeten.

'Zaken waar je mij niet bij betrekt.'

'Da's ook nergens voor nodig.'

Ik kneep mijn ogen samen. 'Misschien juist wel.'

'Alles blijft zoals het is,' beet hij me toe.

'Dan ben ik weg.'

Nijdig stond hij op van het ligbed en liep naar de schuifpui. 'Best, rot maar op. Ga maar. Gá dan!'

'Ik meen het!' riep ik hem na.

Hij stak een arm op, keek niet om. 'Ik hou je niet tegen. Succes.'

Het lukte me niet om rustig te blijven. *Hoe had ik kunnen denken dat hij nog openstond voor een gesprek op niveau?* Ik sprong op en liep achter hem aan. 'Prima, dan ga ik weg, maar ik neem Junior mee!'

Hij stopte abrupt, draaide zich om en schoof zijn zonnebril omhoog. Ik schrok van zijn holle blik.

In een paar passen was hij bij me. Hij greep me bij mijn keel, zoals hij vaker deed, alleen zette hij nu meer kracht.

Ik kreeg geen lucht meer. Wanhopig opende ik mijn mond, ik begon vlekken te zien en probeerde me los te rukken, probeerde mijn vingers achter zijn hand te wringen en zette mijn nagels in zijn onderarm.

Anthony gaf geen millimeter mee. Hij keek me aan, van heel dichtbij. Zwijgend, starend, leeg, met ogen waaruit alle empathie was verdwenen. Hij leek wel bezeten, ik kon hem niet bereiken. Mijn worstelingen en pogingen om lucht binnen te krijgen lieten hem koud.

Minutenlang leek het te duren, al zullen het in werkelijkheid seconden zijn geweest. Toen verslapte zijn greep.

'Als je Junior meeneemt, kom ik hem halen,' zei hij hees. 'Laat het duidelijk zijn. Zorg ervoor dat ik dat niet hoef te doen.'

Voor het eerst was ik echt bang van hem. Doodsbang.

61

Paco blaft nog eens, een korte, doffe alarmblaf. Tegelijkertijd hoor ik een auto onze oprit op rijden.

Razendsnel kruip ik uit het hondenhok en sleur de rugzak met me mee. 'Paco!' roep ik, nog half op mijn knieën in het zand. Mijn stem slaat over.

Maar de hond is doof voor mijn geroep, hij is al bij de trappen.

Paniekerig kijk ik om me heen. Matras, planken, dekens, alles ligt door elkaar in de buitenren. Als Anthony Paco boven bij het huis aantreft, zal hij in een rechte lijn hierheen komen om te controleren hoe die uit z'n hok is ontsnapt. *En om zijn goudvoorraad te controleren.*

Ik krijg dit nooit zo snel op orde. Niet zonder gereedschap, niet binnen een paar minuten.

Je moet maken dat je wegkomt, nu!

Paco blaft, ik hoor de auto stoppen bij de garages.

Te laat, Ellis. Anthony is in no time hier beneden en hij zal je vermoorden.

Ik ren naar de trap, haast me naar het laagst gelegen terras. Daar verstop ik me achter het witgeschilderde stenen huisje waarin de tuinmannen hun pauzes houden. Mijn hart hamert in mijn keel, mijn snelle ademhaling grenst aan hyperventilatie. *Hoe heb ik zo stom kunnen zijn om de hond los te laten?*

Paco blaft nog steeds zijn zware, diepe blaf.

Ik kijk langs de ruwe muur van het huisje naar boven, maar vanaf hier kun je niet zien wat er bij het huis gebeurt. Dan verplaats ik mijn blik naar beneden, voorbij het gecultiveerde deel van de tuin. Er zijn daar geen keurig aangelegde plateaus om het natuurlijke niveauverschil van de berghelling op te vangen. Ik heb er wel eens op de rand gestaan: de helling ligt vol steengruis, is gruwelijk steil en zeker tien meter diep. Je kunt daar niet vanaf glijden zonder op z'n minst je benen te breken.

Waarom blaft de hond nog steeds?

Waarom is hij niet stil?

Nu dringt het tot me door: degene die daar boven de auto bij de garages heeft neergezet, is Anthony niet.

Het is iemand anders.

Ik spits mijn oren. Er klinkt een stem, ijl en onverstaanbaar op deze afstand, maar hij lijkt van een vrouw te zijn. Even weifel ik, dan begin ik aan de klim naar het huis. Terwijl ik de trappen op loop, steek ik mijn armen door de hengsels van de Eastpak. Het goud is verschrikkelijk zwaar – hopelijk houden de stiksels het. Twee, drie trappen, langs het muurtje, langs de goedmaakpalm en het zwembad. En dan zie ik Paco staan, in de schaduw van de zijmuur van het huis, pal achter de metalen looppoort. Hij heeft zich groot gemaakt, zijn staart steekt half omhoog en zijn oren zijn gespitst.

Ik houd me verborgen achter een oleanderstruik. Zou het een van de werksters zijn?

'Paco? It's just me, it's okay, doggy.'

Monica.

Als ik dichterbij kom zie ik haar staan, aan de andere kant van de poort, met Anthony Junior op haar arm.

62

Op de avond na onze aanvaring was Anthony gewoon weggegaan zoals anders, en ik had geen reden om aan te nemen dat hij voor middernacht of zelfs maar voor een uur of vier in de ochtend thuis zou komen.

Monica zat aan het zwembad op haar telefoon te scrollen terwijl ik buiten haar zicht aan de andere kant van het huis Juniors spullen in mijn auto laadde. Zijn luiers, zijn voeding, speentjes, poedermelk. Kleertjes, verzorgingsproducten.

Mijn plan was om eerst naar Málaga te rijden en daar ergens te pinnen. Anthony stortte maandelijks automatisch een flink bedrag op mijn rekening. Mijn creditcard zou ik kunnen gebruiken voor hotels en tolwegen – natuurlijk tot aan het moment waarop Anthony erachter zou komen dat ik ervandoor was, en hij mijn passen zou laten blokkeren.

Maar in de belabberde staat waarin hij de laatste tijd verkeerde, zag ik hem dat op de eerste dag van mijn vlucht nog niet doen. Als ik geluk had misschien zelfs de eerste twee, drie dagen niet. En dan waren er nog de juwelen en de designertassen die ik onderweg en in Nederland kon verkopen. Zo alles bij elkaar was ik veertig, vijftig mille waard. Met zo'n bedrag kon ik het voorlopig prima uitzingen in Nederland. Ik zou iets kunnen huren op een vakantiepark, of een appartementje via Airbnb. Wat ik daarna zou doen, was van later zorg. Rust en tijd had ik nodig, zodat ik de boel een beetje op orde kon krijgen en helder kon gaan nadenken over een volgende stap.

Ik had het al veel te ver laten komen.

63

Zodra Monica me in de gaten heeft, schrikt ze zichtbaar. Langzaam schudt ze haar hoofd.

Pal achter haar staat de witte cabrio die ik van Anthony heb gekregen toen we hier zijn komen wonen. *Dus ze rijdt in mijn auto, paradeert rond met mijn kind op de arm.*

Ik loop op het poortje af. Bij elke pas voel ik meer woede.

Wat dacht zij? Ellis is weg, dus ik neem haar plaats in?

Ik snauw naar Paco dat hij zijn kop moet houden. De hond houdt meteen op met blaffen. Nijdig tik ik de code in en stap door het poortje. Paco blijft gedwee achter me.

'*Ellis.*' Monica drukt Junior angstvallig tegen zich aan. '*H-how are you?*'

Mijn kind draait zijn hoofdje en kijkt me verwonderd aan. Even vrees ik dat hij me niet meer herkent, maar dan breekt er een glimlach door op zijn gezicht en strekt hij zijn mollige handje uit.

Monica verdwijnt naar de achtergrond, het is alsof ze ter plekke uit beeld wordt geblurd. Ik zie alleen nog maar mijn zoontje, scherp en duidelijk. Zijn heldere, donkere ogen, de plukjes haar die omhoogkrullen bij zijn oren. Hij is enorm gegroeid, veranderd ook. Zijn haar zit in een zijscheiding en zijn wangetjes zijn voller geworden.

Er valt een deken van verdriet over me heen als het tot me doordringt dat ik bijna twee maanden van zijn ontwikkeling heb gemist, tijd die ik nooit meer kan inhalen.

Ik ben ziedend. Op zijn vader, op Monica.

Op mezelf.

Tegelijkertijd voel ik een onstuitbare vreugde.

Ik neem je mee.

En ik laat je nooit, nooit meer los.

'Waar is Anthony?'

'*At the golf course with Amon Ra.* Jee, ik herkende je zo niet eens, Ellis. Met een...' Ze maakt een gebaar bij haar hoofd, duidend op mijn hoofddoek. 'Wat doe je hier? Anthony zal –'

'Ik kom Junior ophalen.'

'*No!*' Ze zet grote ogen op. 'Dat gaat niet.'

'Zeker wel. Ik ben zijn moeder.'

'En Anthony is zijn vader. Dit kun je me niet aandoen. Hij vermoordt me als Junior er niet is als hij thuiskomt. Hij doet het echt.' Ze drukt Junior vaster tegen zich aan en draait zich half van me weg, maakt aanstalten om naar de auto te lopen.

Achter me begint Paco te grommen.

Ik zet een stap in Monica's richting. 'En ik vermoord je als je hem niet nu meteen aan me geeft.'

Haar stem slaat over. 'Nee, alsjeblieft! Het kan niet! Sinds jouw vertrek is Anthony zo driftig, hij –'

Junior begint te huilen.

'Geef hem!' Ik zet nog een paar passen naar voren. Paco trekt met me op. Dit gaat niet goed; hij wil me helpen, straks vliegt hij Monica nog aan. 'Ga terug jij!' schreeuw ik, en ik sleur hem in de richting van het looppoortje. Gehoorzaam sjokt hij met me mee en laat hij zich achter de poort duwen.

Als ik me omdraai, is Monica al bezig om Junior in het autostoeltje vast te snoeren.

Ik schud mijn rugzak af en vlieg haar aan, grijp haar bij de haren beet en trek haar met kracht naar achteren.

Ze probeert zich vast te houden aan de auto, maar verliest grip en klapt achterover op het asfalt.

64

Mijn duurste spullen lagen in koffers, tassen en dozen in de achterbak van m'n cabrio. Een deel ervan zou ik onderweg al verkopen aan lommerds en aan winkels in tweedehands *luxury brands*. Misschien in Madrid, misschien pas later, in Barcelona of Parijs. Ik had voor ruim een week voeding, pampers en schone kleertjes voor Junior bij me. Mijn koffer met kleding en verzorgingsproducten legde ik ook in de achterbak. Alle andere bezittingen liet ik achter in Casa las Palmeras, ik had weinig nodig, en veel meer paste er ook niet meer bij.

Junior was in een diepe slaap. Ik tilde hem uit z'n bedje en snoerde hem vast in de maxicosi. Hij reageerde geïrriteerd en protesteerde behoorlijk, maar zodra we eenmaal op de snelweg reden, zou hij gauw genoeg in slaap vallen.

Ik haastte me terug het huis in voor een doosje snoetendoekjes en Bibabeer, Juniors lievelingsknuffel. Vanuit de keuken wierp ik een snelle blik op het zwembad. Monica zat er nog. Ik nam geen afscheid; het leek me beter als ze niets wist.

Ik liep de hal in en sloot de deur zachtjes achter me. 'Byebye, tot nooit meer ziens,' fluisterde ik. Het was alsof er een zware, verstikkende deken van me afgleed. Ik voelde me kilo's lichter, euforisch bijna.

Toen pas hoorde ik de grote toegangspoort dichtvallen, direct gevolgd door het geronk van de Cayenne.

Anthony parkeerde zijn auto pal achter mijn cabrio en stapte uit. Hij liep langs mijn auto en liet zijn blik over zijn zoon gaan, de tassen en dozen op de achterbank, de thermoskan in de middenconsole, de zak broodjes die ik had gesmeerd voor onderweg.

Hij beende naar de achterbak en trok hem open. 'Waar ben jij mee bezig?'

Ik bevroor, misschien een paar seconden, trok daarna

mijn schouders op, alsof ik een schildpad was en mijn hoofd en armen in mijn romp kon laten verdwijnen. Te laat besefte ik dat ik het daarmee erger maakte.

'Wil je weg?' Anthony greep de spullen uit de achterbak en wierp ze van zich af op het asfalt. Vervolgens dook hij de auto in en pakte in een vlaag van woede alles wat hij te pakken kon krijgen, smeet het in het wilde weg om zich heen. Ik kon de thermoskan maar net ontwijken, die kwam met een klap op de natuurstenen vloer in de hal achter me terecht.

Anthony haalde z'n telefoon uit zijn zak en belde iemand. 'Naar voren komen, ik heb je hier nodig,' snauwde hij.

Prompt hoorde ik Monica's hakken door het huis tikken; het volgende moment verscheen ze in de deuropening en nam verontrust de chaos op.

Junior zette het op een huilen.

'*Take him inside*,' blafte Anthony.

Monica haastte zich naar de auto en haalde Junior uit zijn stoeltje.

Mijn hersenen werkten nog nauwelijks. Van alle scenario's die ik had bedacht was dit niet in me opgekomen. Ik had met mijn hoofd al ergens op de snelweg gezeten, de vrijheid al geproefd, de lichtheid ervaren, ik was trots geweest op mezelf dat ik deze stap had durven zetten, dat ik ondanks Anthony's serieuze dreigement had gekozen voor mijzelf en voor mijn kind.

Monica glipte met Junior langs me heen en verdween het huis in.

'Na alles wat ik voor je gedaan heb naai je me achter m'n rug om.' Anthony kwam op me af gebeend. 'Níks krijg je mee, tyfuswijf, hoor je wat ik zeg? Níks!' Hij greep me bij mijn pols, klikte behendig mijn Rolex los en liet hem in zijn zak glijden. Ongeduldig maakte hij een 'kom hier'-gebaar. 'Ik ben niet achterlijk, hè? Ringen, armbanden, de hele flikkerse zooi. Inleveren!'

Ik keek hem verdwaasd aan. Verroerde me niet.

Ongeduldig pakte hij mijn pols vast en begon ruw de ringen los te wrikken. Ik gilde het uit.

'Ik breek die kutvingers van je nog liever dan dat je ook maar één zo'n tyfusring aan me overhoudt.'

'Wacht, wacht,' prevelde ik. 'Alsjeblieft, ik doe het zelf.' Ik haalde ze met draaiende bewegingen van mijn vingers. Gaf ze aan hem. Mijn handen trilden zo hevig dat er een ring op de grond viel.

Anthony keek er niet eens naar; de juwelen boeiden hem niet. Het ging erom dat hij mij niets gunde. Hij liep terug naar m'n cabrio en trok de sleutels uit het contact.

'Mijn... mijn telefoon ligt nog in –'

'Je telefoon, wil je die?' Hij pakte het toestel uit de houder, mikte het op het asfalt en stampte erop. 'Hier, pak aan. En nou opflikkeren.' Hij plukte mijn Gucci-tasje van de bijrijderszitting en smeet het voor mijn voeten. 'Deze mag je houden als aandenken.'

Ik stond verdwaasd naar de tas te kijken, naar het denim met het GG-dessin en het bruine leer van de sluiting. Ik had hem in Amsterdam van Anthony gekregen op de avond dat we de verkoop van zijn bedrijven vierden. De avond dat hij coke bij zich had – 'cadeautje van Ramon'. Hoelang was dat geleden, twee jaar, zoiets? Scènes uit een ander leven.

Die Anthony bestond niet meer.

'Hé!' Anthony snoof, ongeduldig. 'Nou? Je wilde toch weg? Opzouten dan.'

Achter me hoorde ik Monica in de keuken Junior tot bedaren brengen.

'Waar wacht je op? Moet ik je van m'n terrein af trappen?' Haat brandde in zijn ogen. Er was geen twijfel over mogelijk: hij zette me de deur uit.

Niet zonder m'n kind.

Ik griste mijn tasje van de grond en rende het huis in. 'Junior!'

Ik was al halverwege de hal toen Anthony me inhaalde, me bij m'n middel greep en me optilde alsof ik niets woog. Ik spartelde, probeerde hem te schoppen, klauwde en stompte waar ik hem maar kon raken.

Hij bleef onverstoorbaar doorlopen, naar buiten langs de auto's, verder de oprit af in de richting van de poort. Ik voelde zijn woede, de kracht in zijn spieren, de vastberadenheid.

'Ik ga niet weg zonder m'n kind!' schreeuwde ik. 'Dit kun je niet doen! Ik ben z'n moeder!'

Bij de poort tikte Anthony de code in. Het mechanisme klikte en de metalen deuren zwaaiden geleidelijk, met een licht piepend geluid open.

Ik worstelde me los en kwam onzacht op het asfalt terecht. Snel krabbelde ik weer op. Ik negeerde de stekende pijn in mijn elleboog en zette het op een lopen in de richting van het huis.

Anthony was in een paar tellen bij me. Hij trok me terug aan mijn haren, waardoor ik plat op mijn rug op de oprit terechtkwam. De lucht klapte uit mijn longen, vlekken dansten voor mijn ogen. Even was ik alle besef van tijd en ruimte kwijt. Toen zag ik Anthony's sneaker op me afkomen. Hij trapte me tegen mijn schouder, tegen mijn bovenbeen, en vervolgens greep hij me vast bij mijn enkels.

Ik schreeuwde, bleef schreeuwen terwijl hij me over het asfalt de poort uit sleepte.

Buiten liet hij me los. 'Als ik jou ooit nog zie, hier, ergens anders, waar dan ook, dan breek ik je nek. Ik zweer 't op m'n kind.'

De laatste trap zag ik niet aankomen. De trap na.

65

'Kutwijf!' schreeuw ik.

Op het moment dat ik wil uithalen, zie ik de bloeduitstorting in Monica's oogwit. En de verdikking bij haar slaap. Ze heeft er zorgvuldig een laag plamuur overheen gesmeerd, maar die maskeert onvoldoende dat ze eerder deze week een flinke smak moet hebben gemaakt. *Nee, geen smak, ze is niet gestruikeld.* Ik zie nu ook de blauwig paarse vlekken in haar hals.

Mijn razernij neemt af. *Hoe gek en gewelddadig is Anthony geworden?*

'Alsjeblieft, Ellis, dit wordt mijn dood. Die jongen is alles voor hem,' fluistert ze. Er drupt bloed uit haar neus.

Ik sta op en klop niet-bestaand zand van mijn bovenbenen.

Langzaam krabbelt ook Monica op.

'*You should go*,' zeg ik. 'Ga weg. Kies voor jezelf.'

'*I have no place to go*.'

De pijn in haar ogen raakt me. 'Je kunt altijd ergens naartoe.'

'Als je geld hebt, ja,' zegt ze zacht. 'Dan wel.'

Voorzichtig staat ze op, schuw, alsof ze bang is dat ik haar weer zal aanvliegen. Er zitten blauwe plekken op haar benen, op haar arm. Wat heeft deze arme vrouw moeten doorstaan?

'Zijn mijn tassen er nog?' vraag ik.

'Je Chanels?'

Ik knik. 'En de rest. Neem ze mee, allemaal. Ze zijn geld waard. En pak mijn Rolex ook, als die er nog is, m'n sieraden, alles wat je pakken kunt. Doe het snel, nu meteen, voordat hij thuiskomt.'

'Hij zal me komen zoeken.'

'Die moeite zal hij niet doen. Niet voor jou.' Ik wijs naar mijn auto. 'Rij naar Portugal, of Almería. Of terug naar Engeland.'

Haar gezicht betrekt. 'Als hij je hier ooit nog zou zien, zou hij je nek breken. Dat heeft hij letterlijk gezegd.' Zachter gaat ze verder: 'Hij laat het er echt niet bij zitten. Die man is bezeten.'

Ik probeer haar woorden zo min mogelijk tot me door

te laten dringen. 'Dat is mijn probleem. Denk jij nou maar aan jezelf. Pak alles van waarde en maak dat je wegkomt.'

Ik zie aan haar gezicht dat ze het overweegt.

'Heb jij die spullen niet zelf nodig?'

Ik reageer niet op haar vraag, loop naar mijn Eastpak en haal er de draagzak uit die ik in Frankrijk heb gekocht. Ik gesp de heupband om en trek de bandjes aan, zodat hij strak om mijn middel blijft zitten. Dan hijs ik mijn Eastpak op mijn rug, loop naar de auto en pluk Junior uit het stoeltje. Het duurt even voor ik hem goed in de draagzak heb kunnen wurmen. Ik sla mijn armen om hem heen en druk een zoen op zijn bolletje. 'Mama gaat nooit meer weg,' fluister ik. 'Nooit meer. Want jij bent het allerbelangrijkste voor me.'

Monica stopt Junior z'n beertje toe, dat hij gretig met twee handjes aanneemt. Meteen begint hij op een van de oortjes te sabbelen.

'Succes,' zegt ze. 'Ik hoop dat het je lukt.'

Ik grijp haar bovenarmen vast en zoek haar blik. 'Beloof me dat je weggaat.'

Ze knikt, eerst niet overtuigend, dan stelliger. '*I will.*'

Achter haar zie ik Paco staan, laag kwispelend achter het traliepoortje. Hij piept zachtjes, vragend. Het is alsof hij snapt dat hij alleen achterblijft.

Dan dringt het tot me door dat Anthony buiten zinnen van woede zal raken als hij erachter komt dat zijn goud uit het hondenhok is gestolen. En dat de kans levensgroot is dat hij zijn razernij zal afreageren op de hond. In het beste geval vergeet hij het beest gewoon, laat hij hem aan zijn lot over, zal hij Paco laten wegrotten in zijn kennel.

'De hond gaat mee,' hoor ik mezelf zeggen.

66

De poort sloot zich met een licht piepend geluid. Anthony bleef nog even staan, in het midden van de oprit, onbeweeglijk als een wassen beeld. Toen de poort dicht was, draaide hij zich om en liep naar het huis.

Moeizaam drukte ik mezelf omhoog van het asfalt. Ik had overal pijn. Op talloze schaafwonden glinsterden druppeltjes bloed. Ik wreef plukken haar uit mijn gezicht en pakte mijn tasje, dat meters verderop lag.

Wat kon ik doen?

Teruggaan was geen optie. Hier blijven staan ook niet.

Ik begon te lopen, eerst heuvelopwaarts naar de ingang van de wijk. Daarna sloeg ik links af en volgde ik de berm van de A397 heuvelafwaarts in de richting van de kust, omdat ik geen idee had waar ik anders naartoe moest. Een paar keer stopte ik en keek ik om. De volle omvang van wat er net was gebeurd, was nog niet tot me doorgedrongen.

Anthony kon me toch niet zomaar buitenzetten? De vingers waar hij mijn ringen af had getrokken waren opgezet en pijnlijk. Mijn buikpijn speelde weer op, ik had er meer last van dan in de afgelopen maanden. Ik vond een paracetamol in mijn tasje en kauwde die weg.

Na drie kwartier lopen kwam ik aan bij La Heredia, een kleurrijke, speels tegen de berg aan gebouwde wijk die deed denken aan een antiek dorp, maar in werkelijkheid pas veertig jaar oud was. De huizen hadden azuurblauwe, witte, rode of mosterdgele gevels en in kleur contrasterende kaders rondom de ramen. Ik kwam wel eens bij de bakker annex lunchroom die vlak achter de bewaakte ingang lag. De lunchroom werd gerund door Nederlanders; je kon er tompoezen, hagelslag en appeltaart kopen. Op hetzelfde plein zat een Nederlandse slager waar Anthony en ik af en toe gehaktballen en kroketten scoorden.

Ik ging bij de lunchroom naar binnen. De eigenares was er niet, wel een Spaans meisje. Ik bestelde een koffie en probeerde mijn gedachten te ordenen. Moest ik hier andere mensen bij betrekken? Mijn verhaal neerleggen bij de bakker en de slager? Maar wat konden zij doen – of beter: zouden ze überhaupt wel iets voor me wíllen doen? In deze regio maakten de mensen niet als vanzelfsprekend contact met elkaar, zelfs al kwamen ze uit hetzelfde land. Veel van hen kampten met vertrouwensissues, wat nu eenmaal samenhangt met het feit dat welgestelde mensen overal ter wereld profiteurs, dieven en oplichters aantrekken. Ze bleven dan ook liever op hun eigen veilige eilandje, achter de hoge muren van hun bewaakte wijken, en gingen uitsluitend om met gelijkgestemden uit hetzelfde milieu.

Ik dacht terug aan de vrouwen in mijn yogaklasje die me nauwelijks zagen staan. Anthony en Ramon hadden in Marbella waarschijnlijk geen beste reputatie opgebouwd.

Ze waren dus geen gelijkgestemden uit hetzelfde milieu. En daarmee was ik dat ook niet.

Natuurlijk overwoog ik om naar de politie te stappen. Er was nu veel te doen in Spanje over het machismo en het daaruit voortvloeiende geweld tegen vrouwen. In elk dorp hing wel een affiche, of een bordje dat daar aandacht voor vroeg: een verboden-in-te-rijdenbord met een gebroken hart waaronder in zwarte letters NO VIOLENCIA MACHISTA stond. Maar er is een wereld van verschil tussen theorie en realiteit. Ingesleten patronen verdwijnen niet van de ene op de andere dag. Daarbij wist ik dat er bij de politie mensen werkten die Ramon maar al te graag van informatie voorzagen, en als het nodig was zelfs bewijs voor hem zouden laten verdwijnen.

Door naar de politie te stappen zou ik Anthony's razernij alleen maar voeden. Daarbij was mijn Spaans lang niet goed genoeg om deze belangrijke strijd hier, op Spaans grondgebied, aan te gaan.

Monica had helaas gelijk: Marbella was een mannenwereld. En voor het juiste bedrag was alles en iedereen te koop.

Er bleef slechts één mogelijkheid over: ik moest naar Nederland, waar ik de taal beheerste, de mores kende en waar ik als vrouw en moeder beschermd zou worden. Zodra ik in Nederland was, zou ik naar de politie gaan en een advocaat in de arm nemen. Misschien zelfs een journalist benaderen met mijn verhaal. Ik zou alles op alles zetten om m'n kind terug te krijgen.

Ik dronk mijn koffie op, rekende af en vervolgde te voet de weg naar de kust.

In Marbella nam ik de bus naar Málaga, en vanuit daar de trein naar Barcelona. Ik betaalde met mijn creditcard. Als Anthony later de afschriften zou bekijken, kon hij zien dat ik naar Nederland was gereisd. Dat zou hij hoogstwaarschijnlijk prima vinden – zolang ik maar bij hem en Junior uit de buurt bleef.

Maar toen ik op het station in Barcelona iets te eten wilde afrekenen, werkte mijn pas plotseling niet meer. Ik wreef hem langs mijn shirt en probeerde het nog eens. Tevergeefs. Die rancuneuze zak hooi had mijn creditcard laten blokkeren. Goddank had ik nog cash.

Ongeveer een uur voordat de trein Lyon zou aandoen, kon ik niet meer om de buikpijn heen. Die brak door de pijnstilling heen en werd alsmaar heviger. Maar ik moest mijn aansluiting halen.

Het moest.

67

Na bijna vijf uur rijden in Sophies stoffige Citroën ben ik nog maar net Murcia voorbij. Het gaat me allemaal niet snel genoeg. De navigatie op mijn telefoon geeft aan dat we nog ruim elf uur te gaan hebben.

'Be-ba!' Junior steekt zijn handje uit en wurmt onrustig in de maxicosi. 'Be-ba!'

Met één oog op de snelweg gericht gris ik Juniors beertje, bruin met een smoezelig wit buikje, van de grond. Op de oortjes is zo vaak gesabbeld dat ze hard zijn geworden. 'Hier, lieverd.'

Junior zal zich niet veel langer laten zoet houden. Hij is het beu om in het stoeltje vastgesnoerd te zitten, en geef hem eens ongelijk.

Op de achterbank ligt Paco nerveus te hijgen. Hij past er ternauwernood op met zijn reusachtige harige lijf, en is duidelijk niet gewend aan autorijden. Af en toe dommelt hij in slaap, om wakker te schrikken wanneer ik afrem of een bocht moet nemen, waarna het hijgen weer begint. Ik heb er een beetje spijt van dat ik hem heb meegenomen. De auto stinkt naar hondenkennel, de ruiten beslaan steeds en het zal lastig worden hotels te vinden waar ik zowel contant kan betalen als een hond mee naar binnen mag nemen. Maar wat was het alternatief? Ik had Paco daar niet kunnen achterlaten.

Misschien kan ik hem vannacht in de Citroën laten slapen, met de raampjes open.

Het is kwart over zes. Over een uurtje of wat ben ik Valencia voorbij, en kan ik op zoek naar een hotel voor de nacht. Als ik alleen was geweest, had ik een paar blikjes Red Bull achterovergetikt en was ik blijven rijden tot mijn ogen dichtvielen. Maar ik ben niet alleen.

Junior heeft voeding en rust nodig. Hij is al veel stiller en liever geweest dan je van een baby van negen maanden mag verwachten. Gulzig zet hij zijn half doorgekomen tandjes in een zacht koekje dat ik hem al rijdende geef. Op diezelfde manier heb ik hem stukje bij beetje een hele banaan gevoerd. Zijn rompertje is inmiddels besmeurd, zijn handjes en haartjes plakken. Hij moet in bad, schone kleertjes aan, een schone luier om. En hij moet even kunnen kruipen, bewegen, knuffelen. Baby zijn.

Ik neem me voor om morgenvroeg meteen verder te rijden. Misschien zelfs al midden in de nacht, als ik eerder wakker word.

Maar één ding staat voor mij vast: zolang ik leef, krijgt Anthony zijn kind niet meer te zien. Nog even, en Junior en ik zijn van de aardbodem verdwenen. Anthony zal geen idee hebben waar we zitten, en daar zal hij ook nooit achter komen.

ANTHONY

Flowers in my garden
die faster than they grow.
Slowly as they wither,
I reap the seeds I sow.

– 'Sorry', Seinabo Sey (Junge Junge Remix)

68

'We zijn er weer.' Ramon legt zijn hoofd in zijn nek en kijkt naar de hemel, zijn glimlach breed onder zijn Gucci-zonnebril. '*Sweet freedom, hermano.*'

Ik bewonder Ramons optimisme. Gisteren zijn we door maar liefst vier politieauto's vanuit de golfclub naar het bureau geëscorteerd. Twee dagen lang zijn we door verschillende agenten ondervraagd – vriendelijk, minder vriendelijk. Ze hebben ons een nacht vastgehouden, maar we hebben allebei geen kik gegeven. Toen ze uiteindelijk begrepen dat we hen echt niet aan informatie gingen helpen, lieten ze ons gaan.

'Klotefascisten,' zegt Ramon.

'Je moet wel op zoek naar een nieuwe mol.' Ik tik een sigaret uit een pakje.

Hij knikt. 'Juan had die centen niet gelijk moeten uitgeven, dat was stom, hij viel te veel op. Maar wij ook, blijkbaar. Jij en ik gaan het voorlopig even rustig aan doen.' Hij slaat me op de schouder. 'We hebben wat te vieren... El Chiringuito?'

'Goeie.'

Een serveerster brengt ons naar een tafeltje in het zand. Wit doek wappert boven onze hoofden om de ergste zon tegen te houden. Die zon, die kan je hier echt slopen. Ik bestel een wagyuburger, Ramon een burger van Beyond Meat – sinds hij een of andere Netflix-documentaire heeft gekeken, gelooft hij dat hij honderd kan worden door plantaardig te eten. Ik denk niet dat hij het lang gaat volhouden, maar goed, zo hebben we allemaal onze tics.

'Moet je Monica niet bellen?' Ramon zit achterovergeleund op zijn telefoon te scrollen.

'Waarom?'

'Ze zal zich afvragen waar je vannacht hebt uitgehangen.'

'Wat niet weet, wat niet deert.' Ik leg mijn hand even op mijn ballen, knijp erin. 'Je moet ze niet te wijs maken.'

'Misschien moet je iets voor haar meenemen,' gaat hij verder.

'Waarom?'

'Ze zorgt voor je zoon.'

'Ik geef d'r onderdak,' zeg ik kortaf.

'Ja, en je slaat het licht uit haar ogen.'

'Begin jij nou ook al te zeiken?'

De serveerster komt een fles Ruinart brengen – we hebben per slot van rekening wat te vieren. Ze staat te klungelen met de kurk. Ik neem het van haar over, schenk onze glazen vol en laat de champagnefles tussen de ijsblokjes in de koeler zakken.

We proosten en nemen een paar flinke slokken. Lekker.

Smaakt naar meer. Meteen heb ik zin om de rest van de fles leeg te drinken. En daarna nog een. En dan naar huis, feestje bouwen met Moon. Ik voel een tinteling in mijn lendenen en ineens heb ik haast om thuis te komen.

'Je bent niet goed, hermano.' Ramon bietst een sigaret uit m'n pakje en steekt hem aan. Hij inhaleert diep en kijkt de uitgeblazen rook fronsend na. 'Loco.'

Even denk ik dat hij het serieus meent, dat ik hier ter plekke van mijn beste vriend op mijn falie krijg.

Dan trekt hij zijn gezicht in een grijns en heft zijn glas. 'Zo meteen nog effe naar 't circus?'

Ik schud mijn hoofd. Het beeld van Monica in bikini aan het zwembad heeft zich in m'n kop genesteld. Hoe ze die ellenlange benen van d'r spreidt, met haar vingers onder het textiel glijdt en speelt met de piercing die daar glinstert. 'Nee, ik ga gewoon naar huis. En je hebt gelijk. Ik zal iets voor d'r kopen. Iets waarvan ze moet janken, zo mooi.'

69

Ramon rijdt ons naar Puerto Banús en zet me af op de stoep bij Bvlgari. Zelf gaat hij rondjes rijden langs de haven tot ik weer buiten sta.

De bewaker opent de deur voor me en meteen springen er twee verkopers in m'n nek. Het is hun heilige taak om me een onvergetelijke aankoopbelevenis te bezorgen, eentje waaraan ik over vele jaren nog met warme gevoelens terugdenk.

'Ik heb haast,' zeg ik, en ik wijs naar een ring in een van de vitrines. '*This one.*'

'*A present for your wife, or girlfriend?*'

'*Yes.*'

'*Excellent choice.*' Met veel omhaal pakt een van de kerels de ring uit de vitrine en kijkt er nog eens goed naar. 'Wat is haar ringmaat, señor?'

Ik trek een wenkbrauw op. *Ringmaat?* 'Eh, gewoon normaal.'

De verkoper knikt alsof hij het begrijpt. Zegt dan: 'Mag ik u voorstellen een collier of oorbellen te overwegen? Die passen altijd.'

Bewapend met een roségouden schakelketting, verpakt in luxe doosjes-in-doosjes en een tasje, sta ik een kwartier later weer buiten.

Ik heb thuis nog een magnum Moët & Chandon in de koeling, herinner ik me. En in het kluisje in de kledingkast ligt zeker nog een grammetje of twintig. Meer dan genoeg, voorlopig. Als Monica geen zin heeft, dan maakt ze maar zin.

Ik hoop dat Junior slaapt.

70

Ramon zet me af bij de ingang van de wijk – ik heb geen afstandsbedieningen voor de poorten bij me, die liggen allebei in m'n auto.

‘Ik ga nog even naar Milady dan,’ zegt Ramon, als ik uit z’n Urus stap.

Het asfalt is bijna vloeibaar onder mijn sneakers, in de verte zindert de lucht. ‘*Have fun.*’

‘Gaat lukken. En jij, heb je nog genoeg?’

‘Meer dan goed voor me is.’

Zijn gezicht betrekt. ‘Hé. Rustig aan, oké? Monica is een goede meid.’

Ik houd het tasje omhoog. ‘Ze gaat huilen.’

‘Van geluk, naar ik hoop.’

Ramon heeft dus wel degelijk een mening. ‘Van geluk,’ herhaal ik mat. ‘Zie je later.’ Dan loop ik over het witte grind om de met camera’s bewaakte toegangspoorten van de wijk heen, en wandel de weg verder af in de richting van Casa las Palmeras.

Ramons opmerkingen zitten me niet lekker. Alsof hij zelf zo’n heilige is. Ik bedoel maar: die grieten in zo’n bordeel, je weet nooit zeker of het wel klopt, of ze daar zitten uit eigen keuze.

Natuurlijk staat zo’n beroemde tent onder toezicht, maar dan nog. Alles is te koop. Dat heb ik hier wel geleerd. Met boerenslimheid en een flinke zak geld kom je een heel eind.

Ik was echt een simpele, naïeve gozer in Nederland. Ik dacht dat ik snapte hoe het allemaal werkte, dat ik boven op die apenrots stond. Ramon heeft me doen inzien dat ik nog niet eens tot halverwege was geklommen. De hele wereldeconomie draait om vraag en aanbod. Waar vraag is, komt vanzelf aanbod. Waar aanbod is, ontstaat vanzelf vraag.

En waar meer vraag is dan aanbod, vullen degenen met de grootste ballen hun zakken.

Ik dacht toen ook nog dat ik met Ellis de beste vrouw had getroffen die er voor een jongen als ik binnen bereik lag. Dat zij ooit op mij is gevallen is een van de mysteries uit m'n leven. Ik vond haar al bijzonder toen ze nog een kind was. Een kleurrijk vogeltje dat ik heb weggehaald van de gore mesthoop waarin ze terecht was gekomen. Sindsdien vaak aan haar gedacht. Maar van kinderen blijf je af. Dus moest het wel voorbestemd zijn dat juist zij mij die gezichtsbehandeling gaf in die spa waar ze werkte. Ze was voorbestemd de moeder van m'n zoon te worden. Een moeder die met haar Franse komaf de rottige Mulder-genen zou weten te compenseren. Want dat ik met haar een gezin wilde, stond voor mij meteen al vast.

Maar door de jaren heen is Ellis veranderd. Ze gebruikte steeds vaker woorden die ik niet kende, dure woorden, en ik had echt wel door dat ze dat deed om me te stangen. Dat ze eigenlijk op me neerkeek. Zoals ze op den duur allemaal op me neerkijken.

Ik ben in Amsterdam-Noord geboren als Anton Mulder, zoon van een moeder die nauwelijks haar eigen naam kan spellen en een kerel die meteen na het nieuws van de zwangerschap z'n biezen pakte. Hij had geen behoefte aan een zoon, die ouwe van mij. Ik heb hem nooit gekend en mijn moeder heeft niet eens een foto van hem, maar ze heeft me vaak genoeg ingewreven dat ik die niet nodig heb, omdat ik hem zie als ik in de spiegel kijk en ik hem hoor praten als ik m'n mond opentrek. Misschien dat ze daarom wel zo veel moeite met me had, en me constant het idee gaf dat ik haar last bezorgde. Mijn moeder en ik scharrelden rond in het afvoerputje van de wijk, er was meestal geen geld, behalve voor sigaretten. Ik werd regelmatig met kapotte schoenen naar school gestuurd, of in ongewassen kleding.

Zodra geslaagde en hooggeplaatste figuren dat soort dingen van je weten, gaan ze anders naar je kijken. Dan kun je er vergif op innemen dat het moment nabij is dat ze niet meer mét je praten, maar alleen nog maar óver je praten. Van dat soort lui wemelt het hier in Marbella, daar had ik me op verkeken. Wat dat betreft moet ik zuinig zijn op mijn vriendschap met Ramon. Ik mag hem nooit laten weten uit wat voor godvergeten shithole ik ooit vandaan gekropen ben.

Tegen Ellis ben ik op een gegeven moment wel open geweest, vanwege mijn overtuiging dat onze relatie was voorbestemd. Naïef, al te romantisch gedacht van me. Uiteindelijk bleek ze geen haar beter dan de rest. Nee, ze was nog erger: eerst wilde ze geen kind van me, daarna wilde ze 'm van me afnemen. Judas is er niks bij.

Ik hoop dat ze dood is.

Voor mij is ze dood.

71

Toen Ramon en ik in Marbella door de politie werden opgepakt, reden we in de Urus. Ramon had me gisterochtend opgehaald om te gaan golfen. M'n auto staat nog thuis, met de afstandsbedieningen van de poorten erin, dus sta ik hier nu als een kleine jongen bij mijn eigen intercom aan te bellen. Het geluid is door het hele huis te horen, tot in de kelder toe, en ook buiten. Ik hoor het zelfs helemaal hier. Waar blijft Monica?

Ik bel nog eens aan. In het uiterste geval kost het haar een minuut of vijf om naar de hal te rennen en de poort op afstand te openen.

Getjirp van krekels, vogelgeluiden. Er gebeurt niets. De hond piept niet eens.

Ik bel Monica's nummer. De telefoon gaat één keer over en springt dan op voicemail. *What the fuck?* Ik open WhatsApp en typ: BEL ME FF. Grijs vinkje. Eentje. Daar blijft het bij. Ik frons. Is ze haar telefoon kwijt, is hij leeg? Niets voor haar.

Ik schuif het tasje van Bvlgari onder de poort door en klim eroverheen. Bij de garages staat m'n Cayenne, maar de cabrio is weg. Oké. Blijkbaar is ze even de deur uit. Boodschappen doen, of langs het strand van San Pedro aan het wandelen met de kleine. Ik vis mijn sleutels uit mijn zak en open de voordeur. 'Moon?'

Stilte.

Nou ja, ze komt vanzelf wel een keer thuis. Ik pak de magnum champagne uit de koeling en trek hem open. Vul een koeler met ijsblokjes uit de machine en zet de fles erin. Ik begin zelf alvast, dan kan ze aanschuiven als ze thuis is en de kleine op bed heeft gelegd. Gauw schenk ik een glas in, giet het achterover en loop door naar de badkamer.

Onder de douche spoel ik het zweet, het chagrijn en de muffe lucht van de politiecel van me af. *Misschien alvast een lijntje. Eentje maar.* Met een handdoek om me heen geslagen loop ik naar de inloopkast. Mijn kluisje zit op ooghoogte. Er ligt nauwelijks wat van waarde in; ondanks de beveiliging is er een reële kans dat we hier een keer worden overvallen, en dan zal de schade beperkt blijven tot een paar horloges, tien mille cash en wat wit. Genoeg om ze tevreden te stellen. Maar de *holy grail* in Casa las Palmeras ligt begraven onder de kennel van Paco. Geniaal. Kom er maar eens op.

Ik toets de code in en pluk een sealzakje van de hoop. Een paar minuten later voel ik me een stuk beter. Zo. Dit had ik echt gemist.

Ik bel Monica nog eens. Weer schakelt het toestel na één keer overgaan over op voicemail. Ik kan op WhatsApp niet zien of ze online is – vreemd. Het zint me niet. Moon zit aan haar telefoon vastgeplakt, en waarvoor betaal ik anders haar abonnement? Is d'r toestel in het zwembad gevallen? Misschien is ze een nieuwe kopen, zul je zien, ze kan elk moment thuiskomen. Echt elk moment. Hoor ik nou de cabrio? Ik blijf geconcentreerd staan luisteren. Nee. Ze is het niet. Kutzooi. Vannacht ben ik niet thuis geweest. Zij wel? Waar is dat wijf, verdomme? En m'n kind?

Ik loop naar Juniors kamertje. Zijn bedje is beslapen, maar het matrasje voelt koud.

Onrustig loop ik terug de woonkamer in, pluk de kussens van de bank en smijt ze van me af. 'Kutwijf! Je hoort gewoon thuis te zijn, godverdomme!'

Die vrouwen moeten je niet, Anthony. Zodra ze je ware ge-

zicht leren kennen, gaan ze ervandoor. Voor Ellis was je uiteindelijk te min. En zelfs Monica is je nu beu.

Zou ze echt zijn weggegaan? Nee, natuurlijk niet. Waar moet ze heen, zonder inkomen? *Ze heeft het vliegtuig naar Manchester genomen omdat ze klaar met je is, gast. En ze heeft je zoon bij zich.*

'Junior!' Waar is hij? Mijn hart ramt als een moker tegen mijn ribbenkast.

In de keuken grijp ik een fles wodka uit de ijskast. Ik doe geen moeite een glas in te schenken en neem een paar slokken rechtstreeks uit de fles. Het spul brandt in mijn keel en slokdarm, ik voel mijn maag samentrekken. Dan valt mijn oog op de magnum die ontkurkt in de koeler op het marmeren eiland staat. In een opwelling grijp ik hem bij de hals en slinger hem met kracht tegen de schuifpui. De ruit is niet bestand tegen de drie kilo zware fles en spat uiteen; duizenden stukken glinsterend veiligheidsglas schieten als kogels uit een mitrailleur over de vloer, stromen over het terras, komen in het zwembad terecht. 'Kutwijf!' schreeuw ik. 'Tyfushoer!'

Het alarm begint te loeien. Shit. Ik moet hier geen politie hebben. Ik haast me naar de hal en tik de code in. Mijn telefoon begint te zoemen: het bewakingsbedrijf.

'*Everything OK*,' zeg ik. 'Loos alarm.'

De man vraagt om het wachtwoord, om zeker te weten dat ik niet onder schot word gehouden.

Ik haal een keer diep adem, mijn hart gaat zo snel dat het elk moment uit mijn lijf lijkt te springen. '*Life is a bitch, so learn how to fuck it*,' zeg ik.

Hij grinnikt. *'Thank you very much, señor, have a nice day.'*

Ik druk de verbinding weg en loop terug naar de woonkamer.

Verdomme, wat een bende. Even blijf ik staan kijken, en dan pas valt me op hoe stil het is.

Ik hoor Paco niet.

Met al die herrie had dat beest allang moeten gaan blaffen.

72

Mijn kop spat bijna uit elkaar. Gauw leg ik nog een paar lijntjes en gooi m'n neus vol. Zonder wit is het leven niet te doen. Echt, als het geen verveling is, dan is het wel stress. Die kloteonrust ook. Ik neem een paar slokken uit de fles wodka en schiet in mijn slides voor ik naar buiten loop. Glas knarst onder mijn voeten op het terras. 'Paco?'

Niks.

Even denk ik dat Monica is gaan wandelen met de kleine en de hond, dan besef ik dat ze, in tegenstelling tot Ellis, doodsbang is voor dat beest. *En de cabrio is weg. En haar telefoon lijkt uit te staan.*

Ik loop via de trappen naar de lagergelegen terrassen. 'Paco?' De bries voelt als een streling op mijn gezicht, tintelingen vibreren in mijn lijf. Ik blijf staan, de fles in m'n hand, kijk uit over het land en de zee, daar in de verte. Mooiste plek van de wereld, dit. Maar mooier met een vrouw erbij.

Alles is mooier met een vrouw erbij.

Ik neem nog een slok, geniet van het prikkende gevoel in mijn keel en slokdarm. Loop dan langs de olijfbomen naar Paco's hok.

Wtf... Wat is hier gebeurd? De kennel staat open. Paco's matras en dekens liggen in de buitenren. Ik stap over de troep heen en duik het nachthok in. Het duurt even voor mijn ogen gewend zijn aan het donker. Ik schijn bij met mijn telefoon en zie meteen dat het niet klopt. De pallet waarop Paco's matras lag, staat rechtop tegen de wand. Er ontbreken planken in het vloertje.

Ik val op mijn knieën, graai naar mijn munten.

De ruimte eronder is leeg.

73

Het scherm van mijn telefoon is te klein en de resolutie is te laag. Ongedurig pak ik mijn laptop uit het dressoir en open de beveiligingscamera-app. Ik klik op de camera die vanuit het huis op de garages gericht staat en een groot deel van het erf overziet.

In m'n hoofd vormen zich allerlei scenario's, het ene nog erger dan het andere: Monica en de kleine zijn ontvoerd door de Noord-Afrikaanse ettertjes waarvan het wemelt in Puerto Banús. De hond ligt buiten ergens dood, neergeschoten. Onbegonnen werk om z'n kadaver te gaan zoeken, het terrein is te groot, te onoverzichtelijk.

Maar hoe wisten die gasten van het goud? Ik heb de munten over een flinke periode verspreid en bij verschillende aanbieders gekocht. Niemand heb ik daarover verteld. *Behalve Ramon?* Ja, zou kunnen, ik was er niet altijd even helder bij, vrees ik. Hoewel ik over dit soort dingen meestal m'n mond houd. Alleen een idioot bazuint rond dat hij een fortuin aan goud in z'n tuin heeft begraven. En ik mag dan soms een klootzak zijn, ik ben geen idioot.

Ik moet gewoon weten wat er is gebeurd. En als ik erachter kom wie het zijn geweest, zullen ze nog spijt krijgen dat ze Casa las Palmeras hebben uitgekozen. Dan ga ik mijn kind halen. Anthony Junior. Ik veeg woest de tranen uit m'n gezicht en tik de inlogcode in.

Ramon heeft me gisterochtend rond elven opgehaald. Ik schuif de tijdbalk terug naar even voor elven en kijk geconcentreerd naar het scherm. Ik zie mezelf weglopen, scherp en in kleur, het erf af. Daarna gebeurt er minutenlang niets. Ik staar naar het asfalt, laaghangende takken van de palissanderbomen die zachtjes heen en weer waaien, waaraan ik kan zien dat het beeld loopt. Ik hoor vogels, krekels, af en toe het geronk van een auto die op de hoger gelegen weg rijdt. Dit duurt te lang. Ik zet de opname op driedubbele snelheid. Wacht, te ver. Terug. Had ik 12.00 uur al gezien? Zouden die gasten eigenlijk wel via de voordeur zijn gekomen – da's onlogisch, toch?

Dit is nuchter niet te doen. Ik leg nog een paar lijntjes. Als ik een slok uit de fles wil nemen, zie ik dat die al halfleeg is. *Gast, rustig aan.*

Zal ik Ramon bellen?

Stel dat hij in het complot zit? Je 'zogenaamde' beste

vriend, die de vriendschapsbanden heeft aangehaald met als enige doel je uiteindelijk te rippen? Hoe goed en hoelang ken je hem nu helemaal? En wie zijn nou echte vrienden als ze je van miljoenen euro's kunnen beroven?

Nu ik erbij nadenk: Ramon is de enige die misschien weet heeft van het goud. Sterker: hij was degene die me de tip gaf. En Ellis, ja, zij weet het ook. Maar zij weet niet waar ik die munten heb gelaten. Ik ben voorzichtig geweest. Bovendien heb ik d'r zo toegetakeld dat ze hier haar gezicht echt niet meer durft te laten zien.

Wacht. Er gebeurt iets op het scherm.

Monica komt thuis.

Ze parkeert de cabrio, pakt Junior uit zijn stoeltje en sjouwt met een grote boodschappentas in de richting van de deur. Halverwege heft ze haar kin, fronst. Ik hoor het nu ook: geblaf. Ze zet de boodschappentas neer en loopt uit beeld, naar het poortje aan de zijkant van het huis. De hond blijft blaffen – Paco, die zware blaf herken ik uit duizenden. Maar hoe komt hij uit z'n kooi? Gespannen blijf ik kijken. Buiten beeld gebeurt er van alles, ik vang flarden op van een gesprek, of een ruzie. Opgewonden stemmen. *Vrouwenstemmen.*

Monica komt weer in beeld; ze rent naar de auto, met Junior tegen zich aan geklemd. Ze wordt achternagezeten door een moslima in een cargobroek met camouflageprint. Beige hoofddoek, een zwarte rugzak. Zie je wel, Noord-Afrikanen. Zetten ze nou ook al hun vrouwen in?

Het kreng loopt dreigend op Monica af, en dan komt

Paco erbij. Wat is dat nou voor een waakhond? Hij drentelt nerveus naast die griet, doet niets. *Bijt dat wijf de strot af, verdomme!* Ik zou in het scherm willen kruipen, het gaat me te langzaam. Wat gebeurt er allemaal? De hoofddoek richt zich op de hond en jaagt hem weg. Waarom luistert hij naar een vreemde? Op de achtergrond zet Monica haastig Junior in z'n stoeltje.

Ze is daar nog mee bezig als de hoofddoek plotseling haar rugzak afschudt en op haar afrent. Ze vliegt Monica van achteren aan, grijpt 'r bij de haren en trekt haar naar de grond. Van het ene op het andere moment laat ze haar weer los.

Monica krabbelt op. De vrouwen praten, op nog geen armlengte bij elkaar vandaan. Geen geschreeuw meer. *Ze kennen elkaar.* Het geluid staat op z'n hardst, maar ik kan niet verstaan wat er gezegd wordt. Wat de fuck gebeurt hier als ik niet thuis ben?

De moslima loopt naar haar rugzak. Ze haalt er een soort doek uit die ze aan de voorkant om haar hals hangt. Het kost haar daarna zichtbaar moeite om de rugzak weer van de grond te tillen en op haar rug vast te snoeren. Dat ding moet behoorlijk zwaar zijn.

De doek is een draagzak. *Dat wijf ontvoert m'n kind!* Ze plukt Junior uit zijn autostoeltje en stopt hem erin. Monica stopt haar iets toe, ik kan niet zien wat. Dan grijpt de hoofddoek haar bij de bovenarmen. Ja, geen twijfel mogelijk, die twee kennen elkaar. Ze kennen elkaar goed.

Hoofddoek loopt weer in de richting van het looppoortje naast het huis, verdwijnt even uit beeld en komt terug met Paco, die haar kwispelend volgt. Ze steekt haar hand op naar Monica en verdwijnt uit beeld.

Mijn mond is droog, mijn ogen zitten vastgeplakt aan het scherm, dat ik inmiddels met beide handen heb vastgegrepen.

Ik kijk koortsachtig toe hoe Monica in beweging komt en constant heen en weer rent tussen het huis en de auto. Paniekerig smijt ze spullen in de cabrio, vuilniszakken vol, ze mikt ze in de kofferbak, zet ze op de achterbank. Kijkt dan nog eens om. Naar de camera, slaat haar blik neer.

Ze start de cabrio en rijdt weg.

Ik spoel het beeld door, blijf kijken tot het niet meer verdergaat en het tot me doordringt dat de camera geen toekomst kan vastleggen. Ik schuif de tijdsbalk stapsgewijs terug naar het begin: na het vertrek van de vrouwen is en blijft het erf leeg.

Moslima? *Sure.*

Wie denkt ze daarmee voor de gek te houden?

'Ik maak je kapot!' Ik spring op en veeg de laptop van tafel. Hij komt meters verderop met een klap op de tegelvloer terecht. 'Ik zweer het je, ik breek je nek!'

74

Gisteren om ongeveer halftwaalf in de middag is mijn zoon door zijn moeder ontvoerd. Ik open mijn handen, tel de uren op mijn duim en vingers. Zevenentwintig, achtentwintig... negenentwintig uur geleden.

Ik haal diep adem, en nog eens. Het is niet voorbij, Anthony. Ze gaat dit niet winnen. *Nooit zal ze dit winnen.*

Een koele overtuiging neemt het over van de paniek en machteloosheid: ik krijg mijn kind terug, ik krijg mijn goud terug. En ik ga de keel van dat leugenachtige kutwijf net zolang dichtknijpen tot ze dood aan m'n voeten ligt.

Want ik zal haar vinden. Het is een kwestie van tijd. Kort na haar vertrek heb ik iets gedaan, uit voorzorg. Iets wat ik aan niemand heb verteld, omdat alleen een paranoïde klootzak zoals ikzelf dit had kunnen verzinnen. Zo zie je maar weer. Beter een paranoïde klootzak dan een goedgelovige sukkel.

Er is iets aan die vrouw wat ik nooit heb vertrouwd; ze is te slim. Warm, liefhebbend aan de buitenkant, maar vanbinnen zit iets waarop ik nooit grip heb kunnen krijgen. Een ijskoude kern.

Ik haast me naar mijn kluis en pak er een telefoon uit. Een prepaidding met een datasimcard. De folie zit nog op het schermpje. Het duurt in mijn beleving uren voor het toestel eindelijk is opgestart.

Ik open de app, log in en tik ongeduldig op de kaart. Zie dan het stipje oplichten. Het werkt! Verdomme, het werkt! *Daar ben je.* Ellis is niet meer in Spanje. Ze is al in Frankrijk, vlak bij een stad die Valence heet. Het stipje beweegt snel. Ik zoom in; ze rijdt op de snelweg, de Route du Soleil in noordelijke richting – ze is vast onderweg naar Nederland. Ik staar naar het stipje, stel me voor hoe ze daar rijdt, met Junior. *Denk je dat je van me kunt winnen, Ellis? Dat heb je dan verkeerd gedacht.*

In wiens auto rijdt ze eigenlijk? Ze vertrok duidelijk te

voet, met kind en hond. Monica reed pas een uur later weg. Hebben ze elkaar later op de dag nog ergens getroffen? Of heeft Ellis hulp gehad, is ze bij iemand ingestapt?

Ik zal het gauw genoeg weten.

Achter in de kluis ligt een pistool met een vol magazijn ernaast. Ik twijfel even, klik dan toch het magazijn in de greep en steek het wapen achter m'n broekband. De stapel sealzakjes prop ik in mijn zakken, grammetje of tien nog. In de keuken zet ik een boodschappenkrat op het marmeren eiland. Ik leg er alle flessen wodka en whisky in die ik zo gauw bij elkaar kan vinden. Acht stuks. Iets te eten heb ik niet nodig; ik hoef alleen maar wakker te blijven, en dat gaat zo echt wel lukken.

Nog geen kwartier later rijd ik op de AP7 in de richting van Málaga, alerter dan ooit, mijn blik strak op de weg voor me gericht.

Mijn goud.

Mijn hond.

Mijn zoon.

Je zult spijt krijgen dat je bent teruggekomen, Ellis, want ik doe wat ik beloof.

75

Het is vijf uur in de middag. Nog een halfuurtje en dan ben ik er. Junior slaapt tevreden in zijn maxicosi naast me op de bijrijdersstoel, de hond slaapt ook. Op de Franse radio maken mensen zich druk over de slechte staat van de spoedeisende hulp in Frankrijk. Elke maand vallen er doden in wachtkamers, sommige patiënten liggen een volle nacht zonder pijnstilling of zorg te wachten op een arts. Er wordt gesproken over onvriendelijke verpleegkundigen, patiënten die met botbreuken naar huis worden gestuurd. Nieuws zo bizar dat ik het nauwelijks zou geloven als ik niet kortgeleden zelf zo'n patiënt was geweest. Er zijn stakingen gaande. De ellende betrof eerst vooral de openbare ziekenhuizen, maar nu begint ook de zorg in de particuliere ziekenhuizen vast te lopen. Er is te weinig budget, wordt er gezegd. *Geld, geld, geld, alles draait om geld.*

Zojuist ben ik Valence gepasseerd. Nog even en ik kan van de snelweg af, het binnenland in. Daar moet ik nog iets ophalen, iets waarvoor ik nerveus ben omdat ik niet weet of alles goed is gegaan en er tegelijkertijd zo ontzettend veel van afhangt.

Terwijl ik nog maar met een half oor naar de radio luister, besef ik dat ik veel geluk heb gehad. Ik ben door het oog van de naald gekropen in het ziekenhuis in Lyon. Maar zeker ook in Marbella. Ik ben geschrokken van de sporen van geweld op Monica's lichaam. Anthony is aan het doordraaien, die coke maakt een totaal ander mens van hem. Of beter gezegd, *ontmenselijkt* hem. Het is slechts een kwestie van tijd tot hij in zijn door drank en cocaïne gevoede razernij een cruciale grens overschrijdt. Daarvan ben ik overtuigd. Anthony is levensgevaarlijk geworden, voor anderen en voor zichzelf.

Ik zou er geen moment rouwig om zijn als hij binnenkort iemand tegenkomt die nog gestoorder is dan hij, kwader en sterker. Hij zoekt het maar uit, ik heb er helemaal niets meer mee te maken. Mijn leven met Anthony ligt achter me. Ik hoef alleen nog maar vooruit te kijken.

Gedachteloos leg ik mijn hand op Juniors beentje. *Mama heeft alles geregeld.*

Een klein halfuur later kijk ik stilletjes door de voorruit van de auto naar het strenge, uit mergelsteen opgetrokken gebouw. Boven de entree wappert een Franse vlag.

Ik ben niet gelovig opgevoed, toch grijpen op schoot mijn handen als vanzelf in elkaar. Ik buig mijn hoofd en sluit m'n ogen, roep in stilte een hogere macht aan waar zo veel mensen over heel de wereld steun bij vinden.

Dan open ik mijn ogen, stap uit en loop naar het voorname gebouw toe. Toen ik hier vorige week voor het eerst was, leek er weinig aan de hand. Ik werd behandeld als ieder ander. Nu kan ik alleen maar hopen dat ze inmiddels niet wakker geworden zijn.

76

Het was een goed idee van me om niet meteen door te rijden naar het huis, maar van tevoren nog even te ijken, tot mezelf te komen in de normale wereld. Een zorgeloze wereld die ik ken uit mijn jeugd en waaraan ik warme herinneringen bewaar: Buffalo Grill, een populair ketenrestaurant met een fout wildwestthema. Ouderwetse, rood gestoffeerde treinzitjes in plaats van stoelen, schilderijtjes met indianen en cowboys, en menu's met namen als 'Shérif' en 'Hold-up'. Het is er rumoerig vanavond, de meeste gasten zijn gezinnen met kleine kinderen, precies zoals ik het me herinner.

Ik eet fish-and-chips terwijl ik Junior z'n prakje uit een potje voer. Zijn ogen glanzen, hij wordt steeds afgeleid door de reuring om ons heen en lacht naar iedereen. Ik kan me zomaar voorstellen dat ik hier straks elke zondag met Junior naartoe ga, en dat hij, net als ik vroeger, reikhalzend zal uitkijken naar de hamburger met frietjes en de enorme suikerspin toe. Want die staat ook nog op de kaart, zie ik. Het moet bijna vijfentwintig jaar geleden zijn dat ik voor het laatst met mijn ouders bij deze keten ben geweest.

Sommige dingen blijven hetzelfde.

Er komen kinderen langs de tafel gerend, ze doen tikkertje of verstoppertje, dat is me niet duidelijk, maar ze hebben zo veel lol dat het aanstekelijk is. Junior slaat enthousiast met zijn handjes op het blad van zijn verhoogde kinderstoel. Ik kan niet anders dan glimlachen. Voor het eerst in lange tijd voel ik me een beetje ontspannen. Misschien zelfs gelukkig.

Dit is de eerste avond van mijn nieuwe leven. Voortaan draait alles om Junior, Paco en mij. Geen man meer die alles bepaalt. *En je bent niet langer op de vlucht.*

77

De stress zit meteen weer in m'n lijf als ik de oprit van het jachthuis op rijd. Het is halftien, *golden hour*, de avondzon zakt weg achter de bosrand en in het veld wuift het lange gras goudgeel, als koren.

Ik heb onderschat wat de aanblik van het huis met me zou doen. De toren, het bordes, het onmetelijk grote veld en de dichte, ondoordringbare bossen eromheen.

Het zijn maar stenen, Ellis. Maak jezelf niet gek. *Een huis is niets meer dan een verzameling stenen met een dak erop. Een huis heeft geen geheugen, geen hartslag, geen energie van zichzelf. De mensen die er wonen, maken de sfeer.*

Toch voelt het niet zo.

Ik heb hier geleden, gestreden.

Krankzinnige dingen meegemaakt. Nog krankzinniger dingen gezien.

En gedaan.

Ik zet de auto stil op het grind voor het bordes. Onkruid is tussen de steentjes omhooggeschoten en klimplanten bedekken een groot deel van de rechtervleugel; het huis ziet er desolater uit dan bij m'n vertrek. Dat dat pas vier dagen geleden is, komt me hallucinant voor. Toch ben ik echt maar drie nachten weg geweest.

Paco springt uit de auto zodra ik het achterportier open, en begint kwispelend rond te snuffelen. Ik haal Junior uit zijn stoeltje en houd hem tegen me aan.

'Het is niet de meest gezellige plek, maar het is wel veilig.' Ik probeer te glimlachen, druk mijn neus tegen die van mijn zoon. 'We gaan hier eerst eens een beetje op adem komen. Alles komt goed. Dat beloof ik je.'

78

Voor de nacht had ik Paco beneden in de hal gelegd, maar in de loop van de avond kwam hij uit zichzelf de trap op, en heb ik hem binnengelaten. Per slot van rekening hoort hij bij ons. Hij heeft een plekje gevonden op de plankenvloer tussen het bed en de slaapkamerdeur, waar hij als een ronkend berenvel de wacht houdt.

Boven verwachting slapen we prima. Het nieuwe IKEA-bed ligt goed en de kamer ruikt fris en nieuw door de zachtroze muurverf die ik voor vertrek naar Marbella over het oude behang heen heb gesmeerd – 'Sweet Embrace' heet die kleur, dus ik zocht niet verder. Junior slaapt nu nog naast me, met een barrière van kussens om te voorkomen dat hij uit bed rolt, maar morgenvroeg kan ik z'n nieuwe ledikantje gaan ophalen. Ik zal ook op pad moeten voor een andere zitbank en wat meer praktische spullen, want alles wat in de woonkamer en in de keuken lag en stond heb ik opgeslagen in de poppenzaal.

De zon komt op boven de bossen; de stralen schijnen recht de slaapkamer in. Junior is nog in een diepe slaap, met zijn beertje bij hem. Volledig ontspannen ligt hij erbij, met zijn handjes naast zijn hoofd, de handpalmen naar het plafond gekeerd.

Voorzichtig maak ik het gouden armbandje los dat Anthony voor hem heeft gekocht. Weg ermee. Weg met alles wat me herinnert aan Marbella en aan Juniors gestoorde vader. De Burberry-outfits, de Dolce & Gabbana-sneakertjes – wie verzint zoiets voor een kind dat nog niet eens kan lopen?

Waar Junior voor Anthony een *mini-me* was waarmee hij kon pronken, voel ik een diepe verbintenis met mijn zoon, een band die zich nergens anders mee laat vergelijken.

Ik zou mijn leven voor hem geven. Zonder twijfel.

79

Ik ben niet achterlijk, ik denk na. In de kofferbak liggen mijn kapotgesmeten laptop en de harde schijf met bewakingsbeelden. Op de snelweg bij Marbella heb ik mijn telefoon uit de auto gegooid. Raampje open, hoppa, pats, weg ermee. Ik koop wel weer een nieuwe. Het is niet zo dat m'n telefoon vol staat met interessante contacten, want Ramon regelt de business. Geen rechercheur kan mij straks in verband brengen met mijn echtgenote, die in Frankrijk, België of Nederland door een onbekende te grazen is genomen – als ze d'r vinden. In elk geval zal ze deze actie van haar niet overleven en ik ga er geen dag voor zitten. Ik zal er ook al geen traan om laten. De vrouw die vijftien jaar lang alles voor me betekende is toch al dood. Als ze haar mond opentrekt, vallen er leugens uit.

Tijdens het rijden haal ik een sealzakje uit mijn broekzak en lepel er met m'n sleutel een hoopje uit. Duw het tegen mijn neus en inhaleer. Veeg het overgebleven poeder weg met de rug van mijn hand. Je wilt niet achter het stuur zitten met een witte snor.

De route naar het noorden duurt een stuk langer nu ik de tolwegen vermijd. Maar nogmaals, ik ben niet achterlijk. Hoe minder ik op beeld word vastgelegd, hoe beter. Langs de tolwegen barst het van de camera's. Ze krijgen me niet te pakken. Ik denk echt wel na. En niemand houdt me tegen. Ik doe wat ik heb gezegd: ik haal m'n zoon op, stomp dat wijf het licht uit haar ogen en dan wordt alles weer zoals het was.

Behalve dan dat er een nieuwe Monica gevonden moet worden om voor de kleine Anthony te zorgen. Maar dat is een van mijn minste zorgen. Het wemelt in Puente Romano van de Monica's. Voor haar tien anderen. Ze staan in de rij.

Shit, ik moet weer tanken. Ik durf niet goed. Ze zullen het in zo'n tankstation aan me zien, dat ik onder invloed ben. Misschien staat er politie in de koffiecorner, dan ben ik op zeker nat. Ik bedoel, binnen de lijnen rijden lukt me prima, die Cayenne en ik zijn beste maten. Maar uitstappen, tanken, dat hele eind naar binnen lopen, praatje maken, pasjes, pincodes, al die handelingen... *En al die camera's. Ze leggen alles vast, Anthony.*

Beter eerst even afkoelen, een beetje rustig aan nu.

Ik rijd de parkeerplaats van een tankstation op en zet mijn auto stil achter een vrachtwagen. Kijk om me heen. Het is vrij rustig. Het zal geen mens opvallen waar ik mee bezig ben, al kun je daar natuurlijk nooit helemaal zeker van zijn. Ik haal de fles wodka uit het dashboardkastje en neem gauw drie, vier grote slokken. Vijf. Ik heb ze nodig om kalm te worden, om er normaal uit te kunnen zien. *Normaal!* Shit, die fles is bijna leeg en het kratje staat in de achterbak. Kan ik daar van binnenuit bij? *Niet in het spiegeltje kijken, Anthony. Dat verrotte hoofd hoef ik niet te zien. Waar ben ik eigenlijk? O, ja, Gerona stond op dat bord. Da's al ver, da's bijna Frankrijk. Lekker doorgereden, pik, bijna twaalf uur non-stop. De hele nacht doorgeknald. Beter dan Red Bull, die zooi. Hahaha.*

Het is vijf uur in de ochtend. Waar is mijn aanstaande dode ex nou? Vast niet aan het rijden. Ik pak de telefoon en open de app. Mijn handen beven, bloedirritant. Het stipje staat stil ergens bij Lyon, in een gebied zonder huizen of dorpen. Alles groen daar. Ik frons. Zoom in. Open plek, kast van een huis. Het lijkt wel een kasteel. Hoe komt ze daar nou weer terecht? Een of andere Franse baron aan de haak geslagen terwijl ik een keer niet oplette? Of is het een hotel?

Ik stap uit, pak twee flessen uit de achterbak, leg er eentje onder de stoel en draai de tweede open. Een slok of acht, negen, moet genoeg zijn om weer een beetje rustig te worden. Want ik moet nu even m'n ogen dichtgooien. Heel even maar. Schoonheidsslaapje van niks. *Tien, elf.*

En dan tanken.

En dan weer door.

80

Een claxon als een misthoorn, vlak bij mijn hoofd.

'Godver.' Ik schiet rechtop, kijk om me heen, gedesoriënteerd. *Waar ben ik?* Een parkeerplaats vol vrachtwagens. Ik snuif, rek me uit. Het is al licht, en fokking warm, mijn haar plakt in m'n nek. Ik haal mijn vingers erdoorheen. *Kut, ik heb te lang geslapen.*

Ik kijk op het klokje in het dashboard en begin te vloeken. Het is bijna vijf uur in de middag.

Last van m'n blaas. Ik stap uit, loop achter de auto langs en pis tussen de struiken. Dan haal ik een fles whisky uit de achterbak, stop hem onder mijn shirt en ga weer achter het stuur zitten. Leg de fles in het dashboardkastje.

Twaalf uur geslapen. *Hoe dan?* Godverdomme. Dat is me nog nooit gebeurd.

Ik graai naar mijn telefoon en open de trackerapp. Het stipje is er nog. En het is nog steeds op dezelfde plaats. Ellis is in elk geval niet doorgereden naar Nederland.

Mijn opluchting maakt meteen plaats voor argwaan. *Ze is erachter gekomen, ze heeft de tracker gevonden en hem in dat hotel achtergelaten.* Ik zoom in, kijk nog eens goed, maar er staat geen informatie bij het gebouw. Dat zou je wel verwachten als het een hotel zou zijn. *Natuurlijk is het een hotel. Wat zou het anders moeten zijn, zo'n enorm gebouw, midden op een open plek in een bos?*

O ja, tanken. Shit.

Dat moest ook nog.

Ik graai in m'n broekzak naar een sealzakje en schep een beetje van de inhoud op mijn sleutel. Kijk om me heen om er zeker van te zijn dat niemand deze kant op staat te gluren, buig dan voorover en snuif de boel naar binnen. Ik haal mijn sleutel nog een keer door het zakje. *Op één been kun je niet lopen.* Prima ontbijtje, dit. Ik voel me meteen een stuk beter.

Ik start de auto en draai het terrein op om de Cayenne vol te tanken. Krap vijf minuten later rijd ik weer op de AP7, in de richting van de Franse grens.

Nog een uurtje of zeven, acht te gaan.

81

Het is hier van god en alleman verlaten. Geen huis te zien in de verre omtrek. Stil, verschrikkelijk stil. Een ruig heuvellandschap, veel kaarsrechte naaldbomen, kilometers voorbij een gehucht dat wel verlaten leek, een spookdorp waaruit iedereen was weggetrokken.

Ik ben in het afgelopen uur geen mens meer tegengekomen.

Maar het is toch echt hier.

Stapvoets rijd ik langs een hoog hek, daarachter is het dicht begroeid met struiken en bomen. Links van me ligt een uitgestrekt korenveld, spookachtig blauw verlicht door de maan, en recht voor me beschijnen de koplampen van de Cayenne een leeg landweggetje, met verderop nog meer bossen en velden.

Wat doet Ellis hier? Ze heeft me ooit verteld dat ze uit Normandië komt. Dat ligt helemaal aan de andere kant van Frankrijk, bij zee. Ik voel me nerveus worden. Nee, ik wás al nerveus. En het wordt erger. *Niet fijn.* Ik trap op de rem, wrijf in mijn ogen. Graai met trillende vingers het sealzakje uit m'n broekzak. *O, ja. Leeg.* Ik zet de Cayenne met twee wielen in de berm en pak een vol zakje uit de middenconsole.

Terwijl ik mijn sleutel in het poeder steek, schieten er allerlei gedachten door mijn hoofd. *Wie woont hier? Is Monica er ook bij? Of een of andere vent? Meer kerels? Een hele groep? Een sekte?*

Is het een val?

Willen ze me te grazen nemen?

Ja, verdomd. Ellis wist het vast, van die tracker. Of ze had een vermoeden en heeft kleine Anthony z'n beertje opengesneden. Het is vooropgezet. Ze heeft me hiernaartoe gelokt. Naar Frankrijk, een land dat ik niet ken, maar zij des te beter. Van wie heeft ze hulp? Van wie is dit landgoed? Weet ze al dat ik er ben? Zit ze daarbinnen in dat kapitale huis naar zo'n zelfde soort oplichtend stipje te kijken als ik? *Je loopt recht in de val, sukkel!*

Die irritante tracker die af fabriek in de Cayenne zat, heeft Ramon voor me eruit laten slopen, maar iemand kan er een nieuwe onder hebben geplakt. Ik open het portier en vloek binnensmonds bij het licht dat meteen aanspringt in de cabine.

Ik glip de auto uit, duw het portier zachtjes dicht en rol half onder de auto. Met mijn telefoon als zaklamp speur ik de onderkant af. Niks, niet aan deze kant in elk geval. Ik kom weer overeind, loop om de Cayenne heen. Geritsel in de struiken. Een briesje. Er knakt iets tussen de bomen. Kippenvel springt op, ik verstijf, schud dan woest m'n hoofd – *takjes, wind, natuur, so what?*

Ik check de andere kant. Het ziet er normaal uit, niets afwijkends. Geen tracker.

Je bent weer eens para, gast. Ellis weet van niets.

Ik stap terug in de auto en ram met mijn vuist tegen de binnenverlichting. 'Ga uit, kutding.'

Dan start ik de motor weer.

Een paar honderd meter verderop is een poort. Vlekkerig, verroest, zo te zien ooit wit geweest. Een meter of drie hoog, met dikke speerpunten erop. Er hangt een beugelslot aan. Erachter loopt een oprit het bos in. Voor de rechter van de twee zuilen waar de poort aan hangt, staat een paaltje met een brievenbus. Ik stap uit om te kijken of er een naam of zo op staat. Dat is niet zo.

Wat nu? Dat slot stelt weinig voor, ik kan het kapotschieten, zo vaak gezien in films. *Of je klimt over het hek.* Nee. Ik heb deze plek bestudeerd, het is vanaf hier nog een heel eind lopen naar dat huis, en op de terugweg heb ik de kleine bij me. Die poort moet open.

Ik sis tussen mijn tanden, twijfel, kom dan in beweging. *Niet meer denken.* Ik haal het pistool onder de stoel vandaan en mik van achter de Cayenne op het slot. *Bám!* Ik duik in elkaar van de knal. Wat een tyfusherrie. De kogel is afgeketst. Ik leg nog eens aan, over de motorkap heen, half weggedoken achter de auto. *Bám, bám!* Godver, dat kloteslot geeft geen millimeter mee. En de schoten maken een ongelooflijk kabaal.

Ik weet niet wie er allemaal daarbinnen zitten, maar ze hebben dit gehoord, dat moet wel.

Dit was gewoon stom.

Nee, het was geniaal, echt geniaal.

Ik spring in de auto en rijd het landweggetje verder af. In

een natuurlijke inham keer ik, en parkeer ik in de berm. Dan schuif ik alle ramen naar beneden zodat ik beter kan horen wat er buiten gebeurt, doof de lichten en zet de motor af. Luisteren en wachten, wachten en luisteren. Als ze daarbinnen door het lawaai gealarmeerd zijn, komen ze vanzelf naar de straat om te kijken wat er aan de hand is.

Ik leg mijn hand op het pistool.

Het is een halfuur geleden dat ik de schoten heb gelost. Buiten geritsel van bladeren en nachtelijke dierengeluiden heb ik niets gehoord. Het stipje heeft ook niet bewogen. Als ze hierheen zouden zijn gekomen, had ik dat nu wel gemerkt.

Ik stap uit, haal de krik onder de laadruimte vandaan en loop ermee naar de poort. Met mijn telefoon als zaklamp bekijk ik het beugelslot van dichtbij; de kogels hebben weinig schade aangericht. Ongelooflijk. Misschien heb ik meer succes met de krik. Ik manoeuvreer het ding in het beugelslot. Die krik kan een auto van tweeduizend kilo optillen, dan moet zo'n simpel scooterslot toch een makkie zijn.

Ja, verdomd. Het metaal begint mee te buigen, maakt krakende geluiden, en dan klapt het slot open. 'Hier dan,' fluister ik, en ik steek een vuist in de lucht.

Voorzichtig trek ik het kapotte slot van de spijlen en gooi het in de greppel.

Terug bij de auto lepel ik wat poeder uit het zakje en breng het naar m'n neus. Ik blijf even staan. Het komt hard binnen, harder dan anders. Prima, denk ik, helemaal goed, ik voel me zo opgefokt dat ik het gevoel heb dat ik dwars door al die klotebomen heen naar het huis kan rennen. Niks of niemand die me nu nog tegenhoudt. Ik pak het pistool en grijp mijn golfclub van de vloer.

Met het vuurwapen achter mijn broekband en de golfclub in mijn vuist loop ik de oprit op.

82

Twee schoten, hier vlakbij in het bos. Paco hoort het ook. Hij tilt zijn kop van zijn poten en gromt zachtjes. Ik kijk op mijn telefoon: halfdrie. Vreemde tijd om te jagen, illegaal bovendien, maar in deze regio houdt geen jager zich blijkbaar aan de regels. Ik begrijp nu wel waarom Sophie het terrein hermetisch heeft afgesloten.

Junior krijgt er gelukkig niets van mee. Hij ligt te slapen in zijn nieuwe ledikantje, dat ik naast mijn bed heb gezet. Vanmiddag probeerde hij zich aan de spijlen op te trekken, het lukte hem bijna – het zou me niet verbazen wanneer hij al voor zijn eerste verjaardag loopt.

Paco krult zich weer op en slaakt een diepe zucht; *niets aan de hand.* Ik zou er goed aan doen om ook te gaan slapen, maar op een of andere manier lukt het me niet. Ik heb het nachtlampje aangeknipt en probeer verder te lezen in de roman van Camus. De letters dansen voor mijn ogen, toch zet ik me ertoe.

Want het alternatief is piekeren. Het heeft geen enkele zin om na te denken over de toekomst. Nóg niet. Ik moet eerst uitrusten, bijkomen. Geen mens komt tot verstandige beslissingen vanuit een situatie van geestelijke en lichamelijke uitputting.

En het gaat niet om mij alleen, het gaat ook om Junior, vooràl om hem. Welke taal hij later als zijn moedertaal gaat beschouwen, welk land als zijn moederland, waar hij vrienden zal gaan maken, zal gaan studeren, zijn toekomstige partner zal ontmoeten... Cruciale dingen in een mensenleven. Ze vloeien allemaal voort uit de keuzes die ik nu voor hem maak.

Hoe meer ik dat besef, hoe minder begrip ik kan opbrengen voor mijn ouders. Ik vind het onbegrijpelijk dat mijn moeder mijn vader en mij in haar onvrede heeft meegesleurd, dat ze ons heeft laten bloeden voor haar eigen onvolwassen keuzes. Maar ik verwijt ook mijn vader dat hij met haar meeging, terwijl hij gelukkig en tevreden was in zijn eigen dorp. Dat hij in Nederland geen vader voor me is geweest, niet de ballen had om zijn verantwoordelijkheid te nemen en de kracht om boven zichzelf uit te stijgen. In plaats daarvan wentelde hij zich in zelfmedelijden.

Sommige mensen zijn het niet waard om kinderen te krijgen, om dat kostbare, kwetsbare gewicht te dragen. Al het verdriet dat eruit voortvloeit, alle ellende die erdoor ontstaat. Ik moet er niet te veel over nadenken, het maakt me triest en wanhopig.

Ik sla het boek dicht en draai me op m'n zij, kijk naar Junior. Ik ga er alles aan doen om hem een fijne jeugd te geven. En ook daarna zal ik altijd voor hem blijven zorgen. Altijd van hem blijven houden.

Paco spitst zijn oren en kijkt naar de deur. Hij piept

zachtjes. Nu hoor ik het ook: gekraak op de trap. Is het werkend hout? Paco staat op, schudt zich uit. Loom kwispelend met een lage staart loopt hij naar de deur, hij heft verwachtingsvol zijn kop.

Te laat realiseer ik me wat dat betekent.

De deur klapt open. De man die naar binnen stormt, hijgend, met opengesperde ogen en met een golfclub in zijn vuist, is nauwelijks nog herkenbaar als Anthony. Zijn gezicht is grauw en bezweet en er loopt een straaltje bloed uit zijn neus. Hij haalt meteen uit naar de hond; raakt hem met een doffe klap. Paco jankt, krimpt in elkaar en slaat op de vlucht. Zijn poten roffelen op de trap naar beneden.

Anthony slaat de deur achter zich dicht. Zijn haar plakt aan zijn voorhoofd en slapen, zijn ogen staan verwilderd. 'M'n goud, Ellis!'

Ik blijf als verstijfd tegen het hoofdeind aan gedrukt zitten, het dekbed tot aan mijn kin opgetrokken. *Hoe kan dit? Hoe kan hij ons hebben gevonden?*

Hij komt op me af, heft de golfclub. 'Ik breek alle botten in je lijf.'

'Niet doen, Anthony, nee, je –'

'Houd je bek!' Hij is in een paar stappen bij me en trekt de dekens van me af. 'Ik stomp je helemaal de tering!'

Junior begint te huilen.

'Daar, daar ligt het in!' roep ik, en ik wijs naar de zwarte rugzak, die sinds ik hier ben aangekomen niet van zijn plek is geweest. Hij ligt op de stoel naast de deur. 'Neem het alsjeblieft, pak het allemaal.'

Anthony loopt behoedzaam achteruit, grijpt de Eastpak beet en tilt hem van de stoelzitting om het gewicht te schatten.

'Openmaken,' zegt hij, en hij smijt de tas op bed.

De man die aan het voeteneind staat, lijkt in niets meer op de Anthony op wie ik ooit verliefd ben geworden. Hij is een vreemde. Een kwaadwillende, levensgevaarlijke vreemde. Zijn irissen lijken wel zwart; koude, glinsterende gaten in rood dooraderde oogbollen. Bloed drupt uit zijn neusgaten, loopt over zijn lippen. Hij heeft het niet door. Ik besef dat het geen zin heeft om te proberen contact met hem te krijgen, om überhaupt iets te proberen. Anthony zal op alles reageren met geweld. *Dodelijk geweld.*

Mijn vingers vinden trillend de ritssluiting van de rugzak. Ik trek hem open, laat Anthony de inhoud zien. 'A-alles zit er nog in. Anthony, ik moest –'

De eerste klap zie ik niet aankomen. Bij de tweede voel ik mijn bot knappen.

23 DAGEN EERDER

83

Ik lag halverwege de trap, mijn vuist om een houten spijl geklemd, en ik keek naar beneden. Sophie was vele meters lager op het visgraatparket in de hal terechtgekomen, haar gezicht naar boven gericht, haar benen in een vreemde hoek. Er stroomde donker bloed uit haar achterhoofd.

Ze leefde nog.

Ze leefde en ze keek me aan en ze sprak tegen me.

Ik kon niet verstaan wat ze zei. Het was gefluister, als geknisper van papier, dat geleidelijk overging in een diep, hol gezucht, alsof ze een reusachtige vis was die naar de kant was gehaald. Ze kromde haar rug, kroop in foetushouding. De glinsterende aureool om haar hoofd werd langzaam groter. De vloeistof was dik, bijna zwart. Het leven glijdt uit haar weg, dacht ik. Ik zag het voor mijn ogen gebeuren en ik kon het niet voorkomen. Ik kon de tijd niet terugdraaien. Mijn actie niet ongedaan maken. Zelfs als ik nu 112 belde, zou het te laat zijn.

Ik keek en bleef kijken, tot ik haar gezicht grauw zag worden en haar ogen in de kassen naar boven zag rollen, zodat alleen nog haar oogwit zichtbaar was. Een diep buikgeluid, een langgerekte zucht, dat waren de laatste geluiden die ze maakte.

Ik wilde dat ik niet had gekeken, dat ik het niet had gezien. Ik had alleen maar mijn ogen hoeven sluiten.

Maar dat deed ik niet.

Het lukte me nauwelijks om in beweging te komen. De wond van de wildstrik deed gemeen zeer, mijn spieren gehoorzaamden niet.

Ik lag daar maar, hijgend, in mijn hoofd fladderden gedachten paniekerig rond. Na een poos voelde ik mijn hart minder snel slaan, werd mijn ademhaling rustiger.

En ik wist wat me te doen stond.

Ik ging in elk geval niet de politie bellen; de kans bestond dat ze het niet als ongeluk zouden afdoen.

Natuurlijk, ik kon hun de gruwelkamer wijzen waar Sophie haar opgegraven moeder bewaarde, en de zaal met de poppen. Ik kon vertellen dat Sophie mij als haar verongelukte tweelingzus zag en dat ze me gedrogeerd had en mijn haar had afgeknipt. Ik kon mijn enkel aan hen laten zien – die duidelijk medische zorg nodig had – en vertellen dat Sophie overal op haar terrein strikken en klemmen had verstopt. Dat kon ik allemaal doen. En dan nog was het onzeker of ze dit als een ongeluk zouden beschouwen en me vrijuit lieten gaan. Mogelijk wilden ze me gedurende de onderzoeken hier in de buurt houden, of me zelfs vastzetten.

Daar kwam bij dat ik betwijfelde of ik bij mijn aanvankelijke verhaal zou kunnen blijven. Ik vreesde dat ik door het gebrek aan voorbereiding en door alle stress misschien wel iets zou zeggen waardoor er alarmbellen zouden afgaan bij scherpe, specifiek op dit soort zaken getrainde rechercheurs.

Het was niet te voorspellen.

Wat ik wel kon voorspellen: de media zouden als uitgehongerde honden op dit horrorverhaal duiken. Het nieuws zou Frankrijk lange tijd beheersen en natuurlijk ook de Nederlandse pers halen. Ze zouden de dorpelingen komen interviewen over wat zij wisten van de hele situatie, over Sophie en haar moeder. Mijn achtergrond zou worden uitgezocht en mijn naam zou in no time uitlekken. Foto's van mijn hoofd vertoond op alle sociale media. DIT IS ELLIS M., DE VROUW DIE HET HORRORHUIS OVERLEEFDE! *Een journalist zou het niet kunnen laten er een boek over te schrijven.*

En het enige wat ik wilde was Junior zo snel mogelijk weghalen bij z'n vader, en samen met hem in de anonimiteit verdwijnen.

Ik wilde niet opnieuw de speelbal worden van andermans beslissingen, me nog langer voegen naar hun keuzes. Naar die van mijn ouders, van de kinderbescherming, van Anthony, van het Franse ziekenhuispersoneel, van Sophie.

Het had allemaal al lang genoeg geduurd. Ik had het al veel te ver laten komen.

Dus belde ik de politie niet.

Ik belde niemand.

Ik hinkte met een boog om Sophies ontzielde lichaam heen, doorzocht haar privévertrekken en vond dozen en blikken met verband en allerlei zware pijnstillers en medicatie – ze had het allemaal bewaard uit de periode dat ze voor haar moeder had gezorgd. De uiterste gebruiksdata waren overschreden, maar de medicatie bleek nog prima te werken.

Ik ontsmette en verbond mijn wond, slikte de pijnstillers en antibiotica, en de volgende ochtend pakte ik een kruiwagen uit de schuur. Niet nadenken, doorpakken. Ik moest een knop omzetten om te kunnen doen wat ik moest doen. Met moeite wist ik Sophies verstijfde lichaam in de kruiwagen te hijsen. Gelukkig was ze niet zwaar.

Haar moeder woog helemaal niets meer, zou ik later die week tot de ontdekking komen.

In de weken erna heb ik Sophies meubilair, kleding en persoonlijke spullen opgeslagen in de zaal met de poppen. De twee hangende poppen en de geborduurde, ingelijste spreuk overgoot ik met benzine en verbrandde ik op het veld.

Ik vond contant geld in een dressoir, waarvan ik bij IKEA een nieuwe uitzet kocht. Servies en bestek, een bed, een box en een eetstoeltje voor Junior. Het ledikantje zou ik later kunnen ophalen. De slaapkamer boven, de keuken en Sophies woonkamer gaf ik een verfbeurt.

Half strompelend bleef ik in beweging, als een machine ging ik door. Bijna drie weken lang wisselde ik het werk aan het huis af met de rust waar mijn gewonde enkel om vroeg.

Ik sloot mijn gedachten af, ik handelde alleen maar. Vast-

besloten. Ik liet me door niets meer tegenhouden, niet door andermans keuzes, niet door mijn eigen angsten, niet door de beperkingen van mijn kapotte lichaam.

Ik was nu aan zet. Ik had een plek nodig om met Junior te kunnen landen en uit te rusten.

En ik had mijn plek gevonden.

84

Ellis ligt op bed, stil. Ze beweegt niet meer.

Kleine Anthony krijst aan één stuk door.

Je moet maken dat je wegkomt voordat iemand jou met deze plek in verband brengt.

'Hé, gast, rustig maar. Komt goed,' mompel ik, en ik pluk kleine Anthony uit z'n ledikantje. Hij heeft een slaapzak om, zijn beertje bungelt in zijn knuist. 'Neem die maar mee, ja,' zeg ik, en ik loop meteen naar de deur. Ik wil niet meer naar Ellis kijken. Ik schaam me nu al voor wat ik heb gedaan.

Je bent een klootzak, Anthony.

Maar ze heeft het over zichzelf afgeroepen.

O, echt joh?

Heb ik nou godverdomme ook al stemmen? Ik moet even wat bij pakken, een beetje helderder in m'n kop worden, minder para, minder klote, maar dat gaat niet met die kleine op m'n arm.

Zodra ik terug ben in Marbella ga ik afkicken.

Haha, lukt je toch niet.

'Hou je bek!' schreeuw ik. Mijn stem galmt door de hoge hal en mijn voetstappen kraken op de trap. Beneden zit de meest waardeloze waakhond van Europa weggedoken in een hoek naar me te kijken. Bange wezel. Hij heeft partij gekozen voor haar, nu zoekt-ie het maar uit ook.

Ik doe de voordeur open en loop naar buiten. Absolute stilte, totale rimboe. Wat een gat is dit. Hoe is ze hier terechtgekomen? *Je kunt het haar niet meer vragen.*

Kleine Anthony is stil. Ik zie zijn oogjes glimmen, zijn handje zit klemvast om m'n shirt.

'We gaan naar de auto, ventje, we gaan naar huis,' fluister ik. 'Naar het huis met de palmboom.'

Het is behoorlijk afgekoeld, toch zweet ik. Mijn shirt plakt aan mijn lijf, die rugzak is godsgloeiend zwaar; voor bijna twee miljoen aan goud. Mijn golfclub en het pistool. Ik sjouw me een breuk door het hoge tyfusgras, dat vochtig is van de dauw. Mijn sneakers zijn doorweekt. Takke-eind naar de Cayenne. Blij als ik hier weg ben. Kloteland ook, Frankrijk. Versta geen moer van wat ze hier zeggen. Ik zal me een stuk beter voelen wanneer ik de grens met Spanje over ben. Tweeëntwintig uur naar Casa las Palmeras, misschien kan ik het in één ruk halen. *Vergeet het. Je valt straks gewoon weer in een coma.*

Zei kleine Anthony dat nou? Dat kan hij toch niet? Ik stop, kijk fronsend naar mijn zoon. Die loert stilletjes om zich heen, zo te zien onder de indruk van de vroege wandeling. *Nee, tuurlijk was hij het niet, je bent het zelf, verslaafde sukkel, je hoofd is stuk. I'm losing it.* Losing it? *Vond je toch zo'n lekker nummer? Pa-pa-pam-pam, pa-pa-pam-pam, pa-pa-pam-pam... Nou, daar ga je dan, je bent aan het doordraaien.*

'Niet!' Ik knijp mijn ogen dicht, en nog eens, houd mijn

zoon steviger vast en loop door, in de richting van de poort. Een luid 'oehoe' klinkt door het bos, weerkaatst tussen de stammen. Gehamer en geklop van een specht. Kutbeesten. Geen mens op straat, hoe zou 't ook. Daar staat-ie al, m'n Cayenne.

Ik maak hem open, plant kleine Anthony op de bijrijdersstoel en doe hem de gordel om. Minder para in m'n kop zou goed zijn; als ik onderweg die stemmen blijf horen, word ik gek. Dan gaat het niet goedkomen.

Ik open het handschoenenvak en haal de fles whisky eruit. Neem een paar flinke slokken. Ja, dat scheelt, ik voel meteen al verschil. Nog wat meer is beter, denk ik. *Meer is altijd beter.* Ik neem nog een paar slokken, schroef de dop terug op de fles en leg hem op z'n plek.

Kleine Anthony begint te jengelen. Hij draait zich half om, plukt geïrriteerd met z'n kleine garnalenvingers aan de gordel, en als hij doorheeft dat die niet meegeeft, klapt hij zijn bovenlijfje dubbel over zijn beentjes heen, zijn armpjes dramatisch vooruitgestoken. 'Whaa-whaa!'

Hij stampt verwoed in de trappelzak. Dan lijkt hij ineens de gordel door te krijgen; hij zakt naar beneden en wurmt zich eronderuit. De riem zit nu ter hoogte van zijn nek, hij verhangt zich zo onderhand, en hij wroet en draait net zolang tot hij bevrijd is. Ik kan hem nog net opvangen voordat hij op de vloer voor de stoel terechtkomt.

'Fúck! Werk nou eens mee, man!'

Ik maak de gordel los, plant kleine Anthony op de zitting en klik hem opnieuw vast, maar hij zet het meteen op een krijsen. Terwijl ik hem rustig probeer te krijgen, ruik ik de stank die uit die trappelzak opstijgt. Ik wend me af, trek mijn T-shirt over de onderste helft van m'n gezicht.

Shit. Letterlijk. De gore stank zit al in mijn neusgaten, overal. Ik had pampers moeten meenemen, en een autostoeltje. *Sukkel, dat had je vooraf toch wel kunnen bedenken?*

'Bek houden!' Ik grijp over kleine Anthony heen naar de middenconsole en pak er een sealzakje uit. Paar puntjes is genoeg. Even de kop helder maken.

Ja, wakker. Top. Werkt altijd. Goed spul.

Junk.

'Houd je bek!'

Kleine Anthony weet nu wat hij moet doen om los te komen. Hij is alweer halverwege de zitting naar beneden gegleden, zijn in trappelzak gestoken beentjes bungelen over de rand.

Ze vond je altijd al een ordinaire vent. Bleef alleen bij je om de centen. Maar ja, je bént ook ordinair, toch? Altijd maar bezig met spullen, vreten, zuipen, neuken. 'Ik had verdomme strandtenten, restaurants, tig man personeel. Al die lui die ik aan de vreet heb gehouden!'

Toch blijf je een ordinaire gast.

Je moeder zag dat goed, hoor.

Kleine Anthony brult de longen uit z'n lijfje. Ik grijp hem beet, ram hem in de zitting. 'En nou blijf je zitten!'

Hij gaat nog harder schreeuwen.

Ga je je kind nu meppen? Echt joh, gast, je enige zoon, zodat hij je gaat haten als hij volwassen is, net zoals iedereen jou haat? Zelfs je vrouwen lopen van je weg. Behalve wanneer je ze per uur betaalt.

Ik neem een slok uit de fles, sla het portier dicht en draai mijn rug naar de auto toe. Twee, drie, vier slokken. Ik kan niet tegen dat gekrijs. Ik word er knettergek van.

De fles is leeg. Ik gooi hem in de struiken en stap achter het stuur.

85

Het is licht aan het worden als ik over het veld naar het kapitale pand rijd. Kleine Anthony is gelukkig opgehouden met krijsen, rijden vindt hij leuk, maar ik ga er niet op gokken dat hij de hele weg naar Andalusië zo braaf blijft zitten.

Ik parkeer de Cayenne op het grind voor het bordes, pal achter de Citroën met Frans kenteken. Daar zit een autostoeltje in. Ik probeer de portieren; afgesloten. De sleutel ligt vast in d'r tas.

Ik wil niet terug naar binnen.

Ik schaam me voor wat ik gedaan heb.

Maar ik moet.

Via de voordeur kan ik er niet meer in, die heb ik bij vertrek achter me dichtgetrokken. Ik haast me naar het raam aan de zijkant van het huis, waar ik eerder door naar binnen ben geklommen. De ruit was al kapot toen ik hem ontdekte achter een paar taaie stengels hedera. Ik zet me af, klim erdoorheen en kom terecht in een trapportaal. Recht tegenover me zijn dubbele glazen deuren die uitkomen op een lange gang.

Toen ik hier eerder vannacht liep, had ik nog geen idee van wat of wie ik hierbinnen zou aantreffen. Ik heb met mijn pistool in de aanslag deze smerige, oude rechtervleugel doorzocht en ben doorgelopen naar het appartement aan de andere kant van de centrale hal – het leek bewoond en het rook er naar verse verf, maar er was niemand –, totdat er nog één mogelijkheid overbleef: helemaal boven. Daar bleken twee ruimtes te zijn. Een opslaghok zonder raam en de kamer waar ik Ellis met kleine Anthony aantrof.

Ik loop de hal in. De hond is weg. Ik neem de trap naar boven en zie dat de slaapkamerdeur nog openstaat. Paco ligt op bed. Hij begint te grommen.

'Bek houden!' schreeuw ik, en ik weersta de neiging om dat pokkebeest kapot te schieten. Paco legt zijn oren in zijn nek en wendt zijn kop af. Ik probeer niet naar Ellis te kijken, die achter de hond roerloos op haar buik ligt, haar achterhoofd naar mij toe gekeerd. Mijn maag trekt zich samen als ik de bloedspatten op het dekbed zie. Het zijn er veel. *Ze had gewoon normaal moeten doen. Mij niet moeten bestelen. Niet zo moeten liegen.*

Links van de deur zijn een wastafel, een wc en een kastje. In het kastje vind ik een tas met pampers. Speentje, rammelaar, billendoekjes, al die zaken die je nodig hebt. Ik prop alles in een tas die erbij ligt, een ding met vrolijke konijntjes erop, en dan zie ik Ellis haar tasje liggen. Wat was het ook alweer, Saint Laurent? Nee, Gucci. In de P.C. Hooft meer dan twee mille voor neergeteld, toen ze nog normaal deed. Ik maak het open en haal er een bos sleutels uit. Er zit eentje van een Citroën aan.

Goed, da's geregeld. Ik pak het hele boeltje bij elkaar en loop de kamer uit. Kijk niet meer naar het bed. Ik ruik het bloed, verdomme, de weeïge ijzergeur. *Je zult het nooit weten, hè, wat ze hier deed. In dit kapitale, half vervallen huis zonder beveiliging, zonder camera's in de bush.* 'Boeit ook niet!' schreeuw ik voor me uit, en ik snel de trap af.

Gekrijs. Ik hoor het al door de voordeur heen. Kutzooi. Als ik hem opentrek, klinkt het harder. Ik haast me naar de Cayenne.

Kleine Anthony ligt op de vloer voor de bijrijdersstoel, zijn smoeltje is rood aangelopen en zit vol snot.

'Wat ben je dan ook allemaal aan het doen, man!' Ik doorzoek de tas en vind doekjes waarmee ik zijn gezicht droogmaak. Hij wordt iets rustiger nu hij mij in de smiezen heeft. 'Ik laat je toch niet alleen, wat denk jij nou. Het komt goed.' *Het komt helemaal niet goed. Je hebt z'n moeder vermoord, idioot.*

'Kijk eens wat papa heeft voor jou.' Ik haal de rammelaar tevoorschijn.

Kwaad mikt hij hem weg. *Terecht.*

'Nou, dan niet, joh.'

Ik haal een luier uit de verpakking. Dat gaat verre van soepel, mijn handen beven aan één stuk door.

Moordenaar, je hebt mijn moeder vermoord.

Ik knijp mijn ogen tot spleetjes. Hoe kan hij dit nou zeggen? Kleine Anthony kan toch nog helemaal niet praten? *Moordenaar, moordenaar.*

'Hou op!' roep ik, maar de stemmen klinken alsmaar harder, ik krijg ze niet stil. Af en toe lijkt het of kleine Anthony meedoet, of hij mee heult met die types.

Iedereen is tegen je. Niet zo gek toch? Mafkees.

Ik leg hem op de achterbank en trek zijn broekje uit, maak de drukknopen van het rompertje los. De stank is niet te harden. Ik moet ervan kokhalzen. Kleine Anthony's luier zit helemaal vol, en hijzelf zit tot aan z'n nek onder. Die pamper lijkt wel een kilo te wegen. Hij belandt met een pets op het grind en ik maak mijn zoon met vochtige doekjes zoveel mogelijk schoon. Hij blijft geen seconde stilliggen, hij jammert en draait, ik moet hem steeds opnieuw op z'n rug leggen.

Uiteindelijk lukt het me. Mijn haar plakt aan m'n slapen, het zweet staat me op de rug, en als ik naar beneden kijk, zie ik dat mijn shirt nat is. Droogt wel weer op. Viezigheid aan m'n handen. Ik maak ze zo goed en zo kwaad als het gaat schoon en mik de vieze doekjes op de vloer voor de achterbank. Nu moet ik hier echt weg. Ik leg kleine Anthony op het grind, maak de Citroën open en probeer gehaast dat verrotte kutstoeltje van de achterbank los te maken. Priegelwerk, klotesysteem. Wie verzint zoiets?

Het duurt nog veel langer voor ik het aan de gordel op de achterbank van de Cayenne heb kunnen vastzetten. Maar ik krijg het voor elkaar.

Ik gris een sigaret uit een pakje dat in het dashboardkastje ligt en wil die opsteken, tot ik besef dat ik op deze plek niets moet achterlaten. Gauw stop ik de sigaret terug en schep een paar puntjes uit het sealzakje.

De zon is opgekomen. De vogels fluiten zo luid dat het bijna zeer doet. Het komt enorm hard binnen allemaal. De zon ook, die brandt in m'n ogen. Kleine Anthony is het gras in gekropen, hij heeft het naar z'n zin, grijpt naar grashalmen, kijkt verwonderd om zich heen.

'Genoeg gespeeld.' Ik pluk hem tussen het groen vandaan en snoer hem vast in het stoeltje. Geef hem zijn beertje en de rammelaar. Die laatste smijt hij kwaad van zich af.

'Net zo ondankbaar als je moeder,' zeg ik, en ik ga achter het stuur zitten.

Ik start de motor, doe mijn gordel om. Het is te hopen dat ik zo meteen wat rustiger word, want ik voel me klote. 'Ik ga nu rijden,' zeg ik tegen de voorruit. Mijn handen liggen trillend op het stuur. *Niet in de spiegel kijken, junk.*

Als ik de versnelling in z'n achteruit zet, zie ik iets geks. Er beweegt iets op het bordes, en het komt hierheen. Nee, dit is niet echt. Het kan niet echt zijn. Verdomme, het gaat niet goed. Para, veel te para. En de drank ligt in de achterbak.

De gestalte, de nachtmerrie, komt op de Cayenne afgelopen, wankel, schokkerig. Of ligt dat aan mij, trilt het beeld al net zo heftig als m'n handen? Je zou zeggen dat het Ellis is, maar dat is onmogelijk. Haar gezicht is rood besmeurd en opgezet, het haar piekerig, donker. Ze richt een wapen op me. Ik ken zulke wapens, het is een jachtgeweer. *Dubbelloops, ze leggen er herten mee om, altijd prijs.*

De zijruit van de Cayenne breekt. De voorruit spat uit elkaar. Gaten in het dashboard. Mijn oren suizen. Gebeurt dit echt? Shit, *hell*, het is echt, ik moet weg, ik moet –

JONG NEDERLANDS GEZIN VERMIST IN MARBELLA

Van onze correspondent – Marbella

In Marbella, Zuid-Spanje, is een jong Nederlands gezin vermist. De vermissing is aan het licht gekomen toen personeel van het Amsterdamse stel aan de bel trok.

Het gaat om de 43-jarige horecaondernemer Anthony M., zijn 35-jarige vrouw Ellis M. en hun zoontje Anthony Jr., die ten tijde van de vermissing ongeveer negen maanden oud was. Het is onbekend hoelang het gezin precies is vermist.

Losse leefstijl

Anthony M. en Ellis G. hielden er een losse levensstijl op na. Volgens bronnen ter plaatse was met name zakenman Anthony M. een veel geziene gast in het partyscene aan de Costa del Sol. Anthony M. was in Nederland eigenaar van enkele horecagelegenheden en mede-eigenaar van onder meer een groothandel in olijfolie en een luxe sloepenbouwbedrijf.

Mexicaanse Carmen *(echte naam bekend bij de redactie)* was

als een van de personeelsleden verantwoordelijk voor de schoonmaak van de kapitale villa van het gezin. Zij vertelt ons dat er vaak een ruzieachtige sfeer hing. Het personeel was het gewend om omgevallen meubels recht te zetten en kapotgegooid servies en rondslingerende lege flessen op te ruimen. 'Het was eigenlijk geen omgeving voor een baby, maar je doet je werk en je gaat weer weg. De mensen hier zijn erg op zichzelf. Meer dan "hallo" en "dag" zeg je niet tegen elkaar,' aldus Carmen.

Verdacht

Enkele maanden geleden bleek er meer aan de hand te zijn: een schuifpui lag aan diggelen. Het personeel ging ervan uit dat de familie op reis was of tijdelijk in een ander huis was getrokken, omdat ook de hond en beide auto's van het stel weg waren. Toen de schuifpui een maand later nog niet was gerepareerd, trok een tuinman bij de politie aan de bel.

Onderzoek

Volgens een bron bij de Guardia Civil in Marbella is de telefoon van Anthony M. teruggevonden in de berm van de snelweg vlak bij de mondaine kustplaats. De telefoon van Ellis M. gaf enkele maanden eerder het laatste signaal af op eigen terrein. De politie vond diverse aanwijzingen dat de moeder van de baby daarna nog in haar geboorteland Frankrijk is geweest. Deze sporen liepen dood. Opmerkelijk detail is dat de BMW-cabriolet waarin Ellis M. reed, is aangetroffen in een buitenwijk van Faro, Portugal. De auto van Anthony M., een blauwe Porsche Cayenne GTS, is spoorloos.

Opsporing

Er zijn sterke aanwijzingen dat Anthony M. betrokken was, en mogelijk nog steeds is, bij criminele activiteiten. De Spaanse politie roept iedereen die iets weet op zich te melden. Dit kan rechtstreeks bij de Guardia Civil in Marbella.

Het stel is door de Spaanse politie op de internationale opsporingslijst geplaatst.

14 MAANDEN LATER

86

Ik was op slag verliefd op dit huis toen ik het in een brochure van een makelaar te koop zag staan. Het is een voormalig boerderijtje in de voor deze regio zo typische vakwerkstijl, vrijstaand in het groen. Vanaf de weg gezien ligt het grotendeels verstopt achter een immense notenboom, de tuin is omzoomd met heggen waar vogels in nestelen en er ligt een appelboomgaardje bij. De achterzijde biedt vrij uitzicht over het heuvelachtige landschap en de zee is hier nooit ver weg: als de wind vanuit het westen waait, kan ik hem in de keuken horen ruisen. Beelden, geuren en geluiden die in mijn geheugen waren weggezakt, bleken hier springlevend. Het voelt alsof ik na een lange, bewogen reis ben thuisgekomen.

Kort na de aankoop heb ik de schuur laten renoveren. Het voorste gedeelte ben ik nu op mijn gemak aan het inrichten als schoonheidssalon. Er is geen haast bij, want ik moet mijn papieren opnieuw gaan halen; ik volg hier in de stad een opleiding van drie jaar. Op lesdagen breng ik Junior naar de *garderie* in ons dorp. Als ik zie hoe leuk hij het daar heeft met de andere kinderen, hoe snel hij vriendjes maakt en hoe open en enthousiast hij reageert op de leidsters, besef ik eens te meer hoe eenzaam en verknipt hij zou zijn opgegroeid binnen de hoge hekken van Casa las Palmeras.

Nu hoef ik alleen maar naar dat blije snoetje te kijken om te weten dat ik de juiste keuze heb gemaakt. Ik kan me geen betere plek voorstellen om op te groeien voor een kind.

Het huis ligt net buiten het dorp, het is maar een korte wandeling naar het schooltje. Op hetzelfde plein zitten ook het gemeentehuis en de bakker, en we hebben ons eigen postkantoor en politiebureau – overzichtelijk en veilig, precies zoals ik het me herinner van vroeger. Mijn geboorteplaats ligt hier dan ook niet ver vandaan; hemelsbreed veertig kilometer. Mijn vader zou er nog steeds wonen, in dezelfde straat als zijn ouders; mijn opa en oma, die ik me nauwelijks nog voor de geest kan halen.

Af en toe overvalt me het verlangen om erheen te rijden en Junior te laten zien waar mama haar jeugd heeft doorgebracht. Om mijn vriendjes van de basisschool op te sporen, uit te zoeken wie er nog wonen en wie er weggetrokken zijn. Hoe zien ze er nu uit? Zijn ze getrouwd, hebben ze zelf kinderen gekregen? *Misschien kan ik zelfs even met papa praten.*

Nee, dat kan niet.

87

'Kom maar, lieverd, hop!'

'Paco mee!'

'Nee, Paco blijft thuis, bij Mégan.'

Ik snoer Junior vast in de maxicosi in de bijrijdersstoel en zwaai naar mijn oppas, die met Paco naast zich in de deuropening staat.

Mégan woont in een appartementje boven de bakker. Ze is dol op honden en zou er het liefst tien hebben, maar ze passen niet in haar leven zoals het nu is. Moet ik een dag of langer weg, dan past zij op het huis en op Paco. Voor haar voelt het als een minivakantie, en ik heb de zekerheid dat ik alles goed verzorgd achterlaat.

Huisje, boompje, beestje, schiet het door me heen als ik achter het stuur ga zitten en de auto start. Moeder, kind en hond vormen een harmonieuzer geheel dan de meeste andere gezinnen waarmee ik in mijn leven te maken heb gehad.

Ik rijd onder de laag overhangende takken van de notenboom door de oprit af en zet koers naar Villefranche-sur-Saône, waar we zullen overnachten.

Elk eerste weekend van het nieuwe kwartaal ondernemen we deze rit dwars door Frankrijk, en het is elke keer opnieuw stressvol. Maar ik zal wel moeten.

Ik zet een vrolijk muziekje op en meteen begint Junior naast me mee te zingen – woordjes en klanken die hij herkent, en die hem blij maken. Voor mijn zoon is dit een uitje: vanavond eten we bij Buffalo Grill en slapen we samen in een tweepersoonsbed in een hotel langs de snelweg.

Morgen is het dan nog slechts een uurtje rijden.

88

Toen Jean-Claude, een makelaar uit Lyon, voor de tweede keer langskwam op het jachthuis en ik hem het terrein liet zien, zei hij dat hij het in de markt wilde gaan zetten voor ruim anderhalf miljoen. 'Misschien wat meer. Dit soort huizen wordt schaarser, zeker met deze hoeveelheid grond.'

We liepen naar de familiebegraafplaats. Het was windstil en nog aangenaam voor de tijd van het jaar, de herfstzon legde alles in een gouden gloed.

'Je zou hier een hotel kunnen beginnen, of een retreat,' ging Jean-Claude verder. 'Maar het zou me niet verbazen als een particulier het zou aankopen. Dezer dagen vinden mensen het fijn om zich op hun eigen eilandje terug te kunnen trekken, om een eigen wereld te kunnen creëren, ver weg van de stad en de gekte.' Hij grinnikte. 'Er moet natuurlijk nog wel wat aan gebeuren, maar de charme... die is onmiskenbaar.'

'Da's mooi,' zei ik zacht.

'U vindt het zeker wel moeilijk om afscheid te moeten nemen?'

Ik knikte afwezig.

'Weet u al waar u naartoe gaat?'

'Naar de kust, misschien Normandië.'

'Prachtige streek. Je kunt er heerlijk eten ook.' Hij bleef stilstaan. Zijn blik schoot over mijn gezicht, nog eens, hij krabde in zijn nek. 'Madame, ik... ik wil u geen indiscrete vragen stellen, maar –'

'U wil weten wat er met mijn gezicht is gebeurd,' zei ik. 'Wees gerust, dat vraagt iedereen.'

De schade die Anthony aan mijn gezicht heeft toegebracht is aanzienlijk. Ik had wel dood kunnen zijn. *Hij dacht dat je dood was, Ellis. Daarom kun je dit nog navertellen. Omdat hij te laf was om dichtbij te komen, om te controleren of je nog ademde.*

Alleen daarom leef je nog.

'Excuses,' Jean-Claude hief zijn handen, de handpalmen naar me toe gekeerd. 'Het gaat me uiteraard niet aan.'

'Het is geen geheim. Ik heb een fietsongeluk gehad in de Belgische Ardennen.'

Hij trok een pijnlijk gezicht. 'Wat afschuwelijk.'

'Ik ben blij dat ik nog leef.'

'Het was nog niet uw tijd. *Notre Seigneur...*' Hij wees naar de wolken. '...heeft vast nog grote plannen met u.'

'Wie weet.'

'Het ongeluk heeft u in elk geval uw charme en schoonheid niet ontnomen, als ik zo vrij mag zijn.'

Ik perste er een glimlachje uit.

Al wandelend waren we aanbeland bij de uiterste grens van het veld. Boven de dichte haag zag ik de daken van het kasje en de houten schuur uitsteken.

'Het stuk grond waarover ik u vertelde ligt daarachter,' zei ik. 'Dat verkoop ik er uiteraard niet bij.'

'De familiebegraafplaats.'

Ik knikte. 'Er komt binnenkort nog een extra afzetting om het perceel heen, en er wordt een nieuwe oprit aangelegd vanaf de andere kant door het bos. De nieuwe eigenaren van het huis zullen geen enkele hinder ondervinden van deze plek.'

'Overlast lijkt me sowieso niet aan de orde. Je kunt geen betere buren hebben.'

'Wat bedoelt u daarmee?'

'De doden houden geen feestjes, madame.'

'Ah zo,' zei ik afwezig.

Hij herstelde zich meteen toen het tot hem doordrong dat zijn joligheid uit de toon viel bij het verlies van mijn moeder en mijn grootouders, en hij trok een plechtig gezicht. 'De grond waarin je voorouders begraven liggen verkoop je niet. Die eer je.'

'U snapt het. Het blijft voor altijd in de familie, onze wortels liggen hier.'

89

Na de dood van Sophie doorzocht ik haar spullen. Onder in een lade met oude bankafschriften en een envelop met contant geld vond ik haar paspoort. Het was van 2003. Sophies rijbewijs bleek eveneens al vele jaren verlopen; ze reed zonder papieren rond, zoals zo veel plattelands-Fransen.

Identiteitsbewijzen van recentere data kon ik niet vinden. Ik dacht terug aan wat Sophie daarover had gezegd. Het was zoiets als: *Ik ben afgehaakt toen ze vingerafdrukken gingen verplichten. Die registratiedrang van de overheid is gevaarlijk.*

Ik bekeek de documenten. Het waren eenvoudige papieren uit een tijd waarin dat blijkbaar nog afdoende was: pasfoto, naam, handtekening en een stempel. Geen vingerafdrukken, geen ingewikkelde technologie.

Een paar dagen later trok ik een fleecevest van Sophie aan, sloeg een stola om en reed met haar Citroën naar het centre commercial dat op een halfuur rijden van het jachthuis ligt. Strompelend op een stel oude krukken die ik in een kelderkast had gevonden deed ik er wat boodschappen met Sophies bankpas. Ik kocht met haar geld ook een uilenbril zonder sterkte en een iPhone. Voor het afsluiten van een abonnement bleek ik een factuur van de energiemaatschappij nodig te hebben waarop mijn naam en adres stonden. Die vond ik die avond in een van Sophies ordners.

Een telefoon plus abonnement: eindelijk had ik weer contact met de buitenwereld. Ik installeerde een VPN en de Tor-browser, en nam de tijd om uit te zoeken hoe het in Frankrijk was geregeld met verlopen paspoorten en rijbewijzen.

De ochtend erna – ik had Junior net op bed gelegd – pakte ik opnieuw de krukken. Ik kleedde me als de meest wereldvreemde versie van Sophie, mét de uilenbril, wroette voor vertrek nog even flink in de tuinaarde, daarna door mijn haar, en besloot mijn handen niet te wassen. Nerveuzer dan ik ooit was geweest liep ik het gemeentehuis in van het stadje waar het jachthuis in de buurt lag. De Franse vlag wapperde boven de entree. Ik wachtte bloednerveus op mijn beurt terwijl ik naar mijn voeten keek, en overhandigde uiteindelijk weifelend Sophies paspoort aan de dame achter het loket.

'Zo, da's een oudje!' riep ze.

'Ik heb het nooit nodig gehad,' fluisterde ik hees.

'Nu wel dan?'

Ik haalde mijn schouders op en sloeg mijn blik neer. Elke seconde werd ik onrustiger. Wist ik genoeg over Sophies achtergrond om voor haar te kunnen doorgaan? Ze was opgegroeid in Parijs, kwam hier als kind in de zomer, en daarna dook ze pas weer op toen haar moeder ziek was geworden – haar sociale vaardigheden moest ze even daarvoor al verloren zijn. Maar wie weet had ze nog kennissen in de regio. Mensen die haar van gezicht kenden, of met wie ze wel eens een praatje maakte. Deze ambtenaar kon zomaar bij hen horen. Of zou ze heel goed in gezichten zijn en zien dat ik Sophie niet was? De foto op het paspoort was van vele jaren geleden en niet echt duidelijk, maar toch.

De ambtenaar zweeg even, alsof ze nadacht, nam toen het paspoort zonder verdere vragen in en zette alles in gang.

Voor haar was ik het zoveelste morsige, wazige plattelandsvrouwtje.

Op de dag dat ik met Junior en Paco uit Andalusië terugkwam, lag er een fonkelnieuw paspoort op Sophie Bonnet te wachten. Met mijn biometrische gegevens.

90

Nog een kwartier rijden naar ons einddoel. Ik merk het aan mijn lijf: de spanning slaat op mijn stem, en ik voel haar in mijn schouders en kaken.

Kort voor mijn definitieve vertrek uit het jachthuis heb ik een hoveniersbedrijf opdracht gegeven om het afgescheiden stuk grond bij te houden. 'Laat het gerust een beetje verwilderen,' heb ik gezegd. 'Het hoeft geen Versailles te worden, de natuur mag er enigszins haar gang gaan. Ik wil alleen niet dat de buren op wat voor manier dan ook overlast hebben. Dus als jullie na een storm of onweer kunnen controleren hoe alles erbij staat en ligt, heel graag.'

Ze hebben me inderdaad een keer gebeld om te zeggen dat er een boom was geveld door de bliksem en een stuk van het hek moest worden gerepareerd.

Het geeft me rust dat er mensen zijn die de boel daar in de gaten houden.

Mijn nervositeit bereikt een hoogtepunt als ik uitstap en het nieuwe metalen hek van het slot haal. Ik loop terug naar de auto, kruip weer achter het stuur en dan vang ik mijn spiegelbeeld op in de achteruitkijkspiegel. In een reflex sla ik mijn ogen neer, maar ik herpak me meteen en dwing mezelf om te blijven kijken. Ik haat dat litteken over m'n wang, waardoor mijn mond scheeftrekt wanneer ik praat. De kromming halverwege mijn neusrug. Mijn in tweeën gespleten wenkbrauw. Binnenkort heb ik een intake bij een privékliniek. Ik wil een nieuwe start. Ze doen maar wat nodig is, het boeit me niet; ik hoef niet per se op mijn oude ik te lijken.

Want Ellis Mulder-Leroux is vermist, en alleen ik weet dat zij nooit gevonden zal worden. Ellis is dood, en met haar stierf ook haar zoontje Junior.

91

Als je in Frankrijk ook maar één dag te laat bent met de geboorteaangifte, kun je bij de gemeente niet meer terecht. Het is dan een zaak voor het Openbaar Ministerie. Alleen daar mag je dan nog aankloppen, en je kunt er maar beter voor zorgen dat je een goed en consistent verhaal hebt, en de beste advocaat die je kunt vinden, want op te late aangiftes staan gevangenisstraffen en boetes. Erger nog: je kunt je kind kwijtraken. Die wetgeving is in het leven geroepen om de handel in kinderen en baby's tegen te gaan, nobel en vast noodzakelijk, maar die heeft me talloze slapeloze nachten gekost en tienduizenden euro's aan advocatenkosten.

Ik heb gewacht tot we in Normandië woonden. Junior was al ruim een jaar oud toen ik had uitgevogeld hoe het allemaal zat en wie de allerbeste advocaat was die me hierin kon bijstaan. Het bleek een weinig empathische kerel met een winnaarsmentaliteit te zijn – precies wat ik nodig had.

'Ik weet dat het onvergeeflijk is, sorry,' zei ik. 'Ik had gelijk de aangifte moeten doen, maar ik was van slag en de dood van mijn moeder...' Met trillende handen bedekte ik mijn gezicht. 'Het heeft te veel pijn gedaan, ik durfde nauwelijks nog het terrein af. Mijn zoon is... begrijp me niet verkeerd, ik hou zielsveel van hem, maar hij... hij is geen product van liefde.' Het kostte me niet veel moeite deze halve waarheid uit te spreken.

Ik kreeg een glaasje water. Er moesten DNA-tests worden afgenomen, vertelde hij me, waaruit vast moest komen te staan dat Junior mijn biologische kind was. De advocaat bereidde me erop voor dat er mogelijk psychologische en fysieke onderzoeken zouden volgen. Daaruit zou moeten blijken dat Junior een gezonde, gemiddelde dreumes was en ik – na opstartproblemen – een min of meer capabele en liefhebbende moeder. Ik heb in die tijd mijn nieuwe waarheid uit het hoofd geleerd en me die eigen gemaakt.

Vanzelfsprekend heb ik Juniors geboortedag gewijzigd; die uitgelezen kans om een dwaalspoor aan te brengen greep ik met beide handen aan. Mijn zoontje is nu geboren op een zondag – wie wil er nu niet een zondagskind zijn?

Milo Bonnet is de naam die pronkt op Juniors officiële papieren.

92

Ik til mijn zoon uit de maxicosi en zet hem op de bosbodem, zodat hij z'n beentjes kan strekken. Even laat ik hem begaan, dan pak ik hem op mijn arm en loop naar de houten schuur. Dit moment is het meest stressvol. Hoe ligt en staat alles erbij? Ik haal het hangslot van de deur, die krakend openvalt.

Binnen in de schuur is het stoffig en donker, op de zanderige vloer zijn kratten opgestapeld en er ligt vooroorlogs gereedschap. Ik gebruik mijn telefoon als zaklamp. De Cayenne staat nog op precies dezelfde plek als waar ik hem heb achtergelaten, onder een zeil met een laagje stof. Stenen houden het doek op z'n plaats. Ik loop eromheen. Die auto kan hier niet eeuwig zo blijven staan, als een rekwisiet uit een vorig leven. Of beter gezegd: een bewijsstuk. Ik heb het bloed weggepoetst, het chassisnummer uitgeslepen en al een begin gemaakt met de demontage. De Cayenne ga ik in delen afvoeren; een project dat ik over de komende jaren kan uitspreiden.

Mensen worden niet verknipt geboren, ze raken verknipt door wat ze tijdens hun leven voor hun kiezen krijgen, wat ze door anderen wordt aangedaan.

Anthony's zelfbeeld leed onder zijn afwezige pa die niets van hem wilde weten, en werd verder afgebroken door z'n moeder, die de frustraties over haar eigen onbevredigende leven op haar kind projecteerde. Eenmaal volwassen probeerde hij goedkeuring en respect af te dwingen met zakelijke successen, spiermassa, merkkleding. Hij strooide met oneliners alsof het toverspreuken waren – bezweringen waarmee hij in eerste instantie zichzelf wilde overtuigen. Dat ging goed, totdat hij zelfvertrouwen ging kopen voor vijftig euro per gram.

En Sophie... Mijn maag krimpt samen als ik aan haar denk. Ze was altijd zo opgeruimd en vol dadendrang. Ze zou zich vast en zeker ontwikkeld hebben tot een leuke, sociale, slimme vrouw als haar moeder de dood van haar zusje had kunnen accepteren – of toch in elk geval psychische hulp had gezocht. Maar de familiale gekte kon ongebreideld voortwoekeren dankzij het familiekapitaal en de geïsoleerde ligging van het jachthuis.

Ikzelf zou waarschijnlijk ook betere keuzes hebben gemaakt als mijn ouders hun verantwoordelijkheid hadden genomen. Door hun gestoorde relatie ontwikkelde ik een aversie tegen introverte, zachtaardige mannen, en trok ik een dominante partner aan van wie ik gaandeweg afhankelijk werd, zodat ik uiteindelijk ongelukkig en monddood een pad bewandelde dat niet het mijne was.

De meeste kinderen worden met goede bedoelingen op de wereld gezet, daarvan ben ik overtuigd. Maar niet iedereen heeft helder voor ogen met welke bagage zijzelf als ouder zijn opgezadeld – en waarmee ze onherroepelijk ook hun kinderen belasten. Generatie op generatie wordt de ellende doorgegeven en opgestapeld, totdat er een keer iemand onder die last bezwijkt – of er korte metten mee maakt.

Ik besef dat er nog veel zal moeten gebeuren voor ik de

meeste shit uit m'n systeem heb verdreven, en waarschijnlijk zal het me nooit lukken om alles op te ruimen. Maar één ding durf ik keihard te stellen: het houdt hier op, bij mij. Ik zal er alles aan doen om mijn kind niet te belasten met mijn geschiedenis en die van z'n vader.

Volgende maand wordt Milo twee. Als hij groter is, zal ik hem doen laten geloven dat zijn vader een knappe, slimme, blonde avonturier is, een naamloze onenightstand die niet op de hoogte is van zijn bestaan. Misschien dat ik hem ooit, wanneer ik ouder en verstandiger ben, de waarheid zal vertellen. Maar zoals ik er nu tegen aankijk, acht ik die kans klein. Het lijkt me voor Milo beter als hij gelooft dat de conceptie die tot zijn bestaan heeft geleid een daad van liefde en aantrekkingskracht was. Twee zielen die samensmolten en elkaar weer hebben losgelaten.

Losgelaten...

Ik pers mijn lippen op elkaar. Het gezicht van een stervende Anthony zal ik nooit van mijn netvlies kunnen wissen. Hij heeft nog even geleefd, misschien vanwege de hoeveelheid oppeppende drugs in z'n lijf. Hij zocht mijn blik, staarde me ongelovig aan en opende zijn mond alsof hij nog iets wilde zeggen. Maar ik was niet meer geïnteresseerd in zijn verhaal.

'*Maman, maman!*' Milo wordt onrustig op mijn arm. Hij wil lopen, spelen.

'Ja, schat, we gaan naar buiten.'

Ik sluit de schuurdeur af en loop naar de vier graven op de open plek.

Zo'n tien meter verderop staan twee jonge kersenboompjes in de herfstzon. Mooie exemplaren, elegant, vrouwelijk. Ik heb ze met zorg uitgezocht en zelf geplant. Er groeit al wat gras over de aarde. Ik loop erop af en leg mijn hand op de meest rechtse van de prille stammen. Breng mijn kin naar mijn borst en sluit mijn ogen. *Ik heb dit alles aan je te danken. Er gaat geen dag voorbij dat ik me dat niet realiseer.*

Ik kan alleen maar hopen dat ze zich beter voelt op de plaats waar ze nu is. Minder eenzaam, minder verloren.

Nog iets verder, apart van de rest, staat een boompje dat afwijkt van de begroeiing in deze regio. Het is pas drie meter hoog, een winterharde soort. Het stugge, puntige blad in de kruin tikt zachtjes tegen elkaar in de aantrekkende wind.

Ik zet Milo op de grond neer en wijs op de boom. 'Weet je wat dat is, Milo?'

'*Palmier* – palmboom!' roept hij, en hij rent er op zijn kleine beentjes naartoe.

Dank

Berry
Annelies
Nini
Niels
Maartje
C.
Monique
L.
Marieke
Sabine

Marga, voor de Marbella-inside story's, de talloze tips, het lokaliseren van 'mijn' Casa las Palmeras en onze fijne gesprekken in Puente Romano, tussen de Amon Ra's en de Anthony's.

Rechercheurs Debby & Edwin, op wier expertise ik altijd mag bouwen.

Anoniem, die me liet meekijken in zijn ex-verslaafdenbrein, zodat ik me beter kon inleven in Anthony's barre tocht.

Ashley voor de babycheck.

G., voor de inside-info over het sociale klimaat in Amsterdam Oud-Zuid.

De chaotische situatie op de spoedeisende hulp in Frankrijk is helaas geen fictie; ik heb in de jaren dat ik schrijf op leukere plaatsen inspiratie mogen opdoen.

Van Esther Verhoef verscheen eerder

RENDEZ-VOUS

Winnaar Zilveren Vingerafdruk 2006
Genomineerd voor de NS Publieksprijs 2006

'Je snakt naar adem.' NRC *Handelsblad*
'Een geloofwaardig, ijzersterk verhaal.' NBD Biblion
'*Rendez-vous* lees je bijna ademloos uit.' *BOEK*
'Geweldig.' *Sunday Times*

WONEN OP VAKANTIE

CLOSE-UP

Winnaar Zilveren Vingerafdruk 2007
Beste Vrouwenthriller Aller Tijden bij vrouwenthrillers.nl
Genomineerd voor de NS Publieksprijs 2007
Genomineerd voor de Gouden Strop 2007

'*Close-up* heeft alles in zich om de boekhandels uit te vliegen.' *de Volkskrant* ****
'Een diep doorleefde, donkere thriller. *Close-up* is slim, spannend, sensueel en sinister.' Crimezone.nl ****

ALLES TE VERLIEZEN

Genomineerd voor de NS Publieksprijs 2009
Genomineerd voor de Zilveren Vingerafdruk 2009

'Mooi geschreven met een plot dat staat als een huis. Een echte aanrader.' *Algemeen Dagblad*
'Blijft boeien en verrassen tot het einde.' *Nouveau*
'Een verademing om de nieuwe Verhoef in handen te krijgen. Verhoef blijft de standaard voor het genre.' *BOEK*

ERKEN MIJ

In samenwerking met de Stichting CPNB ter ere van
Juni – Maand van het Spannende Boek 2009

'Een aangrijpend voorbeeld van misbruik en verraad.'
de Volkskrant ****
'Een sterk doorleefd boek zoals Verhoef bij uitstek
kan schrijven.' *nrc.next* ****

DÉJÀ VU

Winnaar NS Publieksprijs 2011
Genomineerd voor de Diamanten Kogel 2011
Genomineerd voor de Zilveren Vingerafdruk 2010

'Met *Déjà vu* toont Verhoef zich een ware meester in
het schrijven van een intelligente thriller over
vriendschap en verraad.' *JAN*
'Eindelijk weer een thriller waarbij je op het
puntje van je stoel zit.' *Metro* *****
'De gelauwerde schrijfster schiet met dit psychologische horrorverhaal over een oude vriendschap weer helemaal raak. Trefzeker en
razend spannend.' *LINDA.*

IS UW MAN AL AF?

'Rake, herkenbare en amusante observaties.' *Margriet*
'Esther schrijft haar columns met veel humor, en daarom zijn de
columns waar ik om moest lachen ook niet op één hand
te tellen.' Chicklit.nl

NOUVEAU RICHE & ANDERE SPANNENDE VERHALEN

'Stuk voor stuk goed geschreven, spannende verhalen met een verrassend einde. Esther is een kei in dit soort korte (en ook lange) verhalen.' vrouwenthrillers.nl ****

'Esther Verhoef bewijst dat ze niet veel woorden nodig heeft om een thriller te schrijven. Een bundel om in één ruk uit te lezen.' Crimezone.nl ****

TEGENLICHT

Genomineerd voor de NS Publieksprijs 2012

'Weer een ijzersterk staaltje van knap opgebouwde spanning, uitgekiende psychologie en een glasheldere vertelstijl.' *LINDA.*

'Een aangrijpende roman. Emoties als onmacht, verleiding en kracht beschrijft ze pijnlijk goed.' *VIVA*

'Meeslepend, met een thrillerachtige spanningsboog.' *JAN*

'Een verhaal dat je in een adem uitleest.' *Leeuwarder Courant*

DE KRAAMHULP

Winnaar Hebban Crimezone Award 2014
Genomineerd voor de NS Publieksprijs 2014
Genomineerd voor de Gouden Strop 2014

'*De kraamhulp* is een onvervalste pageturner met een meesterlijke laatste plotwending.' *de Volkskrant*

'Beklemmend drama vol nagelbijtende spanning.' *Algemeen Dagblad* *****

STIL IN MIJ – OVERLEVEN BIJ DE NONNEN

Co-auteur Daniëlle Hermans

'*Stil in mij* is een belangrijk boek, omdat het kan zorgen voor erkenning, heling en begrip – niet alleen voor de geïnterviewde vrouwen, maar vele tienduizenden als zij.' *Happinez*

ERKEN MIJ & ANDERE WRAAKVERHALEN

LIEVE MAMA

Winnaar Gouden Strop 2016
Genomineerd voor de NS Publieksprijs 2015
Genomineerd voor de Hebban Crimezone Award 2015
Longlist van de Diamanten Kogel 2016

'Esther Verhoef heeft zichzelf overtroffen.' *Margriet*
'Esther Verhoef is een meester in zorgvuldig uitgewerkte plots (...) Maar het knapste is toch de manier waarop ze haar personages neerzet.' *Knack* ****
'*Lieve mama* is een van Verhoefs beste boeken.' VN *Detective en Thriller Gids* ****

NAZOMER

Genomineerd voor de NS Publieksprijs 2018

'Leest als een trein. Verhoef slaagt erin haar personages beeldend tot leven te wekken.' *Noordhollands Dagblad*
'Het leven in de Brabantse volksbuurt en het tijdsbeeld van de jaren tachtig is door Verhoef raak getroffen.' *de Volkskrant*
'Een waarheidsgetrouwe inkijk in de branche en in het leven van een modeontwerper.' *Textilia*
'Onderhoudende roman over kunstenaarschap en keuzes, ambitie en offers, en de invloed van de buitenwereld.' AD *Magazine*

FAÇADE

Genomineerd voor de Gouden Strop 2020

'Ingenieuze pageturner in de categorie in-één-adem-uit.'
Margriet
'*Façade* heeft me tot diep in de nacht wakker gehouden.'
Frits Spits
'Esther Verhoef op haar best.' *Hebban*
'Niet weg te leggen tot de allerlaatste bladzijde is uitgelezen.' *Nederlands Dagblad*

LABYRINT – DE VERHALEN

Best verkochte verhalenbundel van 2020

'Sommige verhalen zijn zo sterk dat ze doen denken aan de absolute meester van het genre, Roald Dahl.'
VN Detective en Thriller Gids ****
'Ik had na het lezen het gevoel dat ik een hele stapel boeken uit mijn kast had gelezen, wat kan iemand veel in een kort verhaal stoppen.'
vrouwenthrillers.nl *****

DE NACHTDIENST

Genomineerd voor de NS Publieksprijs 2022

'De schrijfster doet haar langjarige reputatie als "koningin van de Nederlandse thriller" opnieuw eer aan.' *De Telegraaf*
'*De Nachtdienst* is geraffineerd opgebouwd en nagelbijtend spannend.' *Margriet*

OP DE BONNEFOOI DOOR FRANKRIJK

ALTER EGO

Genomineerd voor de NS Publieksprijs 2023
Shortlist Hebban Thrillerprijs 2024
Longlist Gouden Strop 2024
***** VN *Detective en Thriller Gids*

'Haar beste thriller tot nu toe. Ingenieus, gelaagd en niet weg te leggen.' *Margriet*
'Verhoef steekt met kop en schouders uit boven de vele auteurs van vrouwenthrillers. *Alter ego* is onderhoudend, heeft tempo en is met gevoel voor effect geschreven.' NRC
'Een pageturner die je niet weg wil leggen totdat je de laatste bladzijde gelezen hebt.' ***** Chicklit.nl
'Verhoefs beste boek tot nu toe. Voortreffelijk geschreven, uitstekend uitgediepte karakters en een overtuigende plot die je tot en met de laatste regel weet te verrassen. Lees, huiver en geniet.' VN *Detective en Thriller Gids*

DE MOOISTE TIJD VAN JE LEVEN

'Hilarisch en herkenbaar.' Bernice Breure in *Vrouw Telegraaf*

Onder de naam Escober verscheen

ONRUST
Deel 1 in de Sil Maier-trilogie

Genomineerd voor de Gouden Strop 2004

'Vol wendingen in hoog tempo. Een veelbelovend debuut.' NRC *Handelsblad*
'Een sterk debuut dat doet denken aan de Jack Reacher-serie van Lee Child.' *Limburgs Dagblad*
'Een met veel vaart en spanning geschreven pageturner die beslist een aanwinst is voor de Nederlandse misdaadliteratuur.' VN *Detective en Thriller Gids*

ONDER DRUK
Deel 2 in de Sil Maier-trilogie

Winnaar Diamanten Kogel 2005
Genomineerd voor de Gouden Strop 2005

'IJzersterke thriller met pakkende actiescènes vol boeiende, levendige karakters. Is moeilijk weg te leggen. De ontknoping is uitermate verrassend.'
Juryrapport Gouden Strop 2005
'Verhoef schrijft met een mitrailleur: ritmisch, afgebeten, effectief.' NRC *Handelsblad*
'De spanning giert van de pagina's.' *Vrij Nederland*

ONGENADE

Deel 3 in de Sil Maier-trilogie

Genomineerd voor de Diamanten Kogel 2008

'Escober schrijft voor het Nederlands taalgebied unieke thrillers. Snel, snoeihard en schrijnend.' *Het Parool*

'De kracht van het schrijversduo Escober is dat de hoeveelheid actie in hun romans gelijk is aan de hoeveelheid diepgang. En er is geweld, heel veel geweld, maar het is wel functioneel.' *De Telegraaf*

'Sil Maier is na De God Denkbaar de grootste *action hero* uit de Nederlandse letterkunde. Zijn avonturen behoren vanaf nu tot het verleden en dat stemt toch ietwat droevig.' NRC *Handelsblad*

CHAOS

Genomineerd voor de Diamanten Kogel 2007

'Escober kan zich zonder meer meten met buitenlandse collega's.' *De Limburger* *****

'Je raakt als lezer volledig opgeslorpt. Puur vakwerk, sterk filmisch en in razendsnel tempo.'
Juryrapport Diamanten Kogel 2007

'Snoeiharde en knap geschreven actiethriller. Overtuigend en stilistisch sterk.' *Friesch Dagblad*

OVERKILL

Genomineerd voor de Diamanten Kogel 2013
Genomineerd voor de Hebban Crimezone Award 2013

'Het eerste hoofdstuk van *Overkill* ramt er meteen in. Een waardige opvolger van de Sil Maier-trilogie en *Chaos.*'
de Volkskrant

'Geloofwaardig, rauw, hard en smekend om een verfilming.' *De Limburger* ****

'Een echte pageturner met een zeer verrassende en vernuftig in elkaar gezette ontknoping.'
Leeuwarder Courant

'Meeslepende en inventief geplotte thriller, klaar om verfilmd te worden.' *VN Detective en Thriller Gids*